Serge B. Lachenmaier

# NUTZE DIE FÜLLE DEINER MÖGLICHKEITEN

## VERWIRKLICHE DEIN ICH

## UND SAGE „JETZT!"

# Inhalt

# Vorwort

Ein Buchtitel kann dazu verleiten, schließlich auch das Buch zu kaufen und zu lesen, um dessen „Geheimnis" erschließen zu können, so wie oft erst der Duft einer Blume uns dazu verführt, die Schönheit ihrer Farben aus allererster Nähe zu betrachten. So kann uns das nähere, intimere Sich-selbst-Kennenlernen auch nur dadurch geschenkt werden, dass wir uns mit uns selbst eingehender beschäftigen. Es bedingt einzig, dass wir bereit sind, uns über die Erkenntnisse, die unzählige Generationen und Kulturen vor uns aus Beobachtungen und Gleichnissen gezogen haben, zu informieren, sie zu überdenken und zu nutzen – ohne Vorurteile in Unkenntnis der Materie und ohne Hochmut, sondern in aller Bescheidenheit angesichts unseres naturgemäßen beschränkten menschlichen Wissens. Erkenntnisse über unsere Charaktereigenschaften, unsere Anlagen, sowohl intellektuell und geistig-seelisch als auch manuell und physisch, offenbaren uns Möglichkeiten, das Leben zufriedener zu gestalten und zu meistern, zu entschleiern und zu enthüllen. Es ist der Sinn meines Buches, diese Erkenntnisse zu offenbaren und zu vermitteln, um dadurch erfahrbar zu machen, welches Potential in jedem von uns steckt. Ein Potential an Möglichkeiten, die oft nur deshalb brachliegen und ungenutzt bleiben, weil wir nicht wissen, welche Schätze in uns gehoben werden wollen, und weil wir nichts darüber wissen, welche Fähigkeiten und Begabungen wir auszubilden hätten, zu welchen sportlichen, künstlerischen, intellektuellen, beruflichen, partnerschaftlichen Höhepunkten wir uns selbst managen könnten.

Unsere Wünsche und Hoffnungen werden uns oft von unserer Umgebung, ob offen oder verdeckt, suggeriert und stimmen dann meist mit unseren eigenen Anlagen, Möglichkeiten, aber auch Lebenszielen und Chancen in keinerlei Weise überein, ja sind geradezu ein Widerspruch zu unserer eigenen Identität. Es ist gewissermaßen so, als ob man dem Individualisten ein Modediktat aufzuzwingen versuchte. Hinweise darauf, was wir sind im Sinne unserer Anlagen und was wir daraus werden dürfen, wenn wir diese mit den Erfordernissen unserer Umgebung harmonisch, aber gezielt einzusetzen vermögen, werden unserem Leben einen neuen Rahmen geben.

Ein jeder und eine jede von uns hat eine Geburtsanlage und das Potential, welches wir in dieses Leben mitbringen, um uns weiterentwickeln zu können.

Es sind Fähigkeiten, aber auch Schwächen, durch die wir eventuell stark gefordert werden. Was wir daraus machen werden, darauf haben wir großen Einfluss. Unser Grund- oder Startkapital steht fest, was aber daraus wird, hängt weitgehend von uns selbst ab. Jeder Schritt, in welche Richtung wir diesen auch immer tun, wird die Qualität unseres Lebens beeinflussen. Es ist wichtig, sich darüber bewusst zu sein und einzubeziehen, dass wir zu jeder Zeit unseres Lebens eine veränderte Ausgangslage vorfinden, um mit neuen Chancen unsere Zukunft zu gestalten, weil ja unsere eigene Entwicklung und die unserer Umwelt nicht stehen geblieben und alles ständig in Bewegung ist.

Wichtig ist nicht nur, welches Ziel wir uns setzen und wie wir dieses angehen werden, sondern auch, zu welchem Zeitpunkt wir dieses Ziel angehen. Zuerst entscheiden wir in der Zielsetzung über das, was wir erreichen wollen. Wie wir unser Ziel erreichen können, hängt zum Teil sowohl von unseren Anlagen und Fähigkeiten ab, als auch von den Bedingungen unserer Umwelt. Der Faktor Zeit jedoch ist das Wesentliche zum Gelingen eines Vorhabens, ist doch dessen Qualität zu jedem Zeitpunkt anders. Es gilt, die Zeitqualität als Erfolgsgaranten in unser Leben einzubeziehen. Der dreidimensionale Raum zeigt den Körper in seiner Form. Erst die Kombination des dreidimensionalen Raumes mit der vierten Dimension, dem Faktor Zeit, bringt Bewegung, Transformation und Veränderung. Zeitzyklen in ihrer Qualität haben wesentlichen Einfluss auf die Wachstumsmöglichkeiten des Individuums.

Wo die Lösung von Aufgaben für uns angezeigt ist, wird uns auch die Möglichkeit dazu mitgegeben. Ob wir diese auch nützen wollen, ob wir uns bereitstellen zur Lösung der anstehenden Aufgaben, darüber entscheiden wir ganz alleine und haben auch die volle Verantwortung zu übernehmen für das, was daraus wird.

Darüber entscheiden, wie, wo und ob wir überhaupt das Steuer über unser Leben in eigener Regie in die Hand nehmen wollen, können und müssen wir stets selbst im Rahmen der für uns ganz spezifischen Möglichkeiten entscheiden. Dies mit Geschicklichkeit und höchster Effizienz adäquat zu tun, ist erlernbar. Während unserer Schulzeit, in unserem familiären Umfeld wird uns so manches gelehrt, doch über die Steuerung der für unser Leben wichtigsten und essentiellen Reaktionen auf psychologische Faktoren und seelische Vorgänge in uns selbst und unserem direkten Umfeld wird kaum etwas Zeit investiert. Es sei denn, wir machen ein Psychologiestudium oder bemühen uns aus eigenem Antrieb darum, was Sinn und Zweck dieses Buches sein soll.

*Wissen kann niemals dem Einzelnen nur gehören, ist es doch Allgemeingut der Menschheit.*
*Eines jeden Teilhabers Pflicht ist es,*
*es zu bewahren und zu veredeln, es weiterzugeben an die kommenden Generationen.*

*Durch seine Anwendung können wir es veredeln, durch seine Weitergabe können wir es vermehren.*

# Danksagung

Mein besonderer Dank geht an meine Frau, Catherine, die stets mit großem Interesse an meiner Suche nach Erkenntnissen beteiligt war und mir oft durch ihre tiefgründigen Fragestellungen sehr wichtige neue Impulse gab. Sie stand mir zur Seite, wenn ich Rat oder Unterstützung brauchte. Ihr, als erfahrene Bachblüten-Beraterin, verdanke ich auch manche diesbezüglichen Angaben.

Mein Dank gebührt insbesondere auch sämtlichen erwähnten Autoren, welche den Grundstein legten zu vielen Gedankenansätzen, die in ihrer Weiterentwicklung Anlass waren, dieses Buch zu schreiben.

# Einleitung

**Nutze die Fülle deiner Möglichkeiten** ist ein Buch, welches Sie dazu veranlassen möchte, Herausforderungen anzunehmen, zu lernen, besser damit umgehen zu können, um schlussendlich diese als Chance zu erkennen, um sie in Erfolge umzuwandeln. Dies wird zu mehr Lebenszufriedenheit, manche nennen es Glück, führen.

Wir entdecken Lebensweisheiten, die uns bis anhin vielleicht verborgen geblieben sind, erkennen uns selbst und unsere Umgebung in einem neuen Licht.

Wenn wir dieses Buch so lesen, dass wir uns immer wieder darin selbst erkennen, weil wir die Prinzipien und Energien, die darin vorkommen, in uns selbst in irgendeiner Form tragen, und darüber nachdenken, wo wir was und wann anders machen möchten und könnten, um unsere Lebenslage in eine andere Richtung zu steuern und dies dann auch tun, werden die Früchte seines Inhalts auf wunderbare Weise sehr rasch in Erscheinung treten!

Es gibt meines Erachtens verschiedene Möglichkeiten, aus der Lektüre dieses Buches Nutzen zu ziehen und dessen Erkenntnisse in die Praxis umzusetzen.

Jeder, der guten Willens ist, wird die eine oder andere Idee ausprobieren können und sich vielleicht zu eigen machen, sein Erfolgsquotum austesten und dieses für sich in Anspruch nehmen wollen.

Dass wir geboren wurden und mit welchen Genen, darauf hatten wir keinen Einfluss. Aber wie wir unser Leben gestalten werden mit dem, was uns zur Geburt in die Wiege gelegt wurde, dazu stehen uns viele Möglichkeiten und Varianten offen: Nutzen wir sie! Ein Grund unseres Da-Seins könnte sein, der Vielfalt allen Lebens neue Akzente zu setzen.

Vererbung, Elternhaus, Erziehung und Bezugspersonen, Umgebung und anderes prägen anfangs im Wesentlichen unser Verhalten. Doch sehr bald entdecken wir, dass uns Möglichkeiten gegeben sind, mitzuwirken, nicht nur zu reagieren, sondern auch zu initiieren (beispielsweise der Säugling, der mit aller Kraft schreit, um die Aufmerksamkeit auf sich zu lenken). Es ist der Beginn der Selbstständigkeit, wofür wir die volle Verantwortung in unserem Leben tragen müssen. Es sind nicht immer einzelne Aktionen oder auch Unterlassungen, welche unser Leben rasch wesentlich verändern, sondern eine Kette von allmählich angenommenen

Gewohnheiten, welche unser Leben in eine gewisse Richtung steuern, oft ohne dass wir uns dessen bewusst sind. Darum ist es äußerst wichtig, sich frühzeitig über seine ganz persönlichen Möglichkeiten bewusst zu werden. In frühen Jahren leben wir gezwungenermaßen die gehemmte Form vieler unserer Wünsche, wir haben vieles zu erlernen und sind praktisch für alle unsere Bedürfnisse von unseren direkten Bezugspersonen, wie Mutter, Vater oder etwa Lehrer, abhängig. Mit der Zeit werden wir uns Möglichkeiten aneignen, um aus einer so genannten Kinderrolle in die Elternrolle zu wechseln. Wir kompensieren, finden einen Ausgleich zu der vorangegangenen Lebenssituation und haben bereits einen wichtigen Entwicklungsschritt in unserem Leben getan. Nun werden wir eines Tages merken, dass dies noch nicht das Endstadium sein kann. Wir sind einerseits immer abhängig von einem Kinderrollenspieler, um aus der machtvollen Position des Elternrollenspielers agieren zu können. Andererseits werden wir im Laufe der Zeit, um an der Macht zu bleiben, mit Stress und Überarbeitung, Machtkämpfen und Intrigen konfrontiert und schlussendlich aus einer vermeintlich auf ewig dauernden Machtposition gestürzt, herausgerissen. Disharmonische Anzeichen treten auf, sei es in Form von gesundheitlichen Beschwerden, Alterserscheinungen, Erschöpfungszuständen oder sonst wie von außen auf uns zukommenden Umwälzungen, die unseren bisherigen Weg in Frage stellen und uns dazu zwingen werden, dringend anstehende Änderungen unserer Lebensweise vorzunehmen. Auf dem beruflichen Sektor finden wir genügend Beispiele dazu bei Firmenumstrukturierungen, wobei beispielsweise bis anhin als zukunftsträchtig geltende Positionen sozusagen über Nacht ihrer Geltung enthoben werden und diese Menschen dann dazu gezwungen werden, neu Wurzeln zu fassen. Bei dringend anstehenden Kursänderungen oder notwendigen (in der Not also dringend zu wenden) Korrekturen, lautet die große Frage dann: Schafft es der Betreffende noch, das alte Programm, das er in sich trägt, sterben zu lassen und ein neues zu entwickeln, oder fällt er Krankheit oder sogar Tod anheim, weil er nicht mehr imstande ist, umzudenken und aktiv einen Transformationsprozess durchzuführen. Wer sich nicht selbst transformiert, wird transformiert, wenn nötig, möglicherweise über den Tod zu einer neuen Inkarnation. Können wir aber zur Erwachsenenrolle finden, werden wir, frei von Abhängigkeiten, frei entscheiden, wie wir unser Leben mit den uns zur Verfügung stehenden Möglichkeiten leben möchten, um unsere legalen Bedürfnisse befriedigen zu können. Oft merken wir erst im Nachhinein, wie wichtig die dazumal von äußeren Umständen erzwungene Lebensumstellung für unsere weitere Entwicklung war.

Ich möchte Ihnen mit meiner Thematik auf den folgenden Seiten Möglichkeiten anbieten, sich dadurch selbst ein wenig besser kennenzulernen und sich zu identifizieren – damit Sie durch diese Erkenntnis aus einer Vielfalt von Angeboten, die

Ihnen im Laufe Ihres Lebens begegnen, das aussuchen, was am besten Ihren eigenen Bedürfnissen entspricht.

Psychosomatisches Wissen kann uns bei gesundheitlichen Störungen helfen, den behandelnden Arzt zu unterstützen und dadurch schneller „heil" zu werden. Dazu dient die zu jeder Thematik beschriebene parallele Entsprechung des Körpers.

Übernehmen Sie das Steuer über Ihr Leben – dazu wünsche ich Ihnen eine entdeckungsvolle Reise!

*Wir alle gehen denselben Weg der Erkenntnis.*
*Der beste Begleiter ist ein guter Wille, ein heller*
*Geist und ein fester Glaube an sich selbst.*

# Überdurchschnittlicher, unterdurchschnittlicher oder ausgewogener Tatendrang

Unser Leben beginnt mit dem Bedürfnis, da zu sein, uns als kosmische Energie, als Mensch in Materie zu verwirklichen. Dazu brauchte es die Urantriebskraft, die in allem Leben vorhanden ist. Ohne sie wäre Energie nicht wandelbar, alles wäre statisch. Leben heißt als erstes Tatbereitschaft, Durchsetzung, Bereitschaft zum Wandel. Diese Energieform tragen wir in uns – sie verhalf uns von der Zeugung zur Geburt. Ohne sie kein Start, keine Bewegung, kein Leben. Durch sie können wir uns durchsetzen und behaupten, sie alleine hilft uns, die eigene Form zu finden, die, kaum abgeschlossen, sich wieder auflösen muss, um sich den Gesetzen des ewigen Lebens zu unterstellen.

Ohne Tatbereitschaft wäre unser Erdendasein nicht möglich. Jeder kommt mit dieser Energie zur Welt. Es ist die Fähigkeit, zu verändern, umzuwandeln, zu transformieren. Es gibt unzählige Möglichkeiten, diese Kraft zu nützen. Das Resultat ist dadurch beeinflussbar, wie wir dies tun.

In der Kindheit werden wir vorwiegend in gehemmter Form unseren Tatendrang ausüben können, weil wir zuerst lernen müssen, mit dieser Energie umzugehen. Unsere Umgebung wird uns in mannigfaltiger Form zeigen wollen, wie wir dies tun sollten, aber zu unserer eigenen, ganz individuellen Form werden wir erst durch Erfahrung gelangen. Als Kind möchten wir vieles tun, das unsere Umgebung uns nicht erlaubt. Was, wann und wie wir etwas tun dürfen, hängt zum Beispiel von unseren Bezugspersonen, dem sozialen, politischen oder klimatischen Umfeld ab. Wir verspüren Widerstand, wenn wir unsere Energie so durchsetzen wollen, wie es unserem eigenen Trieb und unseren Zielen entspricht. Um Ziele erreichen zu können, werden wir auch lernen müssen, uns diese zuerst zu setzen. Dabei ist es nicht unwesentlich, ob wir als Frau oder Mann geboren werden, denn noch weisen die Richtlinien der patriarchalen Gesellschaft Durchsetzung, Karriere, Selbstbehauptung vorwiegend dem männlichen Geschlecht zu, und eine Frau hat es oft schwer, sich dagegenzustellen.

## Formen dieser Energie in der Hemmung

Wir möchten etwas tun und die Umstände hindern uns daran. Die vorhandene Energie kann in der Form, wie wir es vorhatten, nicht fließen, es kommt zu einem Energiestau. Anstatt – mangels Erfahrung oder Wissen – einen anderen Ausdruck zu finden, ärgern wir uns darüber. Physisch gesehen, bekommen wir einen roten Kopf (der Kopf ist die anatomische Entsprechung). Energie, die nicht fließen kann, staut sich in Form von Wärme an. Das kann in verminderter Form zu Kopfschmerzen, später zu Entzündungen im somatischen Bereich führen. In verzerrter Form zum Ausdruck gebracht, kann es in explosionsartige Aggressivität ausarten und zu Streitigkeiten führen.

Verbleiben wir dabei, in der gehemmten Form zu leben, werden wir in schwierigen Lebenssituationen, in denen es wichtig sein wird, rasch, impulsiv und spontan zu handeln, versagen. Wir werden nicht imstande sein, neue, uns unbekannte Dinge in Gang zu setzen; die Kraft wird uns fehlen, wir selbst zu sein, weil wir kraftunerprobt sind. Wer sich nicht für seine eigenen Interessen einsetzt, wird für die Interessen anderer eingesetzt. Wir entziehen uns dem Wettbewerb, unsere instinktiven Triebkräfte, unsere Sexualität, können nicht in realer Form gelebt werden. Unser Wille, unsere Wünsche werden immer mehr untergraben. Es entstehen dadurch parallel und entsprechend angestaut Aggression, Wut, Zorn, Ärger, Hass – alles negative Kräfte, die sich plötzlich in aller Brutalität entladen können, auf eine Art, die wir bei diesem Menschen nie vermutet hätten. Wir werden zu diesem Zeitpunkt entweder kompensieren oder somatisieren.

## Um mit dieser Energie umgehen zu können, müssen wir also diese Energieform näher kennenlernen

In ihrer Grundform ist sie dynamisch, extravertiert, experimentierfreudig, impulsiv, erobernd, initiativ, ungeduldig bis stürmisch. Diese Grundtöne können variieren. Es ist eine Energie, die zentrifugal von innen nach außen, vom Ich ausgehend, zielgerichtet handelt. Diese Art Energie wird in Leistung umgesetzt, in die Tat und das Tun, manchmal in Angriff, oft um etwas zu ergreifen, wie beispielsweise Initiative, oder auch, um etwas in Gang zu setzen, in Bewegung zu bringen. Sich spontan für Neues zu begeistern, ist ein weiteres Attribut.

14

All dies verbraucht natürlich, je nach Einsatz, immens Kraft und kann dazu führen, dass nach einer euphorischen Phase eine depressive folgt. Ausdauer kann in diesem Rhythmus nicht eingehalten werden, Dinge werden angefangen, andere sollen sie beenden!

Es ist Feuerenergie und kann sich durch zu viel Aktivität rasch verbrauchen. Sie ist enthusiastisch, strahlend und ausstrahlend, also gebend. Feuerenergie mag Heiterkeit, Intensität, braucht Freiheit und Freiraum, zuerst kommt immer das Ich. Feuer kennt keine Geduld, will Führer und Anführer sein, in erster Front sein. Es liebt das Spiel und das Irrationale, hat eine aktive Phantasie und viel Natürlichkeit, ist zukunftsorientiert.

Mit dem Feuertemperament assoziieren wir die Intuition nach Jungs vier Bewusstseinsfunktionen. Feuer neigt zu Übertreibung, Mangel an Selbstkontrolle und Ausdauer in der so genannten verzerrten Form. Krankheiten werden von „Feuermenschen" sehr schlecht akzeptiert, weil sie dadurch nicht mehr so schnell agieren können und Krankheiten lähmend wirken – was auch oft ihr Sinn sein kann. Sie wollen uns dadurch zu Ruhe, zum Anhalten und Stillhalten zwingen, wenn wir dazu selbst nicht fähig sind.

Verzerrte kompensatorische Ausdrucksformen von Energien zeigen bereits eine höhere Erlebensstufe an, gegenüber der Hemmung, in der die Energie entweder von anderen gelebt oder von uns somatisiert wird.

Jede Art von Energie will zum Ausdruck kommen. Die Energien sind vorhanden und können nicht durch Ignorieren oder Verleugnen aus unserem Erleben geschafft werden. Vielmehr entwickeln sie dann eine Eigendynamik und wir erleben diese Kräfte in verzerrter Form als Opfer des so genannten Schicksals. Leben wir sie hingegen in einer realen Form in der höchsten Entwicklungsstufe, können wir wählen und selbst bestimmen, wie wir das tun möchten. Sind wir in der gehemmten Form steckengeblieben, lautet das bei Feuerenergie: Wir leiden an Durchsetzungsschwäche, an einem Mangel an Initiative und Mut, etwas zu wagen, und ärgern uns darüber. Wir meinen, dies und jenes stehe uns sowieso nicht zu, und werden dann einen Kompensator anziehen, der uns in verzerrter und übersteigerter Form all das vorspiegelt, was wir selbst nicht wagen zu leben. Das könnte heißen, andere kommen uns stets zuvor, sind schneller, wir werden angegriffen und unterliegen, werden übergangen. Die anderen sind am Schluss immer die Sieger und Helden. Es begegnen uns lauter Egoisten. Uns gesteht man keine Lebensberechtigung zu, unsere uns zu Recht zustehende Stellung in der Gesellschaft wird uns verwehrt. Wir begegnen aggressiven Menschen, geraten in Streitigkeiten, erleben Rücksichtslosigkeit und Gewalttätigkeit. Wir fallen in Selbstmitleid und werden schlussendlich krank, sofern wir nicht selbst zum so genannten Elternspieler und Kompensator werden.

Die gehemmte Energie somatisiert, das heißt, sie drückt sich über unseren Körper aus und zeigt uns dadurch an, dass etwas in unserer Art zu leben geändert werden muss, soll es nicht zur schlimmsten Art der Kräfte oder Energieausdrucksweise kommen, nämlich chronischer Krankheit und endlich Tod, wenn die Bereitschaft zur Veränderung abgelehnt wird (Selbstzerstörung). Wenn ich mich selbst nicht so manifestieren kann, wie es meinen Anlagen entspricht, dann habe ich auch keine Existenzberechtigung mehr, sofern keine Aussicht auf eine Kurskorrektur mehr besteht.

Wir werden im Laufe unseres Lebens immer wieder mit Maßstäben, Normen und Idealen konfrontiert werden, die uns wesensfremd sind. Unsere Aufgabe liegt darin, wir selbst zu werden, um den Platz im kosmischen Ganzen zu belegen, der für jeden Einzelnen von uns ganz persönlich und einmalig ist. Wir können niemals jemand anderes als wir selbst werden. Dafür existieren wir, und dazu ist es nötig, unser Leben nach eigenen Maßstäben, Normen und Idealen zu leben.

Dem genannten Kindrollenspieler ist es nicht möglich, den Maßstäben und Normen seiner Kultur- und Zeitepoche zu entsprechen – er ist gehemmt und verbleibt in der Situation seiner Kindheit, in welcher er auf den verschiedensten Lebensgebieten gegenüber seinen Eltern unterlegen war. Verbleibt er in dieser Lage, wird die verdrängte und nicht real gelebte Energie sich auf eine Art und Weise Ausdruck verschaffen, die ihm sehr unangenehm sein wird. Verzerrte Ausdrucksweisen von Energien werden ihn dazu zwingen, seine Lebensart zu ändern. So ist eine Krankheit oder Somatisierung einer oder mehrerer Energien oft die einzige Möglichkeit, ihn zu einem nötigen Kurswechsel zu zwingen.

Der Gegenpol des Kindrollenspielers, der Elternrollenspieler, ist ebenso in seinen natürlichen Anlagen unfrei, seiner Natur gemäß zu leben. Er kompensiert seine Hemmung nur dadurch, dass er versucht, nach gegebenen und wesensfremden Maßstäben, Normen und Idealen zu leben und dadurch erst Bestätigung erfährt. Es ist aber wichtig, diesen Entwicklungsweg vom gehemmten Kindrollenspieler zum Elternrollenspieler zu beschreiten, denn er führt zur so genannten Erwachsenenform unserer Anlagen.

Vom karmischen Gesichtspunkt aus, setzt uns unsere Vergangenheit stets in die Umgebung hinein (Familie, Kulturepoche usw.), aus welcher unser Entwicklungsstand die besten Chancen zum Erwachsenwerden hat – aus dem Samen soll das erwachsen, was er in seinem Keime in sich trägt.

16

Im Erwachsenenstadium angelangt, nachdem wir unsere Hemmungen, Schwächen und Mängel des Kinderrollenspielers im Gegenpol des Elternrollenspielers ausgeglichen haben, sind wir endlich frei, so zu leben, wie es unseren eigenen Anlagen, Fähigkeiten und Bedürfnissen entspricht. Das heißt hier unter anderem, dass wir reale Anliegen durchsetzen können, ohne dass wir stets auf Schwächere angewiesen sind, die wir zu unserem eigenen Ausgleich missbrauchen, weil wir es ohne dies nicht schaffen würden. Wir brauchen dann nicht mehr aus Angst zu handeln, sondern sind uns unserer Stärke bewusst und können deren Überfluss sogar zum Wohle anderer einsetzen.

Werden wir angegriffen, sei es physisch oder geistig, ist das ein Signal, endlich selbst unsere energetischen Kräfte einzusetzen. Dies kann auf verschiedene Arten geschehen, je nach Aufgabenstellung und Möglichkeiten. Auch wenn wir uns ärgern, ist das ein Zeichen falsch eingesetzter Energie, die wir gegen, statt für uns einsetzen. Niemand kann uns ärgern, wenn wir nicht dazu bereit sind, uns verwundbar zu geben. Wir dürfen alles tun, was uns schadet, aber warum sollten wir das? Wir ärgern uns, weil die Realität nicht mit unseren Erwartungen übereinstimmt. Wir können uns natürlich bemühen, die Realität unseren Erwartungen anzupassen, dies dürfte uns aber oft nicht gelingen. Jedoch ist es immer möglich, unsere Erwartungen aufzulösen. Haben wir das getan, sind wir frei. Ohne Erwartungen zu haben, können wir auch nicht mehr enttäuscht, beleidigt, verletzt, gekränkt werden.

Der Schwache ruft den Angreifer auf den Plan, der Altruist den Egoisten, der Kleinlichkeitskrämer den Chaoten, der Schüchterne den Draufgänger, so will es das Gesetz des Ausgleichs. Wenn wir nicht für uns selbst einstehen, machen es andere für uns in ihrem Sinne. Helden überfüllen die Friedhöfe, wir brauchen keine Helden zu sein, nur wir selbst.

Wenn wir etwas hochstilisieren, symbolisch ausagieren, wenn wir imitieren und uns mit anderen identifizieren, so befassen wir uns bereits mit der Thematik, aber in einer pervertierten Form, und stehen so unserem eigenen Wachstumsprozess im Wege, unser eigenes Lebensprogramm können wir so nicht angehen.

Energie ermöglicht uns nicht nur, uns durchsetzen zu können, sondern uns auch gegen Fremdeinflüsse zu wehren. Mit ihr können wir einen gesunden Wettbewerb eingehen, je nach Veranlagung geistig oder körperlich. In einer übersteigerten Form kann aus gesundem Wettbewerb jedoch Wettkampf werden, der erst damit endet, dass wir uns selbst zum Erliegen bringen – eine Form, die oft beim Workaholic vorkommen kann. Möglich ist auch, dass manche sich eher in ein Ausweichmanöver begeben, das auch in Flucht ausarten kann.

Haben wir Mühe, uns zu entscheiden oder Entscheidungen in die Tat umzusetzen, dann gehen wir oft zu viele Kompromisse mit anderen ein. Statt die Energie für unsere Ziele einzusetzen, vergeben wir sie an andere, die für uns entscheiden werden.

Probleme mit unserem Energiesystem können sich beim Mann mit Potenzstörungen oder bei beiden Geschlechtern durch sexuelle Überkompensation äußern. Weitere Probleme kann es mit Nase und Geruchsinn, in Beziehungen und mit anderen geben. (Wir wollen erst näheren Kontakt mit anderen aufnehmen, wenn wir diese auch „riechen" können!)

Um Tatkraftenergie zu leben, sollten wir auch bereit sein, wenn uns danach zu Mute ist, ab und zu etwas Unvernünftiges zu tun, das in der aktuellen Gesellschaft verpönt sein kann. Wir müssen Wut auch zum Ausdruck bringen und klar anzeigen, was uns missfällt. Nur so können wir eventuelle Missverständnisse klären, unsere wahre Persönlichkeit und das, was wir vertreten, zeigen, dadurch die richtigen Signale geben und damit *das* anziehen, was uns entspricht und was wir uns erwünschen.

Freude können wir im Leben nur empfinden, wenn wir das verwirklichen, was uns persönlich wichtig ist, und wenn wir nicht nach den Wertvorstellungen anderer leben. Ungeachtet der Reaktionen der Umwelt, die nicht ausbleiben werden, wenn wir versuchen, uns den üblichen Gesellschaftsnormen und Maßstäben zu entziehen, ist es für uns essentiell, unser eigenes Leben so zu leben, wie es unseren Anlagen entspricht, welche deutlich nach Verwirklichung drängen.

### Die Entsprechungen des Körpers

| | |
|---|---|
| Arterien | Blutbahnen sind verstopft, Blutstau, Kopf ist vor Ärger und Wut blutrot, Kräfte können nicht fließen. |
| Blut | Speziell die roten Blutkörperchen, die Erythrozyten, die den Sauerstoff zu den Zellen transportieren, und die weißen Blutkörperchen oder Leukozyten. Das biologische Leukozytenverhalten bei krankhaften Prozessen wird von Schilling im Pschyrembel wie folgt beschrieben und ist sehr aufschlussreich: „Es besteht aus drei Phasen: 1. Phase, der Kampf gegen eindringende Erreger. 2. Phase, als Abwehr oder Überwin- |

18

dungsphase. 3. Phase, als Heilphase. Jede dieser Phasen kann je nach Reaktionslage als Dauerzustand bestehen bleiben." Können also die Eindringlinge nicht im Kampf überwunden werden, kann es nicht zur Heilung kommen. Es zeigt sich auch in dieser Funktionsweise von Leukozyten einmal mehr, wie wichtig diese Energie für unser Leben und Überleben ist. Ist die Bereitschaft zur Konfrontation nicht vorhanden, kann eine entsprechende Somatisierung Immunschwäche zeigen. Wenn wir nicht bereit sind, uns selbst, unser Ich zu verteidigen, werden wir Opfer und Unterlegene. Das Blutserum enthält unter vielem anderen auch die Immunkörper. Umgekehrt weist auf der körperlichen Ebene eine geschwächte Immunabwehr auf eine schwache Bereitschaft zur Selbstverteidigung und damit auf das nicht reale Einsetzen unseres energetischen Potentials hin.

Das Blut als Lebenssaft und Lebensenergiefluss mit seinen „Armeen" weißer Blutkörperchen steht unter dieser Energiesymbolik. Die Leukozyten dienen in ihrem biologischen Verhalten unserem gesamten Abwehrmechanismus und Immunsystem gegen alles, was wir von uns fernhalten müssen. Wir brauchen den fairen Wettstreit, um unsere Kräfte zu messen. In einer verzerrten Form gelebt, könnte dieser jedoch zu einem Verwirrspiel führen, bei dem Selbstverteidigung mit blinder Selbstzerstörung enden kann.

| | |
|---|---|
| Gallenblase | Bitterkeit, Frustration. |
| Haare | Der Kopfschmuck als Zeichen der Kraft. (Delila beraubte Samson seiner übermenschlichen Kräfte, indem sie ihm das Haupthaar schor.) |

Angst, nicht Mut, lässt uns „die Haare zu Berg stehen". Haarverlust kann Schwäche anzeigen, ein starker Haarwuchs deutet auf Männlichkeit und Virilität und kann unter Umständen bei Frauen auf Virilismus deuten (stärkere Behaarung an Lippen und Kinn etc.), eine geschlechtliche Entwicklungsstörung bei Frauen

(Brockhaus Enzyklopädie); ein ähnliches Bild bei Maskulinisierung.

| | |
|---|---|
| Muskeln, speziell Kau-, Mund-, Stirn-, Augenmuskulatur | Keine Kraft, um sich „durchzubeißen" (s. a. unter „Zähne"), um die „Stirn zu bieten", keine Kraft, um den Erfordernissen „ins Auge zu blicken" und etwas „ins Auge zu fassen". Ganz generell: seine Muskeln „nicht spielen lassen", weil man zu schwach ist, resp. diese nicht ausgebildet hat. |
| Nägel | Etwas „in Griff" nehmen – „angreifen" kommt von greifen, anpacken – und somit etwas tun, in Bewegung bringen (die Greifvögel). |
| Zähne | Keinen „Biss" haben, „sich die Zähne daran ausbeißen", weil der Gegner stärker ist, verbissen kämpfen, „die Zähne zeigen". d. h. sich entgegensetzen können und Stärke beweisen, zeigt eindeutig den Zusammenhang von Zähnen und Tatkraft im Volksmund. |

Sind die Knochen, das Skelett involviert, deuten die Schädelknochen auf dieses Energiepotential hin.

## Physiologisches Prinzip

- Die Bewegung der Skelettmuskulatur.
- Das geordnete Fließen der Körpersäfte (Blut, Galle usw.).

## Krankheitsprinzipien und pathologische Entsprechungen

- Entzündungen durch Energiestau deuten auf Energie, die nicht fließen kann, das heißt, die nicht real gelebt zum Ausdruck kommt.
- Fieber: Zu viel angestaute Energie erzeugt Überhitzung.
- Verletzungen, eine weitere körperliche Symbolebene, die unsere Verwundbarkeit anzeigt. Eine kosmische Regel besagt, dass wir durch nichts und niemand verwundbar sind, wenn wir uns dazu

nicht hergeben. Verwundbar bleiben wir nur da, wo wir nicht bereit sind, etwas dagegen zu tun.

*Eine Energie, die wir nicht von der Hemmungsform in die Kompensationsform umwandeln können, kann schlussendlich mangels einer anderen eigenen Ausdrucksmöglichkeit somatisiert werden. Sie wird dann in verzerrter Form über unseren eigenen Körper in Form von Krankheit ihren Ausdruck finden. Wir werden so unausweichlich zur Auseinandersetzung mit der verdrängten Anlage gezwungen. Es gilt, die Symptomatik als Symbol zu entschlüsseln, um bewusst mit der jeweiligen Energie umzugehen und unsere Chancen der Entwicklung anzugehen. Mechthild Scheffer[1) sagt: „Die verschiedensten sogenannten psychosomatischen Krankheiten haben, wie man weiß, ihre Ursache in einem nicht aufgelösten energetischen Trauma, denn jede Persönlichkeit reagiert individuell mit ihrer spezifischen organischen Schwäche."*

## Die spezifischen Krankheitsdispositionen

Sämtliche Anmerkungen über Krankheiten in diesem Buch sind nur eine Auslese von Möglichkeiten und erheben keinen Anspruch auf Vollständigkeit.

Augenerkrankungen, Gallenblasenleiden, Gehirnhautentzündung, Kopfschmerzen, Zahnschmerzen.

Erkenntnisse, gut genützt, können vorbeugend wirken. Sie zeigen an, wie, wann und wo wir ansetzen können, um vom Vorhandenen zu profitieren, und was wir beitragen können, um Schwachstellen in Chancen umzuwandeln. Bei bereits somatisierter Symbolik, das heißt, wenn bereits bestehende Krankheitssymptome den Arzt auf den Plan rufen, kann psychosomatisches Wissen unterstützend bei der ärztlichen Behandlung mitwirken. Im Hintergrund unseres Sich-nicht-völlig-Wohlfühlens sind nicht nur die vordergründig sichtbaren, so genannten materiellen Ursachen vorhanden, sondern geistig-seelische Wunden, die es zu heilen gilt, wollen wir zu einer ganzheitlichen Harmonie gelangen.

Das, was uns im Leben widerfährt oder begegnet, soll niemals als Strafe aufgefasst werden, sondern als Chance und Wachstumsmöglichkeit – wenn dies auch oft Mühe bereitet, so akzeptiert zu werden.
Wachsen können wir am ehesten, indem wir uns mit anderen messen und auseinandersetzen, und zwar dort, wo wir mit Aufgaben und Situationen konfrontiert werden, für die wir um Lösungen ringen müssen. Partnerschaftliche Beziehungen sind oft deshalb schwierig, weil wir dort wie nirgendwo sonst so eng oder auch

intim aufeinander eingehen müssen und gefordert werden. Wollen wir die dadurch gebotene Bewusstseinserweiterungs-Chance nutzen, müssen wir uns den oft schwierigen Auseinandersetzungen und Aufgaben stellen, die sich auf dieser Ebene ergeben.

Der Kosmos bringt uns mit der bestmöglichen Gelegenheit zu unserem Wachstum in Kontakt, sei dies innerhalb der Familie, im Beruf, mit einem Partner, einem Freund, in der Wohnsituation oder etwa mit einem Objekt (zum Beispiel bei Unfällen). Wenn wir zur Lösung einer Aufgabe aufgefordert werden, müssen wir dieses Thema angehen. Es würde nichts nutzen, die Arbeitsstelle zu wechseln, um einem unbeliebten Chef aus dem Wege zu gehen, den Partner zu wechseln oder etwa umzuziehen. Stets würden wir wieder derselben Problematik gegenüberstehen, wenn auch nach außen hin in einer anderen Verkleidung und Form.

Wichtig ist immer, sich die Frage zu stellen: Welche Aufgabe wird mir in der jeweiligen Situation zur Lösung gestellt? Wie die Lösung geschieht, mit wem und durch was, ist stets nur Mittel zum Zweck, zum persönlichen Wachstum. Und so sollten wir unserem Partner dankbar sein, wenn er sich dazu anbietet, unser Selbstbewusstsein in Auseinandersetzungen zu stärken, wenn wir durch unseren unangenehmen Chef indirekt unsere Eigenwerte entdecken oder ausbilden dürfen, wenn wir durch Enttäuschung endlich die Wahrheit erfahren. Eine Krankheit ist keine Strafe Gottes – durch sie können wir zu einer neuen Lebenseinstellung finden. Schlussendlich ist auch der Tod eine Brücke zu neuen Ufern, ob wir dazu bereit sind oder nicht.

Der Mensch kann all das verwirklichen, was er im Geiste und in seiner Seele im Keime in sich trägt. Versuchen wir, sämtliche uns zur Verfügung gestellten Energien real zu nutzen, werden wir auch einen wesentlichen Beitrag zu unserer Gesundheit leisten. Im Krankheitsfalle bedarf es einer guten ärztlichen Betreuung, die jedoch nur mit unserer völligen Unterstützung erfolgreich sein kann. Nur das Zusammenwirken von Arzt und Patient bringt schlussendlich Heil und Heilung.

### Energetisches Potential praktisch umgesetzt

Was ist zu tun? Wie können wir uns die uns innewohnende Kraft dienlich machen? Welcher Entwicklungsschritt steht an?
Da alles mit allem verbunden ist und jedes Geschehen, sei es noch so winzig, auf das Ganze auf irgendeine Art einwirkt und damit Resonanz findet, ist es wichtig, überhaupt einen ersten Schritt zu machen, um Bewegung und damit Veränderung

in einer Situation zu bewirken, mit welcher wir nicht zufrieden sind. Es gibt keinen Zustand, der nicht verbesserungswürdig wäre!

Der physische Körper ist ein materieller Teil unserer irdischen Welt. Er begleitet uns das ganze Leben hindurch. Da der Mensch nicht nur aus Materie besteht, sondern die Materie nur sichtbar die verfestigte Form der Materialisation von grobstofflichen Energien ausdrückt, können wir mit Hilfe der feinstofflichen Energien des Geistes auf die Materie einwirken. Umgekehrt wird jeder Missbrauch, den wir mit unserem physischen Körper treiben, unser Potential zur Weiterentwicklung im geistig-seelischen Bereich verringern.

Es ist wichtig, dass wir die realen Bedürfnisse unseres Körpers wahrnehmen und diese auch im Rahmen unserer Möglichkeiten befriedigen. Gesundheit müssen wir erhalten, bei Krankheit sollen wir versuchen zu verstehen, was uns unser Körper dadurch mitteilen will.

Die energetisch-psychosomatischen Krankheitsbilder und ihre Symptome werden stets an gebührender Stelle in diesem Buch erörtert. Hier geht es darum, Gesundheit zu erhalten, oder, bei bereits bestehender Krankheit, die obligatorische ärztliche Betreuung mit adäquaten zusätzlichen, bewährten Methoden zu unterstützen.

### Unterstützende Formen zum energetischen Potential und deren Umsetzung

Wir können auf drei verschieden spezifische Arten auf jede Energie unterstützend einwirken, um diese bestmöglich nutzen zu können: physisch, geistig und seelisch, indem wir auf diesen drei Ebenen unsere Fähigkeiten entwickeln.

Spezifische Formen für unser Potential an Tatkraft:

Physisch:         Alles, was mit Bewegung und Sport generell zu tun hat, im Besonderen: Kampfsport.
Für kurzfristige Höchstleistungen (zum Beispiel 100-m-Lauf) und Einzeldisziplinen oft eher geeignet.

Geistig:         Durchsetzung, Selbstbehauptung, Initiative ergreifen, aktiv werden, seine Energie konstruktiv einsetzen, sich einbringen können auf einer geistigen Ebene durch das Erlernen spezieller geistiger Methoden wie NLP oder über die Erkenntnisse der kosmischen Gesetzmäßigkeiten.

| | |
|---|---|
| Seelisch: | Meditationsformen: zum Beispiel Sonnenaufgangsmeditation, meditatives Laufen. |
| Generell: | Einnahme von Bachblüten-Essenzen. |

Bachblüten-Zusammenstellungen sollten immer von erfahrenen und kompetenten Bachblüten-Beratern erfolgen. Üblicherweise wählt man eine Bachblüten-Mischung aus vier bis sieben Essenzen, um einen gegebenen inneren Zustand zu harmonisieren.

Empfehlenswert sind hier insbesondere:

**Agrimony (Odermennig), Impatiens (Drüsentragendes Springkraut),
Mimulus (Gefleckte Gauklerblume), Vine (Weinrebe)**

**Agrimony** schenkt Bereitschaft zur Konfrontation und damit Freude: Wir sind bereit, uns durchzusetzen, wir stellen uns der Herausforderung, nehmen den uns gebührenden Platz in der Welt ein, und das schenkt uns Lebensfreude.

Im negativen Agrimony-Zustand ist das Energiepotential gehemmt und wir fliehen vor den Schwierigkeiten, die ein frontales Herangehen erfordern. Das Fliehen kann auf verschiedene Arten geschehen. Durch Fliehen erleiden wir Einsamkeit und Isolation und werden traurig. Agrimony schenkt hier die Kraft, sich Konflikten zu stellen. Aus Bedrücktheit wird echte Freude und Vitalität. Vitalität heißt auch, Lebensenergie in Fülle zu haben.

**Impatiens** schenkt Geduld und Sanftmut. Die nervöse innere Spannung kann sich lösen und die großen schöpferischen Kräfte können harmonisch und mit Verständnis für andere gelebt werden.

Das kompensatorisch gelebte Energiepotential äußert sich in Ungeduld, wir reagieren gereizt auf unsere Umwelt. Es herrscht eine große innere Anspannung: Das äußere Geschehen kann mit unserem inneren hohen Tempo nicht mithalten. Dadurch entsteht eine starke innere Unruhe mit überschießenden Reaktionen durch Nervosität und Frustration, weil die Dinge scheinbar zu langsam vor sich gehen.

**Mimulus** schenkt Tapferkeit und Mut, wenn wir Angst vor der Welt haben, wenn das „raue" Leben uns beängstigt, weil das Energiepotential gehemmt ist. Es sind ganz konkrete Ängste, die wir benennen können, wie zum Beispiel Angst vor Flugreisen, Menschengedränge, Spinnen.

**Vine** schenkt uns echte Autorität und angemessene Durchsetzungskraft. Als Kompensator (im negativen Vine-Zustand) sind wir dagegen dominierend, rücksichtslos, machthungrig, tyrannisch, von einer inneren Unnachgiebigkeit beherrscht.

### Energiepotential auf der Berufsebene eingesetzt

Einige Berufe, welche mit diesem Energiepotential in Einklang stehen, oder anders gesagt: In welchen Berufen kann ich diese meine Energie besonders gut selber einsetzen oder leben, statt diese auf andere projizieren zu müssen:

– Vorarbeiter, Gruppenführer, Vorgesetzter

Unter bestimmten Umständen aber auch:

– Chirurg
– Psychiater (Eindringen in die Psyche)
– Detektiv (Eindringen in verborgene Machenschaften)
– Zahnmediziner
– Sicherheitsdienste: Polizei, Rausschmeißer

Die Berufsebene ist oft eine ideale Gelegenheit, eine Energie selber zum Ausdruck zu bringen, wenn wir ansonsten damit Mühe haben. Bei jeder einzelnen Energie ist das Spektrum sowohl der möglichen geeigneten Berufe wie auch die dazu logischerweise benötigten und auszubildenden Fähigkeiten sehr breit gefächert und darf daher lediglich als richtungweisend und Tendenz angebend betrachtet werden. Um zur Berufsthematik verwertbare Hinweise beizusteuern, ist es auch wichtig, zuvor zu eruieren, auf welche Art der Durchsetzung der Ratsuchende sich festgelegt hat, welches Niveau seine Auffassungsgabe erreicht hat, ob er lieber selbstständig oder im Team arbeitet, ob er Führungsqualitäten hat, ob er organisatorische Fähigkeiten besitzt und, was sehr wichtig ist, welches Motivationspotential in ihm vorhanden ist.

Es gilt, wieder sagen zu lernen, „ich will", und dann Taten folgen zu lassen. Der **Entwicklungsschritt** zu dieser Energie heißt, den Gegenpol zu verwirklichen: seine Umwelt, sein Gegenüber wahrzunehmen und dessen Bedürfnisse mitzuberücksichtigen. Nur so erlangen wir einen harmonischen Selbstausdruck in Gemeinschaft mit anderen und wir sind nun mal zum Glück nicht alleine auf dieser Welt! Sind wir zu diesem Entwicklungsschritt nicht bereit, werden wir in die Isolation gedrängt.

Der ungestüm Vorwärtspreschende hat als Aufgabe, Geduld zu üben, um auch stillhalten zu können, wenn die Zeitqualität dies erfordert.

Defensive oder repressive Eigenschaften können verschieden motiviert ausgelöst werden: Die Entladung oder Handlung erfolgt nicht spontan aus eigenem Antrieb, sondern es liegt entweder ein äußerer Grund vor, wie zum Beispiel Angegriffenwerden, oder eine tiefer liegende Ursache in unserer Vergangenheit, eine so genannte Schattenseite oder verdrängte Kränkung. Daher entstehen oft Reaktionen oder Handlungen, die zu dem Hier und Jetzt in keiner Relation stehen. Meist sind deren Wurzeln in der frühesten Kindheit begründet, in Niederlagen, in der Auseinandersetzung mit Stärkeren, mit Eltern und direkten Bezugspersonen, wie Lerern, älteren oder bevorzugten Geschwistern. Das ist dann wie ein Stachel in einer Wunde, die Situation wird subjektiv als lebensgefährlich erlebt und die Reaktion darauf kann blind (geblendet) vernichtend ausarten. Positiv gelebt, finden wir hier die unermüdlichen Verfechter und Kämpfer für eine Sache, zu der sie sich bekennen, und deren Einsatz an Verbissenheit, Zähigkeit und Intensität kaum überboten werden kann.

Die Qualität der Durchsetzung kann sich in verschiedenen Färbungen und Abwandlungen zeigen. Dies betrifft nicht nur die Art, wie die Energie eingesetzt wird, sondern auch für welche Ziele. Manchmal geschieht es vielleicht, dass man sich eher mit Beharrlichkeit für Werte einsetzt oder um beruflich etwas zu erreichen. Dann kann man sich den jeweilig vorhandenen wechselnden Umständen gut anpassen. Dabei müssen die Ziele konkret sein und es braucht unter Umständen auch Aktivierung von außen, um in Bewegung zu kommen. Wie wir anfangs gesehen haben, wird meist stoßweise gehandelt, und es bedarf einer spontanen Begeisterung, die abrupt abfallen kann (Erschöpfung). Im negativen Sinne stellt man eine ständige Unruhe fest.

Die zu integrierende Qualität heißt hier Anpassungsfähigkeit. Ferner ist es wichtig zu wissen, wann man vorangehen kann und wann man sich zurückhalten soll. Im Einklang mit den Erfordernissen der Zeit zu handeln, ob und wann etwas zu tun ist, und nicht, weil die im Ego verankerten Triebe einen zum Handeln drängen. Es gilt, mit der Zeit dieses Ego-Handeln zu erkennen (immer, wenn wir uns bloß durchsetzen, um unsere Kraft und Macht zu demonstrieren) und zu verstehen, welche Zerstörung wir dafür bereit sind zu begehen. Wenn wir uns mit den tatsächlichen Problemen auseinandersetzen, werden Scheingefechte auf Ersatzebenen überflüssig.

Je nach Anlage wird auch gefühlsbetont gehandelt – handeln kann der Geborgenheit gelten, in Assoziationen mit früheren Situationen oder man möchte es vielleicht allen recht machen. Gelingt uns unsere Zielsetzung nicht, erleiden wir Schiffbruch, Antipathie oder Missfallen, und es kann sein, dass die Energie sich wie ein Bumerang auf aggressive Weise gegen uns selbst wendet.

Eine weitere Variante ist, dass das Energiepotential oft verbal ausgedrückt wird. Wendigkeit, Schlagfertigkeit, Diskussionstalente und Redeschlachten sind angesagt. Die Ideen wollen in Taten umgesetzt werden, man ist beflügelt! Es könnte jedoch in der Projektion beispielsweise auch zu aggressiven mündlichen Auseinandersetzungen kommen oder zum verärgerten Rasen mit dem Auto, welches einen Verkehrsunfall anzieht.

Der Tatkraft wird das Metall Eisen zugeordnet. (In Auseinandersetzungen in Form von Krieg oder etwa Mord wird ja auch sehr viel Eisen eingesetzt als Entsprechung von pervertierter Energie!) Dies kann sich auch dadurch äußern, dass wir eine große Affinität zu diesem Metall haben, sei es beruflich, zum Beispiel der Schmied, oder etwa in der Wohnungseinrichtung.

Die esoterische Aufgabe mit dieser Energie heißt: mit Mut lernen, seine persönliche Kraft einer Sache oder einer Person ohne äußeren Gewinn, sozusagen rein energetisch, zur Verfügung zu stellen. Es gibt karmisch gesehen drei Entwicklungswege. Einer davon ist der Weg der Tat als Instrument der Durchsetzung. Dass ich etwas tue, weil es getan werden muss, jedoch ohne an meinen Vorteil zu denken oder ohne daran zu denken, was für mich dabei herausschaut. Die Befreiung des Handelns vom Zwang dadurch, dass ich etwas tue, ohne an die Früchte meines Tuns zu denken.

Nur da, wo wir gefordert werden, haben wir die Chance, uns zu bewähren und unsere Fähigkeiten zu entwickeln. Wenn wir unsere Schwierigkeiten in dem Moment angehen, in dem sie sich uns entgegenstellen, wenn wir bestrebt sind, nach Lösungen zu suchen, statt die Flucht zu ergreifen oder auf bessere Zeiten zu warten, dann tun wir Entwicklungsschritte in die Zukunft und brauchen uns davor nicht mehr zu fürchten. Wer nicht dazu bereit ist, wird regredieren. Ungelöste und dadurch verdrängte Aufgaben und Schwierigkeiten werden bei nächstbester Gelegenheit umso stärker wieder auftauchen, je mehr wir versucht waren, sie zu unterdrücken und zu umgehen. So kann es kommen, dass wir bei der nächsten Bewährungsprobe – statt wie bei der ersten, als wir in eine verbale Streiterei geraten sind, weil wir nicht bereit waren, eine faire Diskussion über anstehende Unklarheiten zu führen – in eine echte Prügelei geraten. Wir geraten ja nicht in Schwierigkeiten, weil uns der Kosmos oder Gott damit bestrafen wollen, sondern weil uns gerade diese Art der Schwierigkeit oder des Problems zu diesem Zeitpunkt unseres Lebens die absolut beste Möglichkeit zu einem oft ungeahnten Entwicklungs- und Bewusstseinsschub gibt. Fügen wir uns höheren geistigen Kräften, lassen wir uns da führen, wo wir ohnehin auf uns alleine gestellt schon längst verloren wären! Aber seien wir auch bereit, mit Freude, Mut und Zuversicht das zu tun, was uns obliegt – es wird uns gelingen.

Unser Energiepotential bedeutet nicht, dass wir uns immer durchsetzen müssen, sondern es heißt zu wissen, dass wir dazu fähig sind, wenn es für uns wichtig ist. In dem Wissen, dass diese Energie uns jederzeit zur Verfügung steht, sind wir frei von Ängsten und Zwängen und damit frei zu entscheiden; unser Leben wirkt gelassen und harmonisch, weil wir unsere Kraft von nun an gezielt einsetzen können.

Wenn wir über reale Energien frei verfügen können, werden wir das Leben auf allen Ebenen effizienter meistern: im Alltag, in Beziehungen und Partnerschaft, im Berufsleben und unserer gesellschaftlichen Stellung, die wir befähigt sind einzunehmen. Wir werden überall zu dem Partner, den man sich wünscht!

Sich durchzusetzen will keinesfalls heißen, dies auf Kosten anderer zu tun, sondern zum Vorteil aller. Es geht darum, seine Ideen in Taten umsetzen zu können, Fähigkeiten zu entwickeln und diese einzusetzen, sich Wissen anzueignen und dieses weiterzugeben, Mut zu trainieren und damit zu wagen, sich selbst zu realisieren.

Die Welt braucht Menschen, die ihre aktuellen Grenzen immer wieder überschreiten. Jeder ist dazu aufgefordert, sein Möglichstes beizutragen.

Energie in seiner realen Form ist die Energie des kreativen Tuns. Mit ihr können wir etwas in Bewegung bringen und etwas verändern. Der Beginn allen Lebens oder die Zeugung bedingt einen Akt der Tat. In einer verzerrten Form kann die Energie auch lebensfeindlich und zerstörerisch wirken, außerhalb unserer Kontrolle geraten.

Jeden Moment im Laufe unseres Lebens erhalten wir neue Chancen, um etwas zu verändern oder ganz neu zu beginnen. Täglich steht uns die kosmische Energiequalität während 24 Stunden in einem unseren Chancen und Möglichkeiten entsprechenden Verhältnis zur Verfügung. So begreifen wir schnell, dass uns im

Laufe eines Lebens eine enorme Vielfalt an Varianten zwischen Tun und Lassen angeboten wird. Somit ist auch jeder Augenblick eines jeden Daseins einmalig und unvergleichbar mit einem anderen.

Da es nichts gibt, das wir nicht noch verbessern könnten, sollten wir zuversichtlich einer verbesserten Zukunft entgegenstreben, statt in der Vergangenheit verhaftet zu bleiben.

## *Anregung*

*Lassen wir das Tun, wenn Wut und Zorn über uns hereinbrechen. Ärgern kann uns nichts, wenn wir dies nicht zulassen. Die Tat des Zorns bringt uns verdorbene Früchte. Kommen wir zur Ruhe, können wir aus allem, was uns Ärger verursacht, Erfahrungen sammeln und Lehren daraus ziehen. In Aggression eingesetzte Energie ist immer verkehrt und ist verschleuderte Energie. Aggression heißt Angriff, und beim Angreifen zerstören wir etwas, das nicht immer nur physisch sein muss. Nutzen ziehen wir aus einer Energie nur, wenn wir, statt damit zu zerstören, etwas damit aufbauen.*

*Überschüssige, unkontrollierte Energie kann uns zum Täter machen. Nicht selbst gelebte oder unterdrückte Tatkraft zum Opfer anderer. Oder sie kann sich in Form von Unfällen, Krankheiten (zum Beispiel Magengeschwüre) auswirken. Manchmal werden wir beides, einmal Opfer, einmal Täter gegenüber Schwächeren.*

*Bleiben wir im Rahmen unserer Möglichkeiten bei unseren Wünschen. Achten wir auf unser Gewissen vor und bei unseren Taten. Achten wir auf unsere Gedanken – sie sind die Wurzeln unseres Tuns. Freuen wir uns über Enttäuschungen, sie zeigen uns, wo wir uns in uns selbst oder anderen getäuscht haben!*

*Denken wir darüber nach, wann und wo wir überreagiert und uns dadurch gar geschadet statt geholfen haben (selbstzerstörerisches Tun).*

*Wann und wo haben wir nicht reagiert, fühlten wir uns benachteiligt, übergangen, betrogen? Haben wir unseren Ärger über unser Versagen gegen uns selbst gerichtet? Sind wir gar krank geworden, weil wir unseren Tatendrang und unsere eigenen Wünsche verdrängt haben? Statt zu handeln haben wir uns selbst hintergangen!*

*In der Verdrängung erlebe ich meine Tatkraft in der Projektion: Andere machen für mich, was ich selbst machen müsste. Ich leide und erleide: Eigenes Tun ist dringend gefordert!*

*Nur noch die Dinge tun, die unseren eigenen, echten Bedürfnissen entsprechen. Das spart Zeit und Kraft.*

*       *       *

# Mein Werteverhältnis

## Selbstwert und Fremdwerte, materielle und geistige Werte

*Seinen Selbstwert zu erkennen,*
*heißt von außen unantastbar zu sein!*

*Oder:*

*Wie willst du glücklich sein, wenn du*
*über dich selbst unglücklich bist?*

Unser Leben wird in seiner Qualität durch Werte verfeinert und setzt neue Akzente: Sinnlichkeit und Genießen werden Bestandteile unserer Lebensqualität. Dadurch kommen wir von einer unbändigen Beweglichkeit und Ruhelosigkeit der Tat zu einer haftenden, in sich ruhenden Kraft, die zum Verweilen aufruft. Es geht um Eigenwerte (materielle, geistige und schlussendlich seelische Werte in Form von Qualitäten), Eigensubstanz, Besitz und verfügbare Mittel sowie deren Sicherung. Nur zu leben befriedigt nicht, wir entdecken neue Möglichkeiten und empfinden das Bedürfnis nach Abgrenzung und Genuss, nach Eigenraum und Sicherheit. Wir wollen nicht irgendeinen Platz in der Welt innehaben, sondern den, der uns alleine gebührt, und diesen abgrenzen und absichern. Wir fordern damit unsere individuelle Stellung in der Gemeinschaft. Vom Nomaden werden wir zum Sesshaften. Das einmal Erreichte wollen wir nicht mehr hergeben und fürchten um dessen Verlust.

## Was passiert, wenn unsere legalen Wertbedürfnisse nicht anerkannt, nicht respektiert werden?

In der Hemmung haben wir Abgrenzungsschwierigkeiten und meinen, uns stehe nur das zu, was andere bereit sind, uns zu überlassen. Wir haben Minderwertigkeitsgefühle, weil wir es anderen überlassen haben, uns mit *ihren* Wertmaßstäben zu beurteilen und oft zu verurteilen. Meist sind es auch hier traumatische Erfahrungen aus unserer Kindheit, die unser Wertbewusstsein negativ prägen. Wenn wir uns selbst bewerten lassen, werden wir auch versucht sein, andere entweder zu entwerten oder aber überzubewerten, weil wir alles durch die Brille der Verzerrung erblicken, die wir uns haben aufsetzen lassen.

Der Mangel an Selbstwertgefühl kann sich auf verschiedenen Ebenen auswirken: in der Partnerschaft, im Beruf, im Alltag; als Besitzlosigkeit oder Defizit an materieller Sicherheit, als Mangel an Genussfähigkeit oder seelisch-geistigen Werten, in Form von ungenügendem Eigenraum, wie beispielsweise sein eigenes Zimmer zu haben. Wir getrauen uns nicht, der Mensch zu sein, der wir in Wirklichkeit sind, den Lebensstil zu leben, der zu uns passt, weil wir ein entwertetes Selbstbewusstsein in uns herumtragen, das uns von unserer Umwelt eingeprägt wurde. Wir bemühen uns, weil wir geliebt, begehrt und als wertvoll von anderen angesehen werden wollen, unser wertvolles Selbst zu untergraben und zu verdrängen, und verlieren dadurch unsere Eigenart und Individualität. Je mehr wir uns bemühen, den Anforderungen der anderen zu genügen, desto mehr wenden wir uns von uns selbst ab. Wir werden süchtig nach Anerkennung und Wertschätzung anderer und leben in ständiger Angst, diese wieder verlieren zu können. Wir haben unsere Persönlichkeit abgetreten und sind Abhängige geworden. Da es uns niemals möglich sein wird, sämtliche Wunschbilder anderer zu erfüllen, sind Frustration und Demütigung naheliegend. Unser inneres Wertesystem, das, was wir mögen oder nicht mögen, wird übergangen oder vernachlässigt. Dies wird selbstverständlich die Erfolgreichen, die Wertvollen, also die Kompensatoren anziehen, welche uns unsere Wertlosigkeit noch zu bestätigen versuchen.

Entweder wir lassen uns auf diese Kompensatoren ein und erkranken vor Neid, Frust oder Demütigung, oder wir nützen die Chance, daraus zu lernen, und nehmen die Herausforderung an, uns zu transformieren. Der erste Schritt dazu wird die Bereitschaft sein, unseren Platz innerhalb der patriarchalen Gesellschaft vorerst einzunehmen und zu versuchen, aus der so genannten Kindsrolle in die Elternrolle zu schlüpfen. Um dies zu erreichen, werden wir bereits bestehende Fähigkeiten weiter ausbilden (zum Beispiel wirtschaftliche, geistige Fähigkeiten, Genussfähigkeit). Gelingt uns das mit Erfolg, dann wird es dazu führen, dass andere uns beneiden werden oder versuchen werden uns nachzuahmen.

Erst später werden wir einen zweiten Entwicklungsschritt tun können, den einer realen Wertebewusstseinsfindung und einer realen Absicherung: Wir sind in der Erwachsenenrolle, wir wissen von nun an, dass uns immer das, was wir unbedingt brauchen, zur Verfügung stehen wird und uns nur das weggenommen oder vorenthalten wird, was uns bei unserer Weiterentwicklung belasten würde. Unsere Werte liegen wohl geborgen in uns selbst. Wir brauchen keine Angst mehr zu haben, diese je zu verlieren. Von außen sind unsere Werte unantastbar geworden. Das gibt Gelassenheit, Ruhe und innere Sicherheit. Wir streben nicht mehr danach, die Werte anzusammeln, die in der momentanen Gesellschaft Erfolg symbolisieren, „in" sind, uns aber nur belasten, weil wir nun wissen, was uns persönlich wertvoll ist und Freude bereitet.

Wir sind frei, so zu leben, wie wir unser Leben selbst als wertvoll erachten. Unsere Grenzen werden dann nicht mehr von anderen missachtet und übertreten, weil sie für alle deutlich erkennbar sind. Unsere Individualität wird geachtet und respektiert.

Mein Werteverhältnis beeinflusst auch die Richtung meiner Triebkräfte (im geschlechtlichen Verhalten die Begierde).

Derjenige, der sehr ichbezogen ist, vertritt die Meinung, dass jeder sich selbst der Nächste ist. Er hat Angst, an Mangel leiden zu müssen – daher ist für ihn eine gesicherte Existenz das Wichtigste. Er will das Leben genießen und sucht Stabilität. All dies kann Austausch verhindern, macht abhängig von den Dingen, von denen wir nicht loslassen wollen – wir verbarrikadieren uns den Zugang zu neuen Werten. Für diese Menschen ist es wichtig, zu der Erkenntnis zu kommen, dass alle Dinge im Aufrechterhalten ihrer bestehenden Form zeitlich begrenzt sind und dem alles verwandelnden kosmischen Gesetz unterliegen. Daran ist zu denken, wenn dazu Bereitschaft besteht, Kompromisse einzugehen, um sich dadurch Trägheit zu sichern und Veränderungen auszuweichen.

Ein verzerrtes, negatives und übersteigertes Werteverhältnis führt zu Unflexibilität, Sturheit und Festhalten am Alten und kann durch Verharren auch zur Beschränktheit führen.

Im positiven Sinne finden wir hier den Praktiker, den Gestalter, den Organisator; oft auch Menschen, die ein beharrliches Durchhaltevermögen haben und auf die man sich verlassen kann, sie beweisen charakterliche Stärke. Diese Menschen werden nicht überstürzt, sondern vorsichtig und langsam, in aller Ruhe überlegt handeln, stets ihr Ziel im Auge. Diese Menschen können ausdauernden Widerstand bieten, aber dadurch auch Stabilität. Auf sie kann man bauen, auf sie ist Verlass. Was ihrer Empfindung nach dem gesunden Menschenverstand entspricht, was ihren konkreten Bedürfnissen entspricht, und diese können sehr konkret sein, das findet ihr Interesse. Sie sind sehr körperbewusst und nehmen ihre körperlichen Bedürfnisse wahr. Ihre Treue zu sich selbst macht sie aber oft zum eigenen Sklaven. Treue kann zu Hörigkeit führen – ein Aspekt, der besonders in Beziehungen und Partnerschaften zu beachten ist. Standhaftigkeit kann im überzogenen Sinne negative Kräfte noch verstärken: Das kann heißen, Sturheit bis zu

Starrheit oder Versteinerung („das steinerne Herz"), an etwas haften und nicht mehr loslassen können (sei es materieller Besitz, Meinungen oder etwa Gefühle). Im Buddhismus kennt man die fünf Skandhas oder Arten von Verhaftetsein, die das Leiden in der Welt verursachen:

- Die Haftung an der Form, das heißt, wie etwas sein soll: *Wir haben eine fixe Vorstellung, wie etwas sein soll.*

- Die Haftung am Gefühl: *Wir haben aus der Vergangenheit begründete Vorlieben und Abneigungen, welche mit der jetzigen Situation in keinem Zusammenhang stehen.*

- Die Haftung an der Wahrnehmung: *Wir interpretieren Geschehnisse und Begebenheiten, von denen wir immer nur in beschränktem Maße über Kenntnisse verfügen.*

- Die Haftung an den Triebkräften: *Wir überlassen unser Leben unseren Trieben, irrealen Wünschen und Begierden. Daraus erfolgt Gier, Hass, pervertierte Sexualität, ungestillter Hunger, sowohl was das Essen an sich betrifft als auch in allen anderen Dingen.*

- Die Haftung am Bewusstsein: *Wir erkennen das uns Unbewusste nicht an.*

Die Angst vor Veränderungen lässt Neues nicht gerne zu und dadurch entgehen uns oft viele Chancen zu Verbesserungen. Schwerfälligkeit ist hinderlich, wenn es darum geht, rasch zu agieren. Dem Nüchternen fällt das Träumen schwer und er kann manche Stimmung vermiesen! Wir verarmen an physischem, geistigem oder seelischem Besitz!

Der Besitz materieller Werte ist Teil menschlicher Bedürfnisse, um das Leben lebenswerter zu machen. Materieller Besitz kann jedoch Fluch oder Segen sein, manchmal sogar ohne unser Zutun! Freude am Haben und Besitzen, am Sammeln ist eine menschliche Eigenschaft, und es kommt darauf an, wie wir mit dieser umgehen. Der Mensch lebt nicht vom Brot allein, aber es hilft ihm zu überleben. Andere Bereiche des Habenwollens sind die Bedürfnisse des Verwöhnt-werden-Wollens, das Bedürfnis nach Nähe und Körperkontakt und vieles mehr. Verluste von Dingen oder Menschen können uns große Angst machen. Bei gewissen Menschen besteht eine große Tendenz, an Erinnerungen und Erlebnissen zu haften – ein schönes Erlebnis soll immerfort andauern –, eine andere Art von Verlustängsten. Bei stark besitzergreifenden Menschen wird Besitz mit aller Kraft verteidigt.

Es bestehen klare Grenzen zwischen Dein und Mein. Es geht um unseren Besitz oder unser Vermögen im doppelten Sinne: Was habe ich? Mein Besitz im materiellen Sinne, mein Einkommen, meine Finanzen und Besitztümer und mein Vermögen im Sinne von Talenten, Fähigkeiten. Es geht um Werte, um meine Eigenwerte. Hier kann eine Selbst- oder Eigenwertproblematik bestehen, die es zu lösen gilt.

Sind wir überwiegend materiell veranlagt, dann ist es wichtig, die zu integrierende Qualität der Bereitschaft zum Loslassen und zur Loslösung zuzulassen. Der Entwicklungsschritt besteht hier darin, statt an äußeren Dingen zu haften und diesen alleine Werte beizumessen, zu unserer inneren eigenen Natur zu finden, zu unserem wertvollsten Besitz, den uns niemand wegnehmen kann. Die Kehrseite des äußeren Besitzes ist, wie bereits erwähnt, die eingeschränkte Bewegungsfreiheit, weil wir aus Verlustangst entweder all unsere Kraft dazu aufwenden, was wir besitzen nicht zu verlieren, oder dazu, dass uns nichts weggenommen wird (Versicherungen und Absicherungen).

In der somatisierten Form von Fettleibigkeit haben wir ebenfalls Bewegungsfreiheitsentzug auf der körperlichen Ebene und müssen ebenfalls alle unsere Kraft darauf verwenden, unsere falsch angelegten Werte wieder loszuwerden. Gerade im Zulegen von überflüssigen Werten (Pfunden), wenn es auch nur in verzerrten (Körper-)Formen zum Ausdruck gebracht werden kann, möchten wir vielleicht, wenn auch unbewusst, demonstrieren, dass wir es „in Fülle haben" und es uns, im materiellen Sinne, „leisten können"; oder dass man uns achtet und unsere Persönlichkeit wichtig, bedeutungsvoll und gewichtig ist im wahrsten Sinne des Wortes. (Wir kennen den Ausdruck „ins Gewicht fallen".) Wir möchten demonstrieren, dass wir in unserem Inneren Werte tragen, die anerkannt werden wollen. Es ist ein Mangel, den wir in unserem Inneren empfinden und den wir nach außen als Fülle auszugleichen versuchen. Von der materiellen Seite gesehen, steckt in unserem Unterbewusstsein eine eventuell aus früheren Inkarnationen stammende Information, die heißen könnte: an Mangel leiden, nichts zu besitzen und verhungern müssen. Diese Angst könnte uns Situationen mit Selbstwertcharakter als lebensbedrohlich erscheinen lassen. Wir werden das zu hamstern versuchen, was uns am nächsten liegt und als „Rettungsring" noch zu „haben" ist. Ein verzerrtes Werteverhältnis äußert sich oft durch übermäßiges Essen. Da ein qualitatives, in ein quantitatives umgewandeltes Prinzip seiner Eigenwerte verlustig wird, erscheint es als logisch, dass ein Verlust von Selbstwertbewusstsein in seiner realen Qualität nicht durch äußeren, zur Schau gestellten Besitz ausgeglichen werden kann und wir dadurch keine echte Befriedigung erfahren können. Eine Möglichkeit, sein angeschlagenes Werteverhältnis je nach Anlage zu korrigieren, wäre, dieses durch künstlerische Aktivitäten zu läutern, umzusetzen und zu sublimieren.

So öffnen wir uns einen Weg, um einen etwas übersteigerten Ausdrucksbedarf zur Geltung zu bringen, was uns in der Realität des Alltags nur schwer gelingen dürfte.

Unsere Werteskala, das, was wir mögen und zu besitzen wünschen und auch was wir ablehnen und als wertlos von uns weisen, hat sich aus früheren Werterfahrungsmustern von Lust- oder Unlustgefühlen für unser weiteres Leben als begehrenswert oder ablehnungswürdig eingeprägt. So kann es sein, dass wir uns nach Dingen und Werten sehnen, durch die wir bei anderen an Wertschätzung zu gewinnen erhoffen. Wir sind von einem uns fremden Wertmuster besetzt und werden dem nie genügen können, sosehr wir uns auch anstrengen mögen. Wir alle möchten als wertvoll, begehrenswert gelten und so sein dürfen, wie wir in Wirklichkeit sind und seit unserer Geburt veranlagt sind. Wir möchten um unser Selbst, in unserer ganzen Individualität und Persönlichkeit geliebt werden können. Weil wir aber so nicht immer akzeptiert wurden oder oft angeeckt sind, haben wir nach und nach unsere wertvollen Eigenwerte verdrängt und versucht, uns anzupassen und anzugleichen an das, was von unserer Umwelt gewünscht wurde. So mussten wir, um Liebe und Zuwendung zu bekommen, unser Selbst negieren oder „verkleiden", Dinge tun, die unserer Eigenart widersprechen.

Da Liebe und Zuwendung Grundwerte unserer Existenz sind, werden wir im späteren Leben versuchen, einen Mangel in diesem Bereich durch materiellen Besitz auszugleichen. Wenn wir das nicht können, werden wir diesen Mangel somatisieren, beispielsweise durch Gewichtszunahme.

In der Kompensation kommt es dann zur Überbewertung aller materiellen Werte und zur Vernachlässigung der seelisch-geistigen inneren Substanz. Das kann heißen, dass alles Streben der Ansammlung von Luxus und Reichtum dient, alle Kraft dazu verwendet wird, sich die Trendwerte des patriarchalen Wertesystems leisten zu können, wie zum Beispiel immer schnellere und luxuriösere Verkehrsmittel, prunkvolles Wohnen, pompöse Ferien, Zweit- und Drittwohnung oder etwa Mehrfachbeziehungen und deren Unterhalt. Selbstverständlich kann dies zu Sucht und hemmungslosem Konsum führen, zur krankhaften Ansammlung von Gütern als Ausdruck von Gier und Geiz. Es kann aber auch ein nötiges Stadium zwischen Hemmungs- und Erwachsenenrolle sein, das uns nicht völlig befriedigen kann, durch welches wir aber hindurchmüssen. Wichtig ist, dass wir darin nicht steckenbleiben. Bevor wir das Höhere anstreben dürfen, müssen wir das Niedere erfahren haben, um nicht eine irreführende Sehnsucht in uns herumtragen zu müssen, von der wir nichts Genaues kennen. Hohe Gipfel werden in der Regel von unten her bestiegen! Um gewisse Dinge, die uns nicht mehr nützen, loslassen zu können, müssen wir diese vorerst einmal besessen haben. Wir können nur das loslassen, von dem wir Besitz ergriffen haben. Auch um sich selbst Grenzen setzen zu können, bedarf es des Loslassens. Der verzerrte Ausdruck von der Qualität der Werte, ob in der Hemmung oder in der Kompensation, wird schlussendlich immer zur Somatisierung führen, sofern die Entwicklung eines realen Wertbewusstseins nicht eingeleitet werden kann.

In der realen Form gelebt, werden wir nur noch das besitzen wollen, was unseren existentiellen Bedürfnissen und deren Absicherung dient, und haben dadurch einen weiteren Entwicklungsschritt zu unserem Selbst getan.

Der erste Schritt von der ausgewogenen Tatkraft, welcher uns den Übergang zum Lebenseintritt überhaupt ermöglicht, zur substanziellen, materiellen Erkenntnis, zu unserem gesamten Bedürfnis an Eigenwert und Werten in jeder Beziehung, führt uns vom Sein zum Haben. Im Säuglingsalter steht das Wertebedürfnis noch auf der Stufe des „In-Besitz-Nehmens", zum Beispiel eines Spielzeugs, oder des „In-sich-Aufnehmens", wie etwa in Form von Nahrung. Mehr und mehr geht es aber auch um das Bedürfnis eines harmonischen Austauschs in einer Beziehung zu direkten Bezugspersonen wegen des Bedarfs an immateriellen Bedürfnissen wie Liebe und Zuneigung. In unserer heutigen Gesellschaft werden immaterielle Eigenwerte oft nur sehr gering geschätzt und nicht als sehr wertvoll anerkannt. Dies führt zu verzerrten Ausdrucksformen unserer Werte – denn wer erfolglos ist im Wertmaßstab der patriarchalen Gesellschaft, wird als Versager abgestempelt.

Die reale Entsprechung eines ausgewogenen Selbstwertverhältnisses wäre, Inhalte aufzunehmen, seien diese körperlicher Natur („Deine Körpernähe ist mir wertvoll"), seelischer Natur (das Empfinden seelischer Verbundenheit) oder auch geistiger Natur (das Schätzen eines geistreichen Gesprächs), und daraus das für uns Brauchbare zu entnehmen und nicht, unseren eigenen reellen Bedürfnissen gegenüber blind, alles hineinzustopfen, ohne unterscheiden zu können, was uns bekommt und woraus wir reelle Eigenwerte entwickeln können. Eigene Früchte tragen oder fruchtbar werden können wir nur, wenn wir das in uns aufnehmen, was zu uns passt und unseren Anlagen und Bedürfnissen entspricht. Alles andere wird uns nur unnötig belasten. Unser eigenes, ganz persönliches Ich soll der beschützende Schoß sein für den kostbaren Samen, der später einmal Früchte tragen soll. Seiner Werte bewusst, kann der Mensch in sich selbst ruhen, mit sich selbst und der Welt zufrieden sein, dankbar für seinen Anteil, am kosmischen Ganzen mitwirken zu dürfen.

# Die Entsprechungen des Körpers zur Wertesymbolik

## Organe

| | |
|---|---|
| Kehlkopf, Stimmbänder | Erkrankungen im Halsbereich wie Heiserkeit, Katarrhe, Kehlkopfentzündungen |
| | (Wem die Stimme versagt, der hat Mühe, seine Selbstwerte zu verteidigen!) |
| Schilddrüse | Schilddrüsenerkrankungen (Kropf, als Hass wegen etwas Aufgezwungenem) |

## Knochen

| | |
|---|---|
| Halswirbel | (fünfter Halswirbel: Stimmbänder, siebter Halswirbel: Schilddrüse) |

## Muskeln

Halsmuskulatur

Kehlkopf- und Schlundmuskulatur

| | |
|---|---|
| Nackenmuskulatur | Nackenverspannungen |

## Physiologisches Prinzip und Körperfunktionen

Schluckakt, Geschmacksempfindung

## Krankheitsprinzipien

Störungen im Aufnahme- und Abgabegleichgewicht (Übergewicht, Fettsucht). Wir haben Schwierigkeiten zu erkennen, was wir zum Leben brauchen, um uns wohlzufühlen, und was uns schadet. Wir haben Mühe, das loszulassen, was nicht mehr zu uns gehört. Bei mangelndem Eigenwertbewusstsein wird ein Mangel empfunden, der sich äußerlich in einem Sammeln an Vorrat für Notzeiten auf der körperlichen Ebene als Ausgleich äußern kann. Ein verzerrtes oder kompensatorisches Verhältnis zu Besitz, sei es in Form von Gier oder in Form von Geiz, kann ähnlich in den körperlichen Proportionen zum Ausdruck kommen. Auch Störungen im Fortpflanzungsbereich dürften vorkommen, weil dies ein Geben und Nehmen der höchsten menschlichen Werte überhaupt darstellt, ein Loslassen des Selbst in einem totalen Verschmelzen mit dem anderen, so dass Disharmonien sich in diesem Bereich sehr oft als Zeugungsblockade erweisen können.

### Wie komme ich zu einem ausgewogenen Eigenwertverhältnis?

Wenn wir versuchen, nach realen inneren Werten zu streben, werden wir nie an Mangel leiden. Es werden sich uns Kräfte offenbaren, die nie versiegen können, weil wir uns mit dem kosmischen Reichtum verbunden haben. Zuvor müssen wir uns aber mit der materiellen Welt auseinandergesetzt haben, denn nur wer die Dunkelheit kennt, weiß das Licht zu würdigen. Erst wenn wir alles ausgekostet haben, können wir uns für die Werte entscheiden, die uns persönlich am wichtigsten sind. So sollen wir uns erlauben, uns an all den materiellen Gütern zu erfreuen, die allen Menschen ohne Ausnahme zur freien Verfügung gestellt wurden. Moralpredigten werden mit leerem Magen schlecht akzeptiert. Erst wer den Überfluss kennt, wird sich beschränken und etwas abtreten und loslassen können, weil er um die Bürde des Besitzes weiß. Wir können nicht teilen oder loslassen, was wir nie besessen haben.

Wie können wir also unseren vermeintlichen Mangel an Eigen- oder Selbstwert umkehren und zurückfinden zu dem, was wir immer waren, das heißt einmalig wertvoll in unserer individuellen Persönlichkeit?

### Unterstützende Formen zur Umsetzung eines intakten Selbstwertgefühls

Physisch:            Kraftsport, Krafttraining und Gewichtheben.

                     Schöpferische Hobbys.

| Geistig: | Sprechtechnische oder gesangliche Übungen zur Ausbildung der Stimme, als Stärkung zur sprachlichen Ausdrucksweise seines Selbstwertes durch die Stimme. |
|---|---|
| Seelisch: | Singen von Mantras, wie etwa die heilige Silbe von OM, Hatha-Yoga (dessen Ausgangspunkt der Körper ist), Naturmeditation. |
| Generell: | Einnahme von Bachblüten-Essenzen; empfehlenswert sind hier insbesondere: |

**Larch (Lärche), Pine (Schottische Kiefer), Willow (Gelbe Weide)**

**Larch:** Im negativen Larch-Zustand fehlt das Bewusstsein von Eigenwert. Larch ist bei Minderwertigkeitskomplexen wirksam,

– wenn wir uns anderen Menschen von vornherein unterlegen fühlen

– wenn wir uns selbst das nicht zutrauen, was wir an anderen bewundern

– wenn wir von vornherein Fehlschläge erwarten

– wenn wir an Mangel von Selbstvertrauen leiden

– wenn wir uns für unwichtig und unfähig halten

Im transformierten Zustand gehen wir das Leben realistisch an und können auch schwierige Situationen mit Selbstvertrauen besser meistern. Wir kommen endlich los von geistig-seelischen Wertbegrenzungsvorstellungen.

**Pine**: wenn wir meinen, ein minderes Recht als andere zu haben, hier auf dieser Welt zu sein; dass einem hier auf Erden nichts geschenkt wird und wir sogar für unser Da-Sein eine Schuld abgleichen müssen. Dogmatische Denkkonzepte belasten unser Leben – Strafe und Buße erwarten ihre Abgeltung, Schmerz und Vergeltung seien unsere einzigen Verdienste. Pine bringt uns den Gedanken der Gnade näher. Wenn wir unsere Möglichkeiten ignorieren und nur unsere Begrenzungen erkennen, nehmen wir uns selbst nicht ernst und können das auch von anderen nicht erwarten. Wenn wir uns selbst missachten, werden wir auch von der übrigen Welt missachtet und ignoriert. Wir fühlen uns wertlos und minderwertig, ohne Existenzberechtigung, und haben das Gefühl, wir seien der Liebe und dessen, was damit in Verbindung gebracht wird, unwürdig.

**Willow** hilft uns, wenn wir Lebenserfolg und Daseinswert vorwiegend nach materiellen Kriterien beurteilen. Wir verurteilen unser höheres Selbst als Versager und finden uns von der Umwelt oder den kosmischen Kräften ungerecht behandelt.

### Werteverhältnis auf der Berufsebene real gelebt

Einige Berufe, welche mit meinem Werteverhältnis je nach Anlage in Einklang stehen können *oder* in welchen ich meine individuellen Bedürfnisse an Werten besonders gut selbst leben kann, statt diese auf andere projizieren zu müssen:

Bei dem Bedürfnis nach Grundwerten stehen vor allem praktische Berufe im Vordergrund. Das Handwerk oder der Handwerker hat bekanntlich einen „soliden" oder auch „goldenen Boden" im Volksmund und ist gut geeignet, einen festen Halt und Sicherheit zu bieten. Ferner gilt auch die Ernährungsbranche als geeignet. Im Weiteren treffen wir hier oft auch auf Menschen in subalternen beruflichen Stellungen, in denen man sich auf das Verantwortungsbewusstsein anderer verlässt.

Hier nun einige wenige Beispiele:

- Antiquitätenhändler
- Bankier
- Bauer
- Koch
- Sänger

Beim Haben ist es wichtig, sich gut zu überlegen, *was* wir haben wollen, denn oft ist es so, dass wenn wir einmal das bekommen, was wir uns ersehnt haben, dies uns gar nicht mehr so wünschenswert erscheint und uns dann als Besitz eher belasten als erfreuen kann. Wünsche sind also sorgfältig zu prüfen, denn sie könnten Enttäuschungen in sich bergen.

Vom karmischen Standpunkt aus befinden wir uns auf dem Weg der Liebe. Es handelt sich hier jedoch um Liebe, die man als geistig-seelische Liebe bezeichnet, eine Liebe, ohne an dem, was sie liebt, haften und festhalten, ohne es in Besitz nehmen zu wollen. Dies ist der Weg, den wir mit Besitz auf einer höheren Entwicklungsstufe begehen können; indem wir von unserem Reichtum etwas weitergeben können – Haben und Geben bedingen sich gegenseitig. Andernfalls entsteht ein Ungleichgewicht. Vorerst müssen wir uns aber mit der Thematik der Liebe in all ihren Formen auseinandersetzen, sie in ihrer irdischen Gestalt sozusagen in Besitz nehmen, in unseren Armen fühlen und in unser Herz schließen, sie in uns als eine wunderbare Gabe des Alls aufnehmen. Dabei werden wir lernen, dass wir Liebe als universelles Geschenk nicht festhalten dürfen und in ihrer Entfaltung nicht einschränken können, weil Liebe eine Lichtgestalt der Himmelssphären ist, die uns nur erscheint, wenn wir uns ihr uneingeschränkt von der Seele her öffnen. Das heißt, dass wir die Grenzen und Abgrenzungen unseres Wertesystems öffnen müssen, um die universellen Werte der Liebe empfangen zu können. Wir vermögen nun den Bereich unseres Ichs klar zu kennzeichnen und unsere Identität zu bewahren und zu sichern. Dies ist sehr wichtig für unsere materielle Existenz. Doch müssen wir zu unserer Weiterentwicklung auch durchlässig sein für den Austausch mit unserer Umgebung, was ein Zuviel an Abgrenzung verhindern würde. Darin das rechte Maß zu finden, das heißt, zwischen meinen eigenen Werten und den Werten anderer (den so genannten Fremdwerten) dürfte die große Aufgabe in Zukunft sein. Die erweiterte, vom Ich gelöste und erlöste Symbolik wird uns zum allumfassenden und selbstlosen Wert der Liebe führen. Der Liebe zu einem anderen Menschen, der Liebe zur Natur, der Liebe zur Schöpfung und zu alldem, das uns umgibt. Dazu müssen wir uns öffnen und unsere Selbstbezogenheit aufgeben. Dann werden wir makellose Freude in unserem Herzen empfinden, Freude, dabei sein zu dürfen als ein gleichwertiger Teil dieses großen, unendlichen Ganzen, weil es im Universum keine Wertunterschiede gibt. Alles ist gleich wertvoll.

*Die Dinge, welche das Selbstwertgefühl bestimmen, sind von Mensch zu Mensch verschieden. Stellen Sie sich selbst die Frage: Was gibt Ihnen ganz persönlich Selbstachtung und Vertrauen zu sich selbst?*

Selbstachtung bedingt, dass wir uns in *unserer* Haut wohl fühlen, dass wir *zu uns selbst* stehen können und vor allem, dass wir auf die Bedürfnisse unserer Seele Rück-Sicht nehmen und auf das achten, was in unserem innersten Selbst vor sich geht. Bleiben wir uns selbst gegenüber integer und ehrlich, stehen wir für das ein, woran wir glauben. In unserem Selbst liegen die wertvollsten Schätze wohl geborgen und in Sicherheit. Was sich im Außen widerspiegelt, ist immer auch ein Teil unseres Selbst, wenn auch oft ein unbewusster, denn: wie innen, so außen.

Hat sich unsere innere Einstellung geändert, wird sich auch das, was uns von außen begegnet, ändern, seien dies Menschen oder etwa Geschehnisse. Leben wir nach unserem inneren, eigenen Wertesystem, achten wir uns selbst und würdigen wir das, was wir sind, denn nur wer sich selbst achtet, wird von anderen geachtet werden! Fragen wir uns immer wieder, was uns wirklich ganz persönlich wichtig ist, und versuchen wir, unser Leben danach zu steuern und zu leben. Lassen wir niemals unsere Werte von anderen durch ein uns fremdes Wertesystem einschätzen, denn nur wir selbst können wissen, was wir uns wert sind. Lassen wir uns auf die Wertschätzung anderer ein, werden wir unfrei und abhängig. Wir entfernen uns immer mehr von uns selbst und machen andere Menschen zur Autorität über uns; schlussendlich werden wir es trotzdem niemandem recht machen können und damit für diese wert-los bleiben, ungeachtet aller Anpassungsbemühungen.

Es ist wichtig, sich bewusst zu sein, dass jeder Mensch bei seiner Geburt ein Wertepotential in seinem Gepäck auf die Welt mitbringt. Das ist ein Geschenk des Universums zu unserer Sicherheit und zu unserem inneren Reichtum. Alles, was wir brauchen, um unseren Lebensweg zu beschreiten, steht abrufbereit in unserem inneren Selbst, um genutzt, weiter ausgebildet und eingesetzt zu werden. Wenn wir aber kein Vertrauen in uns selbst haben, können wir weder Selbstsicherheit noch Eigenwertbewusstsein ausstrahlen, noch dürfen wir dann erwarten, dass uns dies von außen zuerkannt wird. Weder materieller Besitz noch Schönheit oder rationale Denkmodelle können zu Selbstwertbewusstsein oder innerem Selbstsicherheitsbewusstsein führen, wenn wir nicht zu unserer inneren Quelle zurückfinden und uns selbst als wertvoll erachten und in Sicherheit fühlen, so, wie wir sind. Als eigene Persönlichkeit, in unserer gesamten Polarität von Gut und Böse, von Licht und Schatten, als Mensch. So wird das Einzelne, wie Geld und Besitz, Status und Ansehen, weniger wichtig, wenn wir wissen, wer wir sind in unserer Ganzheit und dies in die Welt auszustrahlen *vermögen*.

Wenn wir uns selbst anerkennen, brauchen wir keine Anerkennung mehr von außen – nur innere Werte können äußeren Reichtum ergänzend ausgleichen und zur völligen Harmonie führen. Wir alle wissen, dass die Sonne noch so scheinen mag, wenn wir unser Herz nicht öffnen können, wird uns keiner ihrer Strahlen beglücken. Wenn wir versuchen, stets unser Bestes zu tun, will das nicht heißen, dass wir stets ohne Rast auch immerzu bis aufs Äußerste hart arbeiten müssen. Gönnen wir uns vielmehr auch die Freuden des Lebens und genießen wir das, was auch uns zusteht, um neue Kraft zu schöpfen für kommende neue Aufgaben und Zielsetzungen.

Bedenken wir, dass Menschen, die uns nicht achten oder schlecht behandeln, nur so reflektieren können, weil diese Menschen sich selbst nicht achten. Übermitteln wir diesen Menschen eine telepathische Botschaft, wie wir behandelt werden möchten, und wir werden über die Resultate erstaunt sein. Wie wir bereits wissen, führen Gefühle von Wut und Zorn höchstens zu Machtkämpfen und schaden uns selbst. Erwartungen können wir bekanntlich nur an uns selbst stellen, dadurch ersparen wir uns viele Enttäuschungen (Täuschungen).

Situationen, in denen wir von Gefühlen der Wertlosigkeit bedrängt werden, wollen uns herausfordern und direkt mit der Auf-Gabe (etwas aufgeben und loslassen) konfrontieren, unsere Selbstwertschätzung mit den Augen anderer zu messen. Selbstwertgefühl entsteht durch die Bereitschaft anzuerkennen, wer man ist. Gefühle können recht verschieden sein. Beachten wir, dass wir immer das zurückerhalten, was wir selbst ausstrahlen. Nutzen wir das Gesetz von Ursache und Wirkung. Gehen wir achtlos mit dem Faktor Zeit um, müssen wir uns nicht wundern, wenn andere unsere vereinbarten Termine nicht respektieren. Halten wir uns selbst für minderwertig, werden wir stets von anderen unterschätzt werden, mit all den Folgen in Beruf oder etwa Partnerschaft. Je stärker wir ein Bedürfnis nach Anerkennung haben, desto weniger werden wir Wertschätzung von außen erfahren, weil hier das Gesetz des Ausgleichs wirkt; gehemmte Eigenwerterkenntnis zieht den Kompensator an. Zugleich wirkt auch noch das Gesetz der Bestätigung, wonach sich jede Einstellung, jede Meinung, jedes Vorurteil sich immer wieder selbst Bestätigung suchen und dadurch auch bestätigt werden. Wir werden, wenn auch unbewusst, nach den äußeren Umständen suchen und diese auch finden. Sie werden uns das bestätigen, an das wir glaubten. Wir sehen, dass oft mehrere so genannte kosmische Gesetze vereint zur Auslösung kommen, je nachdem, wie wir uns in einer bestimmten Situation verhalten. Es ist uns die Freiheit gegeben, auf unsere Zukunft Einfluss zu nehmen, sofern wir davon Gebrauch machen wollen, unsere Möglichkeiten zu nutzen und in unser Leben einfließen zu lassen.

Materieller Besitz an und für sich ist bedeutungslos und verhält sich neutral. Erst was wir daraus machen, kann Fluch oder Segen bringen. Dies hängt wiederum von unseren geistig-seelischen Werten ab. Wie ist unsere innere Einstellung gegenüber äußeren Dingen? So kann man sagen: Nur innerer Reichtum bringt äußeres Glück!

Ähnlich ist es auch mit unseren Fähigkeiten, welche wir in dieses Leben mitbringen. Lassen wir sie brachliegen, werden sie auch für unseren weiteren Lebensverlauf bedeutungslos. Sind wir hingegen bestrebt, etwas aus ihnen zu machen, wird auch die Ernte nicht ausbleiben.

Ein jeder von uns hat Fähigkeiten, Eigenschaften und Begabungen, welche oft brachliegen und zur Entwicklung bereitstehen. Materieller Besitz kann uns jederzeit entzogen werden – geistiger Besitz, erworbene und ausgebildete Fähigkeiten, qualitative Werte werden uns ein ganzes Leben lang begleiten und beglücken.

### *Anregung zum Selbstwert*

*Werte sollen der inneren Bereicherung dienen und nicht zur äußeren Belastung führen. Darauf gilt es zu achten.*

Ich befreie mich von *belastenden Meinungen, Gefühlen, Wahrnehmungen, Trieben*. Ich erkenne, dass sie für mich wertlos sind und mir nur schaden. Ich finde zu meinen eigenen Werten zurück und vertraue meinem inneren Selbst.

\*     \*     \*

# Meine geistigen Bedürfnisse,
## mein Intellekt, meine kommunikativen Anlagen

*Menschliches Wissen ist die Illusion,*
*in die Schatzkammer der Götter greifen*
*zu können.*

Die Suche des Menschen nach mehr Wissen entspricht dem Versuch, sein alltägliches Leben mit Hilfe geistiger Eigenschaften leichter und bewusster meistern zu können. Wissen ist nicht statisch und wechselt oft sein Gesicht, doch gerade deshalb ist es auch so interessant.

Näher betrachtet und dem Ergründen des noch Unergründbaren dienend, müssen wir jedoch bekennen, dass Wissen allein im Sinne der Erforschung einer höheren Bewusstseinsebene versagen muss. Alles Wissen stammt aus der Erfahrung der Vergangenheit. Der Bereich der Zukunft bleibt dem reinen menschlichen Wissen verborgen. So etwa, wenn wir uns anhand von Wissen auf die Suche nach dem Wohin begeben. Es ist die Illusion, über etwas zu verfügen, was es in Wirklichkeit nicht gibt. Der Grad einer Erfahrung oder dessen Qualität wird immer davon abhängen, wie weit wir im Moment des Erfahrens dazu fähig sind, etwas zu erfahren. So kann jedes Wissen nur einer ganz individuellen, zeitlich und den Umständen gemäß sehr begrenzten momentanen Erfahrung entspringen. Unser Wissen stammt also aus einer Situation, die sich weder vorher noch nachher ganz genau wiederholen kann und es wird daher für andere Begebenheiten stets ungenau bleiben müssen. Menschliches Wissen ist immer zeitgebunden, das heißt, wir werden dem Zeitgeist entsprechend nur das wahrnehmen und auch als Wahrheit angeboten bekommen, was der aktuellen Epoche entspricht. Jedoch haben wir stets die Möglichkeit, unseren Wissensstand den neuesten Erkenntnissen anzupassen und ihn zeitgemäß zu verändern. Wir haben eine uns innewohnende Lernfähigkeit und können diese weiterentwickeln. Etwas Neues kann durch unseren ganz persönlichen Beitrag an Erfahrung und Bewusstsein entstehen.

Die eigene Denkart können wir beeinflussen, wenn wir erkennen, dass unser Denken oft mit unserer individuellen Wesensart nicht übereinstimmt, sondern äußere Einflüsse damit reflektiert werden. Nutzen wir unseren Intellekt und seien wir bereit, etwas zu ändern. Durch Kommunikation mit anderen in Form von Sprache und Schrift, Mimik, Gestik und Auftreten können wir viele neue Erfahrungen sammeln.

Ebenso sind sämtliche Kommunikationsmittel, wie Presse, Fernsehen, Funk und Internet, neue, zeitgemäße Möglichkeiten, um unseren Horizont zu erweitern. Kurz alles, was irgendwie mit Aufnahme von Wissen und Information in irgendeiner Art und deren Weitergabe zu tun hat, wird uns als Vermittler dienen; ebenso die Logik und das rationale Denken (es steht im Gegensatz zum analogen Denken), die Fähigkeit zu koordinieren, praktische und technische sowie mathematische Fähigkeiten. Wir können Informationen, die wir aufnehmen, verarbeiten, kombinieren und durch unser Selbst veredeln, um sie so weiterzugeben. Dies dürfte die Chance zur Entwicklungsmöglichkeit über unsere eigene Persönlichkeit hinaus sein. Leider wird diese Chance noch allzu oft verpasst und Wissen zum Schaden anderer benutzt und eingesetzt, zum Beispiel im Sinne von „Wissen ist Macht", um die Macht zu missbrauchen (es ist pervertiertes, missbrauchtes Wissen). Wissen sollte unserer Höherentwicklung dienen, das Gute fördern. Darin sehe ich das immense Potential dieser Energie des Wissens, das uns weiterführt auf dem Weg der ewigen Suche nach Vollkommenheit im Rad der Zeit.

Wissen verlangt vom Menschen Flexibilität, Beweglichkeit und eine rasche Auffassungsgabe. Gute Vermittler sind diejenigen, welche sich selbst gut außerhalb des Geschehens halten können und eine unabhängige, neutrale Position einnehmen. Sie beherrschen die rationale Analytik, sind vielseitig interessiert und pädagogisch begabt. Distanziertheit ermöglicht kühle Objektivität.

Gedanken sind Energieformen und unsere geistige Entwicklung hängt davon ab, wie und worauf wir unsere Gedanken konzentrieren. Erst mit Hilfe des Denkens beginnt ein schöpferischer Vorgang von etwas Neuem, das aus uns hervorgehen kann; das nicht mehr ausschließlich in unseren Triebkräften seinen Ursprung findet, sondern aus dem Wirken einer inneren, eigenen geistigen Kraft. Wir beginnen, unabhängig zu werden von körperlichem oder weltlich-materiellem Besitz, um diesen schöpferischen Akt in uns als eine Art geistiger Schwangerschaft und Geburt zu vollbringen.

Wie ein Gedanke dann auch außerhalb von uns umgesetzt werden kann, hängt nicht mehr von uns alleine ab, sondern von äußeren Umständen insgesamt, so auch von der Zeitqualität. Jedoch wird kein Gedanke völlig wirkungslos bleiben, es wird durch ihn immer etwas in Bewegung gesetzt. Sind wir mit beiden Füßen mit der Erde verbunden, während wir mit unserem Denken zu Höherem ausgerichtet sind, dann finden wir in Harmonie zu den Taten, die uns bewegen.

Wenn wir Kraft unserer Gedanken etwas Eigenes erschaffen wollen, muss das Denken frei von Fremdeinflüssen werden, zu denen wir keinen Bezug haben.

Unsere Gedanken bewegen sich oft wie in einem Gefängnis. Sie haben nicht die Freiheit, sich zu neuen Ideen zu entwickeln, und spiegeln dann etwas uns Wesensfremdes wider, dies insbesondere in der so genannten gehemmten, aber auch in der kompensatorischen Form. In der gehemmten, unterdrückten Form finden wir den Analphabeten, den Lernbehinderten, den Sprachgehemmten; in einer milderen Form den in technischen Belangen Unbeholfenen.

Manchmal müssen wir uns auch frei machen von Ersatzbefriedigungen, die mit unserer eigenen Wesensart nicht in Einklang stehen, so etwa, wenn wir kompensieren und zum Intellektuellen oder Technokraten werden, indem wir rationales Wissen überbewerten und anderen Persönlichkeitswerten zu wenig Raum bieten.

Nehmen wir einmal das Denken: Stets haben andere uns auf irgendeine Weise ihre Denkart übermittelt. Nun liegt es an uns, diesen Wissensstand zu veredeln und daraus etwas Neues entstehen zu lassen und dadurch sozusagen eine alchimistische Transformation zuzulassen, um aus der Kraft eigenen Denkens Eigenes zur Schöpfung beitragen zu dürfen.

Kommunikation ist lebenswichtig, und wie das Blut in unseren Adern mit jeder einzelnen Zelle unseres Körpers in Verbindung bleiben muss, um diese am Lebensfluss teilhaben zu lassen, ist Kommunikation der Austausch geistiger Energien, das Fließen geistiger Kraft im Lebensraum. Sie hat ein mächtiges Potential und ist, im positiven wie im negativen Sinne eingesetzt, weitgehend unabhängig von der reinen physischen Kraft, vom körperlichen Befinden oder auch vom materiellen Besitz. In ihrer Auswirkung ist sie jedoch unbedingt einflussreich. Wir wissen längst, dass unser physisches Aussehen und Wohlbefinden, unser geistiger wie materieller Besitz von unserer Denkweise geformt, beeinflusst, gesteuert werden kann und wird. So können traurige Gedanken keinen fröhlichen, entspannten Gesichtsausdruck bewirken, das Selbstvertrauen zerstörende Gedanken zu keiner Heilung beitragen. Jedoch können positive Gedanken über den Selbstwert in ihrer mutigen Umsetzung materiellen Besitz und Erfolg in Familie, Beruf und sozialer Stellung erbringen.

Denken kann ohne Ziel in alle Richtungen verlaufen und daher unkontrollierbar werden. Offenheit für alles Neue ist zwar eine gute Voraussetzung für entwicklungsfähiges Denken, wenn ein Ziel vorhanden ist. Dabei ist es aber auch wichtig, dass abstrakte Ideen, die sich nicht erst bewähren mussten, einbezogen werden und Theorien eine Chance bekommen. Sich nicht festlegen zu können, kann keine Früchte bringen. Im Gegenteil, es wird alles immer wieder in Frage gestellt. Daraus kann Unzuverlässigkeit resultieren.

Rational Denkende stützen sich mehr auf Informationen, Statistiken faszinieren sie, ihr Tun erweist sich als logisch und kann rational erläutert werden. Sie mögen es nicht, wenn ihre Meinung ignoriert wird. Es besteht die Tendenz, alle Erfahrungen auf eine logische Struktur hin zu untersuchen und in ein vorgefasstes System zu bringen. Es kann ein Denken an der Oberfläche sein, das es nicht mag, in die Tiefe zu gehen. Im negativen Sinne sei hier das Bauen von Luftschlössern erwähnt, bei denen die abrupte Konfrontation mit der Wirklichkeit recht schmerzlich sein kann. Oft werden die Bedürfnisse des Körpers vernachlässigt. Rationales Denken und Gefühle stehen einander im Wege, niemand kann beides zu gleicher Zeit erfahren. Manchmal begegnen wir einer Art „sozialen" Denkens, bei dem andere Meinungen gerne akzeptiert werden; Begrenzungen sind unbeliebt, anregende Menschen wirken hier besonders ergänzend. Es ist kein Denken, welches auf Dauer setzt und dadurch seine Beweglichkeit durch Festhalten oder Einschränkungen gefährdet, deshalb bleibt es unverbindlich. Es wird und kann dabei nicht auf Details eingegangen werden, weil dazu keine Zeit bleibt. Neugierde, Wissbegier, Vielfältigkeit, Freude am Imitieren, Kontakt- und Diskussionsfreudigkeit, geschicktes Lavieren, Beweglichkeit, sowohl körperlich wie geistig, sind Merkmale einer aktiven Denkernatur. Sie liebt es, Verbindungen zu knüpfen, liebt das Alltagsgespräch mit Nachbarn und Mitmenschen, den alltäglichen Kontakt und das Einholen von Informationen, sie lernt gerne. Oft wird nur diskutiert um der Diskussion willen, rasch und an der Oberfläche, ohne in die Tiefe gehen zu wollen oder können. Weil es zu schnell geht, kann dadurch kaum eine echte Beziehung stattfinden, oft wird dem Gesprächspartner kaum zugehört und so ist dann auch kein effektiver Austausch möglich. Jedoch wären gerade Beziehungen, wo ein Austausch von Wissen stattfindet, ein sinnvoller Beitrag zur Förderung des Denkens und könnte so zu einem Entwicklungsschritt im Denken führen.

C. G. Jung sagt zum Denken: „Das Denken ermöglicht uns zu erkennen, was das Vorhandene be(deutet.)" Das heißt, dass es wichtig ist, unser Denken nicht erstarren zu lassen, sondern darin so beweglich zu bleiben wie das Vorhandene, das uns umgibt und sich unaufhörlich verändert. Wissen muss mit der Zeit und dessen jeweiliger Qualität fließen können, wenn es zweckdienlich bleiben soll.

Tatsächlich können wir durch das Denken die Fähigkeit entwickeln, Dinge voneinander zu unterscheiden und auseinanderzuhalten, dieses Spezifizieren rational zu begründen und anderen zu vermitteln. Sobald das Gedachte auf dem Übermittlungswege den Denkenden verlässt, unterliegt es dem Wahrnehmungssystem des Empfängers und erfährt dadurch in der Bedeutung eine oft wesentliche Umdeutung. Unseren Verständnis- und Übermittlungsmöglichkeiten sind also Grenzen gesetzt. Sie sind an Bedingungen geknüpft, die wir in unser Denken einbeziehen müssen, wollen wir nicht andere und uns selbst in der Kommunikation täuschen und enttäuschen. Der Gegenpol zum eigenen Denken weist darauf hin, dass wir in Bezug auf das Denken Andersdenkenden gegenüber sehr großzügig sein sollten, weil ein jeder die Wirklichkeit nur durch seine eigene „Denkbrille wahrdenken" kann und nur der Glaube keiner Beweise bedarf. Werden wir uns gewahr, dass Kommunikationsmittel nur Annäherungsmittel sind und dass wir, um etwas wirklich begreifen zu können, nicht nur Körper und Geist einsetzen müssen, sondern uns auch mit unserer Seele engagieren müssen. Deshalb müssen wir uns unbedingt vom alleinigen rationalen Denken distanzieren. Rationales Denken kann uns Begriffe zur Annäherung an die Wirklichkeit liefern, das Wesentliche aber werden wir durch die Seele erfahren. Ein Entwicklungsschritt des Denkens heißt Meditieren und führt vom Wissen zur Weisheit. (6. Chakra, das Dritte Auge, mit dem 6. Chakra in seiner Bedeutung als Meisterschaft des Bewusstseins und Synthesechakra: Größere und kleinere Kraftzentren innerhalb unseres Körpers werden je nach Kultur Chakra oder Akupunkturpunkte genannt.) Gelingt uns dieser Bewusstseinsschritt nicht, werden wir entweder glauben, dass uns anhand von Wissen alles möglich sein wird, und immer wieder Enttäuschungen hinnehmen müssen, oder wir verfallen in die fatalistische Einstellung, dass Wissen unnütz ist, weil alles vorbestimmt ist, und ein Narr ist, wer sich groß anstrengt und den mühsamen Weg der Erkenntnis geht. Stagnation ist die Folge. Wir können nichts in unserer Entwicklung überspringen: Der Weg zum abstrakten Denken führt über das rationale, bewusste Sein.

Beim Denken gilt es auch, sich von seinem Wissensinhalt lösen zu können, sich von einer Fixierung zu befreien, um Platz zu machen, um Neues wahrnehmen zu können, offen zu bleiben für verändernde Erfahrungen, für eine Bewusstmachung des Denkprozesses. Sich nicht im Erreichten und Bekannten in Sicherheit wähnen, sich nicht, vielleicht aus Bequemlichkeit, in Denkgewohnheiten einkapseln; in Denkformen, die man uns noch und noch in der Vergangenheit eingetrichtert hat und die vielleicht damals sogar eine große Gültigkeit und Berechtigung hatten. Überholte Denkschemen können eine schwere Bürde sein beim Bewältigen von neuen Situationen und bedürfen einer Entprogrammierung, wenn wir den daraus entstehenden Leidensdruck nicht mehr auszuhalten vermögen. Es ist dann so, als ob wir in unserem Computer alle unnütz gewordenen Informationen löschen müssen, um Speicherplätze für ein dringend notwendiges Update oder ein neues Programm zu schaffen. Denkprogramme sind meist mit Lust- und Unlustgefühlen verbunden, das heißt, sie sind mit für uns in der Vergangenheit gemachten positiven oder negativen Erfahrungen verhaftet, welche wir in Wertvorstellungen umsetzen (vgl. „Mein Werteverhältnis", die 5 Skandhas, die Haftung am Gefühl). Um uns von solchen Denkschablonen lösen zu können, müssen wir immer auch Gefühlsblockierungen angehen, damit unbewusst das Denken nicht dem Fühlen verhaftet bleibt. Gewisse Blockaden oder Hemmungen im Denkprozess könnten uns daran hindern, alle verfügbaren Fakten in eine Überlegung einzubeziehen und nur diejenigen zu berücksichtigen, die mit einem anerzogenen oder einem uns eingeprägten Denkschema übereinstimmen. Dadurch würde eine objektive und zeitgemäße Kommunikation mit der Umwelt in Frage gestellt.

Über ein intaktes Denkvermögen verfügen zu können, gibt uns die Möglichkeit, eine Idee besser zur Verwirklichung zu bringen, zumal wir dann meist auch fähig sind, eine dazugehörige Strategie zu entwickeln. Wenn wir bemerken, dass wir gewisse Gedanken mögen, andere aber oft unbewusst zu verdrängen versuchen, können wir an letzteren vielleicht Gefühlszwänge erkennen, denen wir unsere volle Aufmerksamkeit widmen sollten. Es geht darum, sich darüber klar zu werden, in welchen Bereichen sich Werturteile und Gefühlsschablonen mit unserem logischen Denken vermischen und dieses beeinträchtigen. Oft kann eine Diskrepanz zwischen Wollen und Denken entstehen. Zum Beispiel möchten wir die Dinge mit sehr viel Sensibilität angehen. Gefühle und Intuition könnten mit dem Rationalen konkurrieren, das Erfassen und Verarbeiten der Wirklichkeit geschähe mit Impulsivität. Das könnte ein Erfassen der ganzen Wirklichkeit verhindern, weil es nicht zum Einbezug aller verfügbaren Fakten kommt. Es kommt auch darauf an, wie wir die Realität denkerisch verarbeiten, wie wir lernen und wie wir unsere Einsichten weitergeben. Unser Denken kann von Zielen und künftigen Möglichkeiten ausgehen oder wir werden ganz konkret und sachlich vorgehen. Eine weitere Variante wäre, dass wir bevorzugt die Fähigkeit nutzen, in Begriffen zu denken und diese Begriffe formelmäßig miteinander kombinieren, und last but not least könnte es sein, dass wir das Rationale und Neutrale durch starke Sensibilität, Gefühle und Intuition abzuschwächen versuchen und vielleicht transformieren!

Wissen können wir auch missbrauchen, wenn wir es etwa anderen vorenthalten, um dadurch auf andere Macht ausüben zu können oder weil wir nicht bereit sind, dafür Verantwortung zu übernehmen. (Wir beziehen keine Stellung.) Wissen kann auch ausgeplaudert werden, Verrat und Intrige dienen. Wissens- und Machtmissbrauch wären auch gegeben bei einem Strafverteidiger, der seinen Klienten glänzend zu verteidigen sucht, obwohl er weiß, dass dieser schuldig ist. Wir sollten uns prüfen, ob und aus welchen Gründen wir manchmal den eigenen Standpunkt verschweigen.

## Die Entsprechungen des Körpers zu meinen kommunikativen Anlagen

### Organe

Luftröhre,
Bronchien,
Lungen

Der Gasaustausch, das heißt das Einatmen des lebensnotwendigen Sauerstoffs $O_2$ und das Ausatmen des im Blut ans Hämoglobin gebundene Kohlendioxyd $CO_2$, ist u. a. mit diesen drei Organen verbunden. Die beiden Lungenflügel funktionieren wie ein Blasebalg, sie werden rhythmisch ca. 25000-mal pro Tag durch die Bewegungen des Zwerchfells und der Zwischenrippenmuskeln erweitert und wieder zusammengedrückt. Es sind somit sozusagen Förderwege unseres Atems. Der eigentliche Austausch ($O_2 - CO_2$) findet an den Grenzen der Lungenbläschen statt. Das sauerstoffreiche Blut gelangt zur linken Herzkammer und von dort in den arteriellen Kreislauf. Die Arterien verzweigen sich bis zu den Kapillaren der Gewebe, in denen dann die Abgabe des Sauerstoffs an die einzelnen Zellen stattfindet. In diesen wird über die Oxidation bestimmter Moleküle in ihrer Atmungskette Energie gewonnen. Das in den Zellen aus dem Zitratzyklus anfallende Kohlendioxyd wird ins Blut abgegeben, gelangt so über das venöse Gefäßsystem zur rechten Herzkammer und von dort in die Lunge, von wo es ausgeatmet wird. [2]

Aus all dem wird ersichtlich, dass der gesamte Atemvorgang in seiner Auswirkung eine Analogie auf der körperlichen und materiellen Ebene zu der geistigen, immateriellen Ebene darstellt. In beiden geht es um den Austausch von Lebensenergie. Und so ist es nicht verwunderlich, dass kommunikative Hemmungen oder Menschen, die ihre kommunikativen Möglichkeiten nicht real leben, diese Energie oft somatisieren. Ihr Ausdruck findet dann auf der entsprechenden Körperebene statt und zeigt symbolhaft an, wo Korrekturen dringend nötig wären, um Harmonie zwischen Körper, Geist und Seele wiederherzustellen.

In diesem Zusammenhang ist sicher eine astrologische und astronomische Erkenntnis nebenbei erwähnenswert: Für die Wanderung oder Präzession des Frühlingspunktes, das heißt, dass die Verschiebung des Frühlingsanfangspunktes von null Grad Widder durch den ganzen Tierkreis (Verschiebung im astrologischen

Zodiak gegenüber dem Fixsternhimmel oder fixen Zodiak, die mit der ellipsoiden Form der Erde zusammenhängt) auf astronomischer Grundlage im mittleren Wert auch um die 25000 Jahre braucht (im Mittel um die 25800 Jahre)! Dieser Zeitraum wird Platonisches Jahr oder auch Weltenjahr genannt, wobei ein Weltenmonat einer Zeitperiode von ungefähr 2150 Jahren entspricht. Diese Verschiebung findet im Uhrzeigersinn durch den Tierkreis statt und beträgt ungefähr ein Grad in 72 Jahren, was wiederum einem durchschnittlichen Menschenleben entspricht. Wir befanden uns bis anhin im so genannten Fischezeitalter und befinden uns auf der Schwelle zu dem des Wassermanns.

Mit diesem Thema haben sich einige große Denker beschäftigt, so auch die Philosophen Plato und Pythagoras oder die Ägypter des Pyramiden-Zeitalters. Da die Übergänge von einer Zeichenachse zur nächsten fließend erfolgen, kann der genaue Übergang von einem in das andere Zeichen nicht definiert werden. Jedoch sollte genügend Anlass zur Reflexion dadurch gegeben sein, dass wir uns bewusst werden, dass nicht nur mit jedem Atemzug ein Austausch mit allen anderen Lebewesen, von den Bakterien bis zu den Menschen, in homöopathischer Dosis stattfindet, sondern dass wir darüber hinaus mit Zeitzyklen von jeweils ungefähr 25800 Jahren durch unsere tägliche Atmungsfrequenz in enger Verbindung stehen und synchron sind. Frequenz bedeutet in der Physik Anzahl von Schwingungen pro Zeiteinheit. Und so meine ich, dass wir mit jedem Atemzug teilhaben am Gesamtschwingungsfeld des Universums und dadurch mit dem Göttlichen in Berührung sind. (Es atmet mich, wir sind eins mit der Schöpfung, die durch uns atmet.) Das Wort Atem ist mit dem altindischen „atman" verwandt, was auch Seele bedeutet. Im Altertum und bei vielen Naturvölkern war die Vorstellung verbreitet, dass der Atem oder Hauch Träger der Seele sei. Das lateinische „Spiritus" heißt sowohl Hauch, Atem wie auch Seele. All dies zeigt uns, dass wir die Sphäre eines Mysteriums berühren.

## Zentrales und peripheres Nervensystem

| | |
|---|---|
| Nervenbahnen | Auch hier geht es um das Vermitteln: vermitteln von Bewegung und Anregung und deren Transportwege, die Nervenbahnen. Die Nerven als Vermittler zwischen Innen- und Außenwelt. |
| Blutkapillaren | Sehr dünne Blutgefäße, welche dem Stoffaustausch zwischen Blut und Geweben dienen. Wiederum Transportwege oder -kanäle für den Stoffaustausch oder auch Energiezubringer. |

Das Lymph-(Transport-)
System                          Ein weiteres Übermittlungs- und Transportsystem.

Wir haben auf einer intellektuellen Ebene das Bedürfnis nach Austausch von Gedanken und Ideen und können dazu Fähigkeiten entwickeln, verschiedene Transport- und Kommunikationskanäle zu deren Vermittlung zu benützen, wie etwa das Wort, die Schrift und die Gestik. Auf einer so genannten materiellen Ebene besteht für unseren physischen Körper ebenso ein Bedürfnis nach Austausch von in Materie umgewandelter Energie, wie hier zwischen Sauerstoff und Kohlendioxyd, und unser Körper verfügt zu diesem Zwecke über die nötigen Aufnahme-, Transport- und Übermittlungskanäle in Form von Luftröhre, Bronchien, Lungen oder etwa Arterien.

Sobald Hemmungen auf der geistigen Ebene vorhanden sind, kann sich dies auf der entsprechenden Körperebene einen Ausdruckskanal verschaffen, es sei denn, es besteht eine Kompensationsmöglichkeit, diese Energie etwa durch den Beruf äußern zu können.

Knochen

Verschiebungen von Wirbeln und Bandscheiben können Reizungen des Nervensystems verursachen und die Strukturen, Organe und Funktionen beeinträchtigen, was zu Beschwerden führen kann. Hier kommt als Entsprechung des Körpers zu meinen kommunikativen Anlagen der erste Halswirbel und damit die Blutversorgung u. a. von Gehirn, Innen- und Mittelohr sowie des sympathischen Nervensystems in Betracht. Hier kann nach Louise L. Hay[3] u. a. Gedächtnisschwund als Auswirkung eintreten.

Eine mögliche seelische Ursache für diese Wirbelverschiebung könnte nach L. Hay vermutlich ein „nicht enden wollender innerer Dialog" sein, ohne die Möglichkeit, diesen Dialog nach außen weiterführen und ableiten zu können. Es folgt möglicherweise Gedächtnisschwund als Befreiung von diesem inneren Gedankendruck und seelischen Zustand, weil dazu kein anderer Weg oder Kanal gefunden werden konnte.

Erster und dritter Brustwirbel, Versorgungsgebiete u. a. von Luftröhre (1. Brustwirbel), Herz einschließlich seiner Klappen (2. Brustwirbel), Lungen, Bronchien (3. Brust-wirbel). Hier können die folgenden Auswirkungen von Wirbelverschiebungen möglich sein: beim 1. Brustwirbel zum Beispiel Asthma, Husten, Atembeschwerden, Kurzatmigkeit; beim 3. Brustwirbel Bronchitis, Lungenentzündung, Grippe (als vermutliche Ursache gibt L. Hay Unfähigkeit zur Kommunikation an).

Schulterblätter, Schlüsselbeine, Ober- und Unterarmknochen, Handknochen (Gestik, Schreiben u. a.), sind weitere Körperknochen-Entsprechungen zum kommunikativen Verhalten.

Muskeln

Schulter- und große Brustmuskulatur
Ober- und Unterarmmuskeln
Handmuskulatur

### Physiologisches Prinzip und Körperfunktionen

Ich habe es bereits erwähnt, involviert sind die Oxidationsprozesse des Blutes, der Gasaustausch, ferner katalytische Prozesse.

### Krankheitsprinzipien

Erkrankungen im Bereich des Austausches (beispielsweise das Lungenemphysem), im Bereich der Leitungssysteme, wie zum Beispiel Nervenausfälle, Gefäßverengungen, Lymphstau. Ferner gehören Störungen der Sprach- und Hörorgane als Kommunikations- und Austauschmittel in diesen Bereich. Zum Beispiel können Wahrnehmungsstörungen im Bereich des Hörens oder Sehens erfolgen, oder die Person stottert respektive weist eine andere Sprachstörung auf.

### Krankheitsdispositionen

- Asthma bronchiale, Heuschnupfen
- Erkrankungen von Luftröhre, Bronchien und Lungen
- Neurologische Erkrankungen
- Pneumonie
- Tbc

# Geistige, kommunikative Anlagen praktisch umgesetzt

Es geht um Lernen und Lehren, Kommunizieren von Informationen und Fakten, die wir aufnehmen, logisch-rational bewerten und entweder veredelt oder entwertet, je nach individuellem Entwicklungsstand oder Bewusstseinsstandort weitergeben oder mit anderen austauschen.

Unser Intellekt ist angesprochen. Im Weiteren geht es auch um das Handeln, Verhandeln, um das Geschäftemachen und schlussendlich um manuelle Fähigkeiten.

Wir können diese Fähigkeiten auf verschiedene Weise und in unterschiedlichen Lebensbereichen zum Ausdruck bringen.

*Hier nun einige Beispiele:*

Die harmonische Wirkung könnte auf gute Beziehungsfähigkeit, fruchtbare Ideen, ein zielorientiertes Denken, gutes Planungsvermögen, eine hohe Lernbereitschaft, effektvolle Überzeugungskraft hinweisen. Konzentrationsfähigkeit und Lerndisziplin, klare Kommunikationsformen, methodisches und realistisches Denken, praktisches Handeln und seriöse Geschäfte zu machen sind weitere Varianten einer real gelebten Anlage. Ferner Aufgeschlossenheit für das Neue und Ungewöhnliche, geistige Beweglichkeit, rasches Denken und Kombinieren, originelle Denkweisen. Eine weitere Möglichkeit wäre eine sensible Ausdrucksweise – es wird eher intuitiv entschieden und man erkennt innere Zusammenhänge, handelt mit Feingefühl und hat ein Bedürfnis nach spirituellem Wissen.

Real gelebte Form des Denkens befruchtet auch den Forschergeist und weist oft auf einen sehr gründlichen Denker hin, der kaum etwas außer Acht lässt – oder auch auf einen unerbittlichen Taktierer, sowohl geschäftlich wie privat, auf jemand mit unermüdlichem Lerneifer, auf einen Menschen, welcher gerne Untiefen sondiert und das Unergründliche zu klären und aufzudecken versucht, vor dem kaum etwas verborgen bleiben kann. Es besteht dann oft ein Hang zu okkultem Wissen, zu so genannten Geheimwissenschaften.

In der verzerrten oder kompensatorischen Form gelebt, könnte das Denken zu Schwatzhaftigkeit, Überheblichkeit, Angeberei, Nervosität und Übertreibung führen. Wenn Denkblockaden oder Konzentrationsstörungen, zu Isolation führende Situationen, mangelnde Unterstützung in Verhandlungen, kleinliches oder übervorsichtiges Denken oder geistige Unbeweglichkeit überwiegen, weist dies ebenfalls auf Verzerrung oder Kompensation der Anlagen hin. Ebenso Unruhe, Unkonzentriertheit, Übereilung, Gereiztheit, ständige Zerrissenheit, unübliche und unsichere Verhandlungs- und Geschäftspraktiken. Weitere Merkmale könnten hier auch unklares, weitschweifendes, unreales Denken, verminderte Abstraktionsfähigkeit und getrübte Wahrnehmung sein. Es kann auch heißen, dass hier Vorsicht geboten ist vor Lüge, Täuschung, Luftschlössern, Missverständnissen und Intrigen. Verzerrung oder Kompensation kann zu Besserwisserei, zu einem Hang zu „dunklen" Geschäften, zu gestörten zwischenmenschlichen Beziehungen führen, in denen Macht und Ohnmacht durch massive Manipulation an der Tagesordnung sind.

Möglichkeiten, das eigene Energiepotential besser nutzen zu können, bestehen in der weiteren Ausbildung der bestehenden Fähigkeiten, durch Integrationsübungen und unterstützende Formen zu deren realen Umsetzung.

## Unterstützende Formen zur realen Umsetzung als Einsatz von Wissen zur Befriedigung unserer Kommunikationsbedürfnisse

Physisch:         Gymnastik (spez. Atemgymnastik), Radfahren, Wandern

Geistig:           Lösung von Kreuzworträtseln

Besuch eines Rhetorikkurses

Erweiterung des Allgemeinwissens

Beschäftigung mit Psychologie, um zu wissen, wie Gedanken wirken; selbstständig werden

Auf innere, erste Impulse achten

Sich verinnerlichen, dass alles einen tieferen Sinn hat

Seelisch:         Meditation

Generell:         Einnahme von Bachblüten-Essenzen, empfehlenswert sind hier insbesondere:

### Chestnut Bud (Knospe der Rosskastanie), Hornbeam (Weißbuche), Cerato (Bleiwurz), Gentian (Herbstenzian)

**Chestnut Bud** ist dann angezeigt, wenn die Synthese zwischen unserem Denken und der äußeren, materiellen Wirklichkeit uns Mühe bereitet. Wenn wir uns immer wieder mit weltfremden Ideen beschäftigen und unser Denken und Wissen uns dadurch keine Hilfe zur Weiterentwicklung sein kann. Wenn wir unter Lernblockaden leiden, wenn wir langsamerer Auffassung als andere sind. Chestnut Bud steigert unsere geistige Regsamkeit und lässt uns auch aus der Beobachtung des Verhaltens anderer Menschen Lernerfahrungen machen.

**Hornbeam** ist dazu geeignet, auf mentale Erschöpfungszustände einzuwirken.

**Cerato.** Wenn zu viel Erfahrungswissen neuen Entscheidungen im Wege steht, wenn Wissen als Sammlung angelegt wird, statt andere, neue Erfahrungen zu unserem Nutzen zu machen, kann uns Cerato von Nutzen sein. Cerato möchte uns wieder neugierig auf andere mögliche Erfahrungen machen, uns dafür begeistern, unser Wissen auf den neuesten Stand zu bringen. Unser Wissen soll nicht mehr als Museumsanlage funktionieren, sondern der Weiterentwicklung dienen, und dazu muss es stets dem aktuellen Stand unseres Selbst angepasst werden.

**Gentian** ist für Menschen geeignet, die meinen, alleine durch die Fähigkeit ihres Denkvermögens ihr Leben in den Griff zu bekommen und andere Wahrnehmungsmöglichkeiten außer Betracht lassen. Weil sie sich die Existenz einer überpersönlichen Kraftquelle nicht erklären können, bleiben sie im Netz ihrer unablässigen eigenen Gedankenverarbeitung Gefangene ihrer selbst, was schlussendlich deprimierend wirkt. Wenn das Denken dem Irrationalen keinen Stellenwert gibt, kann man, auf sich selbst gestellt, leicht einmal in Schwierigkeiten geraten und von jeder Hoffnung verlassen werden.

### Geist, Intellekt und Kommunikation auf der Berufsebene real gelebt

Berufe, in welchen diese Werte besonders gut erfahren werden und einen Ausdruckskanal finden:

Sämtliche Berufe, welche mit Informationsaustausch und mit den Medien zu tun haben, wie:
- Schriftsteller, Verleger, Journalist, Sportreporter
- Sekretärin, Korrespondent, Dolmetscher, Redner, Werbefachmann

- Alle kaufmännische Berufe, bei welchen der Austausch im Vordergrund steht, insbesondere die, die mit Reisen und Verhandeln verbunden sind, Händler, Verkäufer, Berater
- Kurier, Post-, Radio-, TV-Berufe, Mittelsmänner und -frauen (Vermittlertätigkeiten)
- Berufe der Reisebranche
- Berufe im Sektor der öffentlichen Verkehrsmittel
- Lehrberufe
- Wissenschaftler
- Schreiber (z. B. Ratsschreiber), Informant, Agent
- Clown, Schauspieler, Geschäftstätigkeiten im Showgeschäft (Showmaster)

Allen Berufen gemeinsam ist das Interesse an wechselnden Aufgaben und wechselndem Arbeitsumfeld.

Als Metall ist Quecksilber die Entsprechung dieses Anlagepotentials. Die Silbe „queck" oder auch „quick" bedeutet so viel wie „lebhaft", „beweglich": bewegliches Silber. Früher wurde Quecksilber auch Mercurium genannt (in der Astrologie steht der Planet Merkur u. a. für Kommunikation). Jaap Huibers[4] empfiehlt „die Verwendung von homöopathischem Quecksilber zur Regulierung von Unausgewogenheiten im Merkurschema". Er schreibt dazu weiter: „Quecksilber wirkt sich sehr stark auf die Konstitution aus und beeinflusst vornehmlich all diejenigen Körperpartien, die in irgendeiner Weise mit den Begriffen Zirkulation oder Überbringung, Vermittlung in Verbindung zu bringen sind. Die Beurteilung der für eine Quecksilberindikation sprechenden Leitsymptome ist allerdings dermaßen schwierig, dass man sie am besten einem erfahrenen Homöopathen überlässt."

Jaap Huibers gibt in seinem Buch interessante Hinweise auf die Indikation einer homöopathischen Quecksilberbehandlung mit Mercurius solubilis auf Grund von spezifischen Krankheitssymptomen. Mercurius solubilis ist aber ein so tiefgreifendes Mittel, dass man es nur mit der nötigen Vorsicht und unter der Anweisung eines Homöopathen verwenden darf.

Wir haben bereits zwei karmische Entwicklungswege kennengelernt, den Weg der Tat und den Weg der Liebe. Nun gibt es einen dritten Weg, den der Erkenntnis. Die Fähigkeit des Denkens, des Austauschs und der Kommunikation kann zur Erkenntnis führen. Dazu muss ich bereit sein, Dinge zu akzeptieren, die mir vielleicht nicht so angenehm sind, Erkenntnisse zulassen, die einen materiellen Tribut fordern, etwas geschehen lassen, das mein Ego lieber nicht möchte, kurz,

eine Erkenntnis entwickeln, die offen ist für eine Wahrheit, die über meine egozentrische Einstellung hinausgeht und eine Wahrheit für alle Menschen bedeutet.
Es geht um etwas, das größer ist als mein kleines Ich, das die Allgemeinheit betrifft oder berücksichtigt. Ich muss vorerst ein Opfer erbringen, von meinem
kleinlichen Ego etwas zurücktreten, um das große Ganze in meinen Blickwinkel
zu bekommen. Dann werde ich Sehender und merke, dass es verschiedene Wahr-
heiten gibt und dass das, was die meinige ist, nur für mich volle Gültigkeit haben
kann und mit meinem Selbst zusammenhängt. Alle Höherentwicklung erfordert
von uns immer wieder die Darbringung eines Entwicklungsopfers, welches in der
Bereitschaft besteht, alles Festhalten an dem bereits Erreichten freudig aufzugeben, um uns im Bewusstsein lebendig zu erhalten, dass wir, wo immer wir auch
stehen mögen, stets nur ein Teil eines höheren, umfassenderen Ganzen sind. Vom
Wissen zur Weisheit kann ich nur gelangen, wenn ich zu mir selbst zurückfinde
und mein Denken vom kollektiven Wissen zu unterscheiden weiß.

Das logische Denken im Gegensatz zum analogen Denken kann jeweils nur ein
Teil des Ganzen sein, dessen müssen wir uns bewusst sein. Logisches Denken erfolgt aus sinnlichen Wahrnehmungen und wird deshalb ungenau, weil es Faktoren
gibt, die auf diese Weise nicht fassbar sind. Irrtümer entstehen immer dann, wenn
wir weiter denken wollen, als wir es vermögen. Wenn wir erkennen, dass wir
nicht alles begreifen können, zeigen wir damit, dass wir alles begriffen haben.

Wie und was auch immer wir denken, unser Denken beeinflusst unser Tun wesentlich und ist daher in unserem Leben von großer Wichtigkeit.

### *Anregung zur Weiterentwicklung geistiger Anlagen*

*Geistige Anlagen sind ein Energiepotential, welches uns auf einer geistigen
Ebene ein Geben und Nehmen zwischen den Menschen ermöglicht. Sie sind damit eine Möglichkeit zur Verbindung des Einzelnen mit dem geistigen Ganzen,
zu einem Sich-zugehörig-Fühlen, zu der Einheit mit dem universellen Geist, welcher, durch den atmenden Rhythmus der Gezeiten vermittelt, uns ein Austauschen und Durchdringen von geistiger Lebensenergie gestattet, die es zu nutzen
gilt!*

\*　　\*　　\*

# Der Umgang mit meinen Gefühlen und meinen seelischen Bedürfnissen

*Willst du deines Menschseins bewusster werden, finde zu deiner Seele.*

*Dort findest du auch die Ursprünge deiner echten Bedürfnisse.*
*Lasse dich durch deine Gefühle zu deren Erfüllung leiten.*

Unsere Gefühle und seelischen Bedürfnisse haben einen direkten Bezug zu unserer Herkunft und damit zu unserer Vergangenheit. Unsere Kindheit ist damit verbunden, unser Heim und unsere Familie, unsere seelische Geborgenheit, Tradition und Heimat, sie sind von Wichtigkeit. Zum Tun, Haben und Wissen kommt das Bewusstsein der Seele. Gefühle für seelische Empfindungen werden wahrgenommen, sollen berücksichtigt und real gelebt werden dürfen. Jeder Mensch hat emotionale Bedürfnisse, die nach Befriedigung drängen. Das Gefühl von Geborgenheit ist in den ersten Lebensjahren für das Kind für seine spätere Entwicklung etwas Grundlegendes. Daraus werden Verhaltensformen angelegt und eingeprägt. Diese können im späteren Leben Anlass zu mancher problematischen Thematik sein und dann nur mühevoll und mit viel Geduld, oft nur unter erfahrener Anleitung und Begleitung, wieder umprogrammiert werden – sofern diesbezüglich schmerzhafte Erfahrungen gemacht wurden. Über seine Gefühle und seine seelischen Bedürfnisse kann der Mensch seiner unbewussten Inhalte bewusst werden. Bis anhin ging es primär um den Körper und das Materielle, nun geht es um die Seele und ihre Anliegen. Die eigene Identität will entdeckt werden, eigene Gefühle wollen zum Ausdruck gebracht werden können, der Austausch von seelischer Liebe und Zärtlichkeit, von Geborgenheit soll stattfinden können. Es dreht sich nicht mehr alles fast ausschließlich um uns selbst, sondern seelische Verwandtschaften werden entdeckt oder erkannt. Wir können die Fähigkeit entwickeln, andere Menschen so, wie sie sind, anzunehmen. Intimität kann zustande kommen.

Gehemmte Gefühle und seelische Bedürfnisse können sich dadurch äußern, dass wir kein seelisches Empfinden zeigen (dürfen), dass wir unter einem Mangel an Zärtlichkeit leiden, vielleicht dadurch sogar depressiv werden.

In der Kompensation entwickeln wir eine Gefühlssintflut, fühlen nach vorgegebenen Normen. (In bestimmten Situationen lachen wir, wenn alle lachen, oder wenn andere weinen, tun wir das auch, weil es sich so gehört.)

Der unerfüllte Anspruch auf Geborgenheit und Angenommensein wirkt sich im Leben als Unsicherheitsgefühl aus, bis hin zu dem Gefühl von Verlassensein und Beziehungslosigkeit.

Unsere Tatkraft, unser Selbstwertgefühl, unser Wissen geben uns bereits viele Möglichkeiten, um unser Leben lebenswert und glücklich zu gestalten. Wie aber steht es mit unseren Gefühlen, unseren seelischen Bedürfnissen? Meine Welt verändert sich bereits und ich bin mir dessen bewusst – ich strebe nach Höherem, es geht nicht mehr nur um meine Grundbedürfnisse!

## Um was genau geht es nun?

Wir beschäftigen uns nun mit dem weiblichen Anteil unserer Anlagen, welcher in jedem Menschen, ob Frau oder Mann, in verschiedenem Maße vorhanden ist. Es sind andere Bedürfnisse, welche hier im Vordergrund stehen. Es geht um das passive, introvertierte, empfangende, vorsichtige und abwartende Verhalten. Aber auch um das instinktive, sanfte, geduldige und bedächtige, oft abwartende Verhalten mit der Tendenz zum Geschehenlassen. Dem weiblichen Prinzip untersteht die Frau als nährende, empfangende, schützende Mutter. Ihm untersteht ferner das Unbewusste, die Psyche, Prägungen und Muster, unser Instinkt und unsere Seele.

Das Handeln erfolgt aus einem inneren Impuls heraus. Spontan und initiativ wird immer wieder Neues in Gang gesetzt, das aus Mangel an Ausdauer jedoch oft nicht selbst zu Ende geführt wird. Euphorischen Phasen folgen depressive Tiefgänge, wobei die Kraft zu versiegen scheint, weil unsere Erwartungen nicht erfüllt werden (können). Wir möchten etwas bewirken, aber es soll im Einklang mit unseren Gefühlen und unseren seelischen Bedürfnissen stehen. Nach dem Tun, Haben, Wissen steht das Fühlen im Vordergrund – wir werden offen für eine neue Dimension des Lebens. Wir wissen, dass die kleinste Brise Wasser in Bewegung bringen kann. Gefühle sind wie das Wasser: Wasser reagiert mit großer Empfindlichkeit auf alles, mit dem es in Berührung kommt. Es verdunstet durch die Hitze des Feuers, es versickert in der Erde, es ändert immer wieder seine Gestalt und Form, um danach zu seiner Ursprünglichkeit, zu sich selbst zurückzufinden.

Übertriebene Sensibilität oder Verletzlichkeit kann zu Melancholie führen – aus einer gewissen Verzweiflung vielleicht, weil wir keine klaren Grenzen mehr erkennen. Große Tiefen werden undurchsichtig und verhalten sich an ihrer Oberfläche passiv. Oft werden Menschen, die sehr empfindlich und beeindruckbar sind, dadurch auch manipulierbar und gelten dann als unbeständig. Übermäßige Anpassungsfähigkeit kann auch zum Verlust der eigenen Identität führen.

Sicher macht eine allzu große Gefühlsoffenheit auch sehr verletzlich und diesbezügliche Ängste können gewisse Menschen dazu bringen, zu versuchen, dem zu entgehen, indem sie sich der Verantwortung entziehen. Dadurch mögen sie dann als unzuverlässig erscheinen. Vergessen wir jedoch nicht, dass solche Rückzieher eben oft aus bitteren Erfahrungen einer zuvor tief verletzten Seele erfolgen können. Im Gegensatz dazu besteht das Bedürfnis dazuzugehören. Diese Menschen haben eine große Hingabefähigkeit, sind in ihrer Einstellung fürsorglich, gefühlsbetont, suchen Geborgenheit. Dies macht es ihnen dann manchmal schwer, sich von ihrem Kindsein und von den Eltern abzunabeln, erwachsen zu werden. Gerade dies ist aber eine der Aufgaben, welche nun anliegt – dazu bereit zu sein, Eigenverantwortung für sein Leben zu übernehmen.

Stark gefühlsbetonte Menschen reagieren äußerst sensibel. Sympathie oder Antipathie werden sofort registriert. Es erfolgt ein Zugehen auf den anderen oder ein In-sich-Zurückziehen (den Panzer schließen und die harte Schale zeigen). Sie interessieren sich sehr für die Vergangenheit im Allgemeinen und für ihre Herkunft im Besonderen. Aus Angst vor Liebesentzug können Abhängigkeiten geschaffen werden. Man versucht dann, sich selbst auf irgendeine Weise unentbehrlich zu machen. Dadurch ergibt sich die Situation des gegenseitigen Abhängigwerdens. Oder man gibt sich selbst hilflos oder der Verantwortung nicht fähig (Manipulationen). So ist Hilfe nur so lange vorteilhaft, wie der Hilfesuchende sich nicht selbst weiterhelfen kann, um gegenseitige Abhängigkeiten zu vermeiden und Selbstständigkeit zu erlangen.

Oft ist es auch schwierig, Gefühle auszudrücken, weil befürchtet wird, durch Offenheit in eine direkte Konfrontation mit Andersfühlenden zu gelangen und dadurch Verletzungen erleiden zu müssen. Manchmal sind diese Menschen auch starken Stimmungsschwankungen ausgesetzt.

Gefühlsbewusstsein lässt uns die emotionalen Qualitäten des Lebens erfahren, das, was wir brauchen, um uns in dieser Welt wohl und geborgen zu fühlen. Es erfolgen unbewusste Reaktionen. Jede Art von Energie, wie auch immer sie ausgedrückt wird, ist Teil unserer Gesamtpersönlichkeit. Das, was wir brauchen, um uns wohl zu fühlen, ist individuell verschieden.

**Einige Beispiele:**

- Gefühle werden aktiv wahrgenommen, es muss etwas um uns herum geschehen, Bewegung ist erwünscht, um sich wohlzufühlen. Gefühle sollen durch Taten und Aktivität bestätigt werden.

- Gefühle sollen heftig, ungestüm und leidenschaftlich ausgedrückt werden.

- Man braucht viel Aufmerksamkeit von anderen, damit man merkt, dass man gemocht wird.

- Andere sollen Begeisterung für mich bekunden.

- *Diese Menschen können viel Wärme ausstrahlen.*

Oder:

- Es wird vor allem Sicherheit und Geborgenheit gebraucht, um sich wohlzufühlen, ebenso Körpernähe und Körperkontakt. In der Natur und im natürlichen Umfeld fühlt man sich wohl. Eine Show „abziehen" zu müssen, um akzeptiert zu werden, ist demjenigen ein Gräuel und zuwider.

- *Sich wohlzufühlen bedingt gewissermaßen ein hohes Maß an Sicherheit und innerer Festigkeit.*

Oder:

- Man hat oft Mühe, seine Gefühle zu zeigen, oder man gibt sich Mühe, keine Gefühle aufkommen zu lassen.

- Man vertritt die Meinung, Gefühle sollen immer konstant bleiben.

- Es wird eher über Gefühle geredet, als dass man sie zeigt. Man fühlt sich wohl, wenn man sich verstanden fühlt.

- Geselligkeit und Kontakte bringen das Gefühl des Sichwohlfühlens.

- Man fühlt sich wohl, wenn man seine Neugierde befriedigen kann.

- *Gefühle werden mit Kopf und Verstand bewertet.*

Oder:

- Man liebt es, in Gefühlen zu schwelgen.

- Man braucht viel Wärme, Zuneigung und Sympathie, um sich wohlzu-fühlen.

- Man hat Antennen für die indirekte Übermittlung von Gefühlen.

- Man braucht und schenkt Liebesbezeugung durch Gefühlsäußerungen.

- Man sucht Sicherheit und Vertraulichkeit, um sich wohlfühlen zu kön-nen.

- Man liebt es, zu träumen, und kann sich dem realen Geschehen in seine eigene Welt entziehen, um sich wohlzufühlen. Man sucht die Stille oder das Erhabene, das Weite oder das Tiefgründige, manchmal auch das Abgründige.

- Man findet Geborgenheit im Glauben, in der Mystik.

- Gemütlichkeit ist wichtig, um sich wohlzufühlen.

- Man kann sich durch Hingabe oder Opferbereitschaft wohlfühlen.

- Alles, was mit Wasser in Beziehung steht, kann Geborgenheit schen-ken.

- Alles, was in Verbindung mit Kunst steht, kann Wohlgefühl und Ge-borgenheit schenken.

Selbstverständlich sind noch feine Unterschiede zwischen den Bedürfnissen zu erkennen, die für jeden einzelnen Menschen ganz spezifisch sind, je nach Her-kunft, Fundament und Ursprung.

Wir haben verschiedene Bedürfnisse nach Zuwendung und Zärtlichkeit, aber auch unbewusste Bedürfnisse, welche bei Konflikten stets über das Bewusste siegen werden. Das Erwachsenen-Ich wird in Konfliktsituationen einem irreal geprägten Kindheits-Ich unterliegen und gegen die als Schutzmechanismen angelegten und eingeprägten Konfliktbewältigungsprogramme aus der Kindheit nicht bestehen können, weil der Gegner nicht klar erkennbar ist. Dies spielt eine enorme Rolle bei partnerschaftlichen Krisen und Konflikten, die mit Ängsten und Bedrohungen einhergehen. Sobald wir in überwältigende Gefühlssituationen hineingeraten, werden unsere rationalen Bewältigungsmechanismen vorübergehend abgeschaltet und es kommt eine Form zum Ausdruck, wie sie in unserem unbewussten Persönlichkeitsprofil durch unsere Kindheit geprägt wurde. Inwiefern Partnerschaften und Beziehungen funktionsfähig sind, sehen wir an den Erwartungen an die jeweiligen Partner sowie an dem Maß und der Qualität an emotionaler Nahrung, der wir bedürftig sind, um uns geliebt, angenommen und geborgen zu fühlen. Beziehungen und Partnerschaften nehmen oft eine unangenehme und unvorhergesehene Wende, wenn wir endlich erkennen, dass alle unsere Wünsche an den Partner niemals Erfüllung finden können. Dabei verkennen wir immer noch, dass wir Erwartungen, die meist dann noch als Bedingungen oder nachgemeldete Ansprüche gelten, an andere stellen, die wir nur an uns selbst berechtigt sind zu stellen. Wir haben die Lebensaufgabe, die Qualitäten, die uns fehlen, selbst zu ergänzen. Es gibt keine Chance, dem zu entgehen. Sind wir nämlich selbst nicht freiwillig dazu bereit, werden uns so genannte Schicksalsschläge dazu zwingen. Haben wir Wunden aus der Vergangenheit, die nach Heilung verlangen, Schattenthemen, die nach Licht und Wärme dürsten? Diese Spannungen wollen gelöst werden.

Echte und reale Bedürfnisse suchen nach Befriedigung und entspringen unserer eigenen Natur. Elementare, materielle Grundbedürfnisse des Menschen sind Nahrung, Kleidung und Wohnung. Gefühlsmäßig suchen wir innere Geborgenheit und seelische Liebe, haben das Verlangen nach Zärtlichkeit und möchten angenommen und akzeptiert werden, so wie wir sind.

Real gelebte Anlagen befähigen uns, zu fühlen und uns in andere zum Austausch von Zärtlichkeit einzufühlen. Sie geben uns psychologische und soziale, häusliche und familiäre Fähigkeiten, erlauben uns Geborgenheit zu vermitteln und seelische Wärme auszustrahlen, verleihen uns die Kraft zu empfangen, zu gebären und zu nähren.

Bei defizitären Anlagen erleiden wir einen Mangel an eigener Identität, empfinden uns überall als fremd und unerwünscht. Dies wird sich als Hilferuf auch auf der körperlichen Ebene Ausdruck verschaffen, sofern kein anderer, zum Beispiel beruflicher, Kanal dafür gefunden werden kann. Ein wesentliches Merkmal dafür sind Depressionen. Statt kreativ und voller Lebensfreude zu sein, sind wir zutiefst bedrückt, weil wir noch nach dem Beweis auf das Recht und den Sinn unseres Daseins fragen und die Antwort darauf in uns selbst nicht zu finden vermögen.

Die innerste Natur des Menschen, seine Intimität und wie er sich ausdrücken wird, wenn er völlig er selbst sein darf, sind wichtige Komponenten in einer funktionierenden Partnerschaft oder Beziehung.

Die Transaktionsanalyse von Eric Berne geht von drei unterschiedlichen Ich-Zuständen aus: einem Ich-Zustand aus der Kindheit und zwei Ich-Zuständen des Erwachsenen. Diese unterteilt er in das Erwachsenen-Ich (adult ego-state), das er als rational bezeichnet, und ein zweites, nicht notwendigerweise rationales, das er das Eltern-Ich (parent ego-state) nennt und als von den Eltern abgeleitet auffasst.[5] Damit wird die Persönlichkeit des Menschen in drei verschiedenen Grundhaltungen erkennbar, welche er oft unbewusst und je nach Bedarf einnimmt. Das Erwachsenen-Ich verarbeitet rational all das mit Logik, was in uns quasi als „Software" vorhanden ist, und kann Prioritäten setzen. Es ist unser autonomes Selbstbewusstsein, unser inneres Selbst als autonomes Kraft- und Energiezentrum. Beim Eltern-Ich ist es gut zu erkennen, dass wir seinen Direktiven nicht blind folgen sollen und wir keine Erlaubnis von außen brauchen, um uns davon zu distanzieren, und dies auch oft tun müssen, wenn wir selbstständig und erwachsen werden wollen. Das Eltern-Ich ist ein Sammelbecken von Werten und Normen unserer Gesellschaft, von Werturteilen und moralischen Ansichten jeder Art, von Geboten und Verboten, von all dem, was sich schickt zu tun oder zu lassen, zu denken und zu fühlen. Es legt feste Grenzen, enge Strukturen, beinhaltet strenge Kontrolle und hat bevormundende Charakterzüge. Da es ein Konglomerat von derart verschiedenen sowohl positiven als auch negativen Weisungen enthalten kann, werden das Aussortieren und das Sich-Zurechtfinden sehr oft zu den wesentlichen Lebensaufgaben, die an uns gestellt werden. Nun kommen wir zum Kindheits-Ich, welches wir als Geburtsbeigabe auf unserem Lebensweg mitbringen. Es sind die Wurzeln, die uns zum Wachstum verhelfen und zum Erwachsenen-Sein führen. Unser inneres Kind wird uns ein Leben lang begleiten wollen und verpflichtet uns zu Dank, weil wir nur im Einklang mit ihm ein lebenswertes Leben voll inneren Reichtums und Freude, Geborgenheit und erhabener Glückseligkeit erreichen können. Stattdessen wird es oft verstoßen und verkannt, weil wir uns von uns selbst entfernen. Die Essenz aller Bedürfnisse, die wir von Natur aus in uns tragen, und der wertvollste Anteil der menschlichen Persönlichkeit befindet sich im Kindheits-Ich. In der Kinderseele liegt die makellose Vollkommenheit verborgen, die uns, erweckt und erhört, begleiten und führen wird.

Wir können uns nicht gleichzeitig im Erwachsenen-Ich und im Kindheits-Ich befinden, weil die Logik mit Gefühlen nicht zu gleicher Zeit zu vereinbaren ist. Ebenso ist auch das Eltern-Ich nur einzeln wirksam. Es sind drei Teilpersönlichkeiten, die jedoch alle nach Ausdrucksmöglichkeiten drängen und je nach Situation ihre Berechtigung haben und ihren Ausdruck finden sollen.

Angst erregende Gefühle sollen ebenso zugelassen werden wie Lust erregende, Freude ebenso wie Wut oder Trauer. Alles, was wir zu unterdrücken versuchen, wird sich in verzerrter, dann in ungewollter und verstärkter Form einen Ausdruckskanal erzwingen. Energien sind nicht darauf angewiesen, sich in einer bestimmten Form zu manifestieren, das können wir steuern. Energien manifestieren sich immer auf irgendeine Art, weil Energien durch nichts endgültig aufgehalten oder gar im Nichts aufgelöst werden können. Sind wir von Natur aus spontan, fröhlich und von ausgelassenem Charakter, werden wir nicht ohne Schaden diese uns eigenen Persönlichkeitsanteile des Kindheits-Ich durch unser Eltern-Ich in Ketten legen lassen können. Passen wir uns an uns fremde Bedürfnisse an, kommen immer wieder Menschen, die für uns die Verantwortung (oft mit Gewalt) übernehmen, leben wir so das gehemmte Kindheits-Ich. Werden wir rebellisch, befinden wir uns in einer kompensierten Form, die auch nicht dem real gelebten Kindheits-Ich entspricht, jedoch schon eine Möglichkeit dazu sein kann, welche in einem späteren Schritt dazu führt. Erst wenn wir schlussendlich diese Energieanlage real leben, transformiert haben, das heißt zu unseren eigenen Werten, Formen, Normen und Maßstäben gefunden haben, wenn wir wertfrei sind statt zu verurteilen, dann sind wir frei von den Fesseln, die uns unser „Ich-Sein" verunmöglichen, und beginnen das, wozu wir als Kind unseren Lebensweg angetreten haben.

Wie wir sehen, führt Rebellion ohne jegliche Regeln und Normen, ohne Maß und Form nicht zur ersehnten Freiheit, sondern lediglich zu einer anderen Form von Abhängigkeit, weil wir uns dann dazu gezwungen sehen, den Gegenpol als Alternative einnehmen zu *müssen*. Aber auch die gehemmte oder angepasste Form des Kindheits-Ich muss in Revision gehen und der neue Lebensstandort berücksichtigt und bewusst werden. Vieles, das uns in Kindheitsjahren Angst machte, wo wir uns als minderwertig empfanden, unsicher waren, hat sich unterdessen positiv verändert. Viele anfängliche Lücken haben wir mehr als aufgefüllt, manches ursprüngliche Manko durch unser Tun in ein Plus gewandelt, und es ist vordringlich, das Licht auf den neuen Menschen zu richten, der wir im Hier und Jetzt sind. Dieser neue „Standort" muss gebührend berücksichtigt werden. Anpassung kann Hemmung bedeuten und sich in Form von unverhältnismäßiger Freundlichkeit bis zur totalen Unterwürfigkeit äußern. Wenn wir unsere eigenen Wünsche und Bedürfnisse immer wieder zurückstellen, wenn wir uns im Nachhinein schlecht und übergangen fühlen und wenn wir dazu auch noch unsere Wut unterdrücken, dann haben wir uns selbst verraten und hintergangen. Unser inneres Energiesystem gerät in einen disharmonischen Zustand, gewisse Energieströme werden am Fließen gehindert. Das ist das, was wir empfinden, aber oft nicht zuordnen können, wenn wir uns schlecht in unserer Haut fühlen. Achten wir auf die Wahrnehmung solch energetischer Zeichengebung, um die uns wohlgesinnten Kräfte auch zu unserem

Wohle fließen zu lassen. Dafür müssen wir bereit sein, dringend nötige Korrekturen in unser Leben einzubringen. Einstein lehrte, dass das Energiegebilde, das wir als feste Materie wahrnehmen, größtenteils aus leerem Raum plus einem Muster durchlaufender Energieströme besteht, uns Menschen eingeschlossen. Wenn wir dem Rechnung tragen wollen, ist es unumgänglich, sich über das Wesen von Energien zu informieren – eine der Zielsetzungen dieses Buches, um von einem rein materiellen Verständnis unseres Universums wegzukommen zu einer realen ganzheitlichen und holistischen Erkenntnis. An dieser Stelle heißt das, dass wir unser Verhalten alleine dem Sichwohlfühlen anpassen müssen und nicht den Erfordernissen, welche die Umwelt unberechtigterweise an uns stellt. Disharmonische Energiefelder in uns machen uns schwach, unsicher und handlungsunfähig. Achten wir darauf, *wann*, *wo* und mit *wem* wir uns wohlfühlen. Suchen wir uns diese Orte, Menschen und Situationen aus und meiden wir das andere, das uns stört, das nicht zu uns passt und nicht mit uns in Einklang ist.

In einer kompensatorischen Form versuchen wir oft, anderen zu helfen sich wohlzufühlen, manchmal auch gegen ihren Willen, um uns, meist unbewusst, selbst auszugleichen. Dadurch können gegenseitige Abhängigkeitsverhältnisse entstehen, die echtem Wohlbefinden zuwiderlaufen. Statt unsere eigenen Energien richtig zu nutzen, entziehen wir uns auf diese Art gegenseitig Energie, indem wir uns gegenseitig schwächen. Erst wenn wir erkennen, dass die Quelle aller Energie wir selbst sind, können wir diesem Circulus vitiosus entrinnen, wir werden frei und selbstständig. In dem Moment, in dem wir uns wohlfühlen, erhöhen wir die Energiefrequenz in und um uns; statt Energie von anderen abzuzapfen, können wir noch Energie abgeben. Dies entsteht insbesondere im Zustand der Liebe. Je öfter wir diesen Zustand erfahren, desto mehr Vertrauen werden wir zu uns selbst gewinnen, Zugang zur Liebe jederzeit an unserem inneren Quell zu finden. Natürlich führt dies schlussendlich zu einem höheren spirituellen Bewusstsein.

Es scheint mir hier sehr wichtig zu sein, herauszufinden, was wir ganz speziell tun, haben, denken, fühlen *mussten*, um von unserem direkten Beziehungsfeld, ob Eltern, Geschwister oder etwa Lehrer, einigermaßen angenommen zu werden; um von ihnen nicht verleumdet, gedemütigt, bestraft und diskreditiert zu werden, ja, um überhaupt nur weiterhin bestehen zu können. Dieses Script gilt es zu dechiffrieren und von seinem, für das jetzige Leben ungültigen Ballast zu erlösen, wenn ich mein Kindheitsdrama nicht bis an mein Lebensende mit mir herumtragen will und dadurch für jede weitere Entwicklung vorbelastet sein will. Die Ängste, die uns damals dazu zwangen, uns auf eine bestimmte Art zu verhalten, damit wir überleben konnten in einer uns in irgendeiner Weise verhaltensfremden Welt, sind später der Schlüssel zur Enträtselung. James Redfield[6] nennt vier Haupttypen als Regisseure von Dramen. In ihrer Abstufung sind dies der einschüchternde, der aggressivste Typus, bei dem oft rohe Gewaltandrohung mitspielt, der Vernehmungsbeamte, welcher in Form geistiger Manipulation operiert, gefolgt vom Unnahbaren, und schlussendlich das Mitleid suchende arme Ich als passive Form, welches überall und stets Schuldgefühle bei anderen entstehen lässt. Je nach dem Regisseur, dem wir in unserer Kindheit begegnen, werden wir uns Rollen aneignen, mit denen wir versuchen werden, am vorteilhaftesten unser Gesicht zu wahren, das heißt, dass die Rolle, in die wir uns begeben, uns als diejenige erscheint, welche uns am besten schützen kann. So wird dem Einschüchternden mit dem schwachen Ich begegnet und der Vernehmungsbeamte könnte den Unnahbaren anziehen oder umgekehrt. Manchmal sind mehrere Regisseure im Spiel und das Parolibieten wird dann umso schwieriger. Sind wir erfolgreich, werden wir es nicht mehr lassen können, die nun einmal eingenommene Rolle weiterzuspielen (Script), auch wenn uns diese im späteren Leben nur noch zum Schaden gereichen wird – es sei denn, wir blicken hinter die Kulissen und erkennen, dass uns Rollen nur zugeteilt werden, damit wir im Spiel des Lebens daraus lernen und dass wir aus diesen Rollen wie aus den Kleidern unserer Kindheit herauswachsen müssen. Alles, was wir in unserem Umfeld anders haben möchten, müssen wir zuerst in uns selbst persönlich verändern, weil alles Außenstehende, das uns umgibt, nur ein Spiegelbild unseres Selbst ist. Unsere eigene Welt kann sich uns nur so zeigen, wie wir selbst dazu fähig sind, sie zu sehen. Aus karmischer Sicht wird unsere Rolle im Lebensdrama stets die sein, welche die besten Entwicklungschancen beinhaltet, und wir werden uns *das* Umfeld, *die* Eltern und direkten Bezugspersonen, *die* Zeitepoche zu unserer Geburt aussuchen, die dazu geeignet sind. Beachten wir, dass Unangenehmes uns immer wieder darauf hinweisen will, dass für uns persönlich etwas nicht stimmig ist und einer dringend notwendigen (in Not kommen, wenn nicht wenden wollen) Kurskorrektur bedarf, ob wir im Augenblick damit einverstanden sind oder nicht. Früher oder später werden wir, wenn nötig, dazu gezwungen werden, wir nennen das dann Schicksalsschläge. Umgekehrt ist all das, was uns angenehm ist, dazu gedacht, uns die Erholungs- und Ruheinseln anzubieten, wo wir neue Kräfte (Energien) auftanken, um die kommenden Anforderungen des Lebens bewältigen zu können. Ganz gleich, was uns im Leben begegnet, alles ist dazu da, um uns evolutionär zu fördern, und wir sollten dies dankbar zur Kenntnis nehmen.

Wenn wir versuchen wollen, herauszufinden, welches die wichtigsten Aufgaben unseres Lebens sind, gilt es auch den Entwicklungsstandort unserer Mutter und unseres Vaters zum Zeitpunkt unserer Geburt zu erforschen. Dort liegt nicht nur unser frei gewählter physischer Startplatz für unsere Existenz, sondern auch unser geistiger und seelischer Hort, aus dem alles beginnen soll – und der Grund für unsere Geburt innerhalb dieses Familienzusammenhanges, den wir unsere Familie nennen. Unser eigener Weg wird in der Synthese der Aufgabenstellung unserer

Eltern zum Moment unserer Geburt zu suchen sein. Dass wir diese und nicht andere Eltern haben, ist kein Zufall, wie es auch sonst keine Zufälle im üblichen Sinne des Wortes gibt, sondern etwas, das uns zufällt, dessen Ursache wir aber nicht erkennen. Würden wir uns im Laufe unseres Lebens die Abfolge wichtiger Geschehnisse rückwärts in Erinnerung rufen, wie möglicherweise die Gründung unserer eigenen Familie, unseren jeweiligen Freundeskreis, unsere jeweiligen Interessen, unser Betätigungsfeld bis hin zu unserer Geburt, dann wäre dadurch der Faden der Ariadne erkennbar und vieles würde in unser Bewusstsein rücken und verständlich werden. Über die Geburt hinaus finden wir Antworten durch die Methode der Reinkarnationstherapie. In jedem Fall wird es sinnvoll sein, aus früherer Zeit übernommene Verhaltensmuster zu überprüfen und nötigenfalls zu korrigieren und dem Hier und Jetzt anzupassen. Eine Rückschau wird uns auch zeigen, welche Irrwege wir gehen mussten, um daran zu lernen. Vieles wird sich bei dieser geistigen und gefühlsmäßigen Rückreise in die Vergangenheit als im Nachhinein unwichtig erweisen, anderes wird uns erst jetzt in seiner Wichtigkeit bewusst werden. Wir werden dabei vielleicht auch zum ersten Mal in unserem Leben entdecken, dass oft an Wunder grenzende Fügungen uns vor Schlechtem bewahrten und Gutes herbeiführten. Der gläubige Mensch sagt dann, dass es Fügungen von einer höheren Warte sind, und meint damit Gott. In jedem Fall werden wir, wenn wir gegenüber uns selbst ehrlich sind, erkennen müssen, dass wir oft, auf uns alleine gestellt, nicht mehr weiterwissen und dann plötzlich eine Intuition, eine Eingabe, eine Art starke Hand uns zu führen scheint, wenn wir dazu bereit sind und darauf eingehen. Übergehen wir Intuitionen, ziehen wir daraus keinen Nutzen, werden diese mit der Zeit versiegen. Wir müssen und können nicht selbst die völlige Kontrolle über unser Leben haben und alles so steuern, wie es unser kleines Ego oft haben möchte.

Probleme entstehen oft in menschlichen Beziehungen, insbesondere auch in frühester Kindheit, wenn wir uns Täuschungen hingeben und voller Erwartungen unseren Mitmenschen gegenüber sind, die diese niemals imstande sein werden einzulösen. Enttäuschungen müssen folgen. Erst wenn wir danach bereit sind, die nackten Tatsachen anzuerkennen und unseren Nächsten so zu akzeptieren, wie er ist, mit allen seinen Schwächen und Stärken, wenn wir auch bereit sind für uns selbst einzustehen, dann werden wir zu realen Beziehungen fähig sein. Erwartungen können wir immer nur an uns selbst stellen. Wenn wir einer unselbstständigen Kindheitssituation entwachsen wollen, wenn wir erwachsen und selbstständig unser Leben meistern und ein Meister werden wollen, müssen wir es aufgeben, Erwartungen an andere zu stellen. Wir müssen selbst unsere Individualität so aufbauen, dass wir mit uns zufrieden sein können und Geborgenheit in uns selbst finden. Die meisten Beziehungen und auch Partnerschaften bestehen leider nur aus gegenseitigen Abhängigkeiten, aus zwei in Teilen geschwächten Individuen, die sich dadurch zu ergänzen versuchen, dass sie dem anderen die jeweils fehlende Energie abzapfen und dadurch dann das vermeintlich gemeinsame Ganze an Schwäche zerbricht. Abgesehen davon, sind viele Partnerschaften sogenannte biologische Partnerschaften, die aus einem biologischen Karma entstehen, das heißt, es sind Partnerschaften ohne ein höheres, unpersönliches Ziel als Grundausrichtung und um Bewusstseinssteigerung zu erlangen. Daher sind sie unausgeglichen. Es sind Beziehungen, die nur auf einer physisch-emotionalen Ebene funktionieren. Man lebt dann nur die unteren drei Chakren – oft in Form von gegenseitigen Projektionen. Selbstverständlich sind wir alle in irgendeiner Form ahängig. Es geht darum, aus ursprünglichen Abhängigkeiten herauszuwachsen, Abhängigkeit zu vermindern, den idealen Partner oder die ideale Partnerin in unserem *Inneren* zu entwickeln. Das vierte Chakra ist das Herzchakra, Zentrum der reinen Liebe und Toleranz, das uns den Weg öffnet für ausgeglichene und harmonische Beziehungen zu allen Lebewesen auf dieser Erde und damit zum inneren Frieden. Es bedeutet die vollkommene Balance zwischen den drei oberen und den drei unteren Chakren.

Menschen mit einer stark betonten Gefühlsgrundlage weisen auf nährende, gefühlsbetonte, mütterliche Qualitäten hin. Für sie ist es wichtig, gebraucht zu werden, und sie lieben es, sich zusammen mit lieben Menschen und Dingen in ihre häusliche Schale zurückzuziehen. Sie lieben die stimmungsvolle Atmosphäre, sind sehr beeinflussbar, oft launisch und unbeständig, passiv und empfangend, haben ein großes Reflexionsvermögen (die Fähigkeit, über etwas tief nachdenken zu können), reagieren emotionell, sind beweglich, wandelbar, anpassungsfähig, empfindungsfähig und einfühlsam, haben die Fähigkeit seelische Liebe und Zärtlichkeit zu schenken und zu empfangen, Geborgenheit zu vermitteln und zu empfangen, andere Menschen anzunehmen und zu akzeptieren. Die Stimmung wechselt oft, sie sind sensibel und sehr empfindsam, reagieren sehr stark auf Sympathie wie auch auf Antipathie aus dem Gefühl heraus. Sie nehmen schnell etwas ganz persönlich und fühlen sich dann sehr betroffen. Aus der Tendenz, niemandem weh tun zu wollen, können sich indirekte oder verdeckte manipulative Aktionen ergeben. Wir möchten, dass der andere etwas tut, ohne dass er merkt, dass wir das möchten, und bewirken es manipulativ – vielleicht dadurch, das wir beleidigt sind, indem wir uns zurückziehen (Rückzug, um etwas indirekt zu erreichen), oder wir zeigen uns kindisch. Es hat viel mit Erwartungen zu tun: Die anderen sollen spüren, was ich brauche. Oder sie sagen einfach: „Das kann ich nicht, dazu bin ich zu klein, zu schwach." Oft haben diese Menschen Angst, etwas zuzugeben und dadurch von anderen ausgeschlossen zu werden.

Der Umgang mit meinen Gefühlen und meiner seelischer Eigenart könnte sich dadurch zeigen, wie wir gerne wohnen, wie wir unser Heim gestalten, wie umsorgend und liebevoll wir mit unserer Familie umgehen. Bedeutet das Heim für uns vielleicht sogar unser Nest? Sind wir romantisch veranlagt?

Der Ausdruck von seelischer Kälte weist auf eine gehemmte Veranlagung hin und kann zu einem enormen Zärtlichkeitsdefizit führen. Der Gefühlsüberschwang ebenso wie das Fühlen nach Norm (Man fühlt, weil man es gelernt hat, dass man in einer gegebenen Situation etwas fühlen soll. Das kann beispielsweise bei einem Begräbnis der Fall sein.) sind kompensatorische Ausdrucksformen. Auf dieser Ebene finden wir auch den Träumer sowie die Glucke, die aus einem Übermaß an Fürsorge alle Empfindungen ersticken kann.

Auf der Gefühlsebene ist es auch wichtig, wie weit wir dazu bereit sind, uns als Licht und Schatten in seiner ewig wechselnden Ganzheit zu akzeptieren und diese sich gegenseitig bedingenden Formen zur Erneuerung auch schätzen zu lernen. Sonne und Tagesaktivität finden ihre wohltuende Ergänzung in der Polarität des Mondes und der Nachtruhe, während der wir uns gehenlassen können, uns ausruhen und in einem erholsamen Schlaf wieder neue Kräfte sammeln dürfen. Die Mondenergie gibt uns als Ergänzung zur physischen die seelische Kraft, wenn wir uns wohlfühlen und bereit sind, den neuen Tag und dessen Anforderungen mit Freude und Zuversicht zu beginnen. Geborgenheit bedingt Liebe. Ohne Liebe werden wir von Gefühlen der Einsamkeit befallen, die Welt wird uns als fremd und voller Gefahren erscheinen. Statt durch Liebe aufzutanken, werden wir die Nacht (und damit die Mondenergie) als beängstigend, unwirtlich und feindlich empfinden. All dies wird davon abhängig sein, wie wir in unserer Kindheit geprägt wurden, als wir sowohl von physischer als auch emotionaler Nahrung völlig von unserer direkten Umgebung abhängig waren. Welches verwundete innere Kind tragen wir im Erwachsenenalter herum, das uns derart schlaflose Nächte bereitet? Konnten wir uns geborgen fühlen, hat man uns unsere eigene Identität damals zugestanden? Oder wurden wir durch Manipulation und Intrigen gedemütigt, dazu gezwungen zu lernen, wie wir uns, um zu überleben, niemals anderen anvertrauen und loslassen dürfen? Vielleicht werden wir später sogar als gefühllos gelten, weil wir mit echten Gefühlen sehr wenig Erfahrung haben und dadurch unsere Gefühlsbedürfnisse vollkommen in Vergessenheit geraten sind. Erst wenn wir hier zur Erkenntnis unserer inneren Programmierung gelangen, werden wir auch den Schlüssel dazu finden, dieses Programm wirkungsvoll zu korrigieren. Es ist kein einfacher Prozess. Meistens wird er erst dann begonnen, wenn der Leidensdruck infolge überholter Verhaltensweisen nicht mehr auszuhalten ist.

Die Gefahr ist vorhanden, vor lauter eingeprägten und erlernten stereotypen Verhaltensweisen Befriedigung von Bedürfnissen zu suchen, welche den eigenen entgegenstehen, und deshalb die erhoffte Zufriedenheit und echte Geborgenheit trotz der möglichen Vielfalt nicht erbringen können.

Es ist äußerst wichtig, dass wir versuchen, unsere eigene Identität wiederzufinden, zu wahren, zu schützen und weiterzuentwickeln. Wenn wir alle unsere Fähigkeiten zur Entfaltung bringen, brauchen wir auf niemanden neidisch zu sein. Alles ist in uns enthalten, was wir zu einer holistischen Bewusstseinsfindung nutzen können. Gerade unsere Identität ist das einmalige Eigene, es gibt keinen anderen Menschen auf der Welt, der mit uns absolut identisch ist. Deshalb ist es auch so wichtig, dass wir uns selbst so akzeptieren und schätzen können, wie wir sind, dass wir zu uns selbst stehen und dass wir in dieser Identität Geborgenheit finden, denn wir werden niemals jemand anders sein können als wir selbst. Lernen wir uns selbst besser kennen, beachten wir unsere eigenen legitimen Bedürfnisse, unseren Bedarf nach Anerkennung und Liebe. Gehen wir liebe- und verständnisvoll mit unserem inneren Selbst um. Lassen wir das zu, was wir in unserem innersten Wesen fühlen. Äußern wir unsere Gefühle und sie werden sich in unserer Umwelt, beim Partner, am Arbeitsplatz, im Freundeskreis, überall widerspiegeln. Es kann sich nichts im Außen widerspiegeln, was wir nicht schon in uns tragen, denn wie innen, so außen! So lautet das hermetische Gesetz. Haben wir Vertrauen zu uns selbst, suchen wir in uns selbst, was uns zurück zu unserem Selbst führt. Unsere Gefühle symbolisieren das Prinzip der Psyche, der reflektierenden Seele, das Unbewusste.

Sobald wir aus reinen Vernunftgründen handeln, neigen wir dazu, unser inneres Kind auf Abhängige (unsere eigenen Kinder, Angestellte oder Untergebene) zu projizieren. Gefühle werden in unseren Kulturkreisen immer noch sehr stark vernachlässigt, im Sinne davon, dass Männer keine Gefühle zeigen dürfen und diese dann an Frauen delegiert werden. Dadurch bleibt eine Primärenergie ungenützt und unentwickelt, was selbstverständlich nicht ohne Folgen für den Betreffenden sein kann. So kann es sein, dass es, wenn solche Projektionsfiguren aus dem Umfeld des Projizierenden plötzlich ausscheiden, zur völligen Orientierungslosigkeit kommt. (Der erfolgreiche Manager etwa, der seinen Gefühlsbedarf über seine Frau bezieht und davon dermaßen abhängig wird, dass er sich ohne sie nicht mehr zurechtfindet.) Wie bereits erwähnt, sind Gefühle die Domäne der Nacht, die uns zum Träumen inspiriert. Bei Gefühlen ist Rationalität nicht gefragt, neue Ausdrucksmöglichkeiten finden erstmals über die Gefühle einen Offenbarungskanal. Das Irrationale findet hier seine Berechtigung.

Im partnerschaftlichen Bereich wählen Männer oft den Frauentyp, welcher sie im Gefühlsbereich als Kind maßgeblich geprägt hat, und das ist meist die eigene Mutter gewesen. Da in solchen Beziehungsformen eine gegenseitige Identitätsfindung bis zur bewussten und völligen Umprogrammierung solcher Prägungsmuster unmöglich ist, sind Unstimmigkeiten vorprogrammiert. Loslösungsprozesse werden als sehr schmerzhaft empfunden, bei Partnerwechseln werden immer wieder ähnliche Verbindungen eingegangen, bis endlich eine Bewusstseinserweiterung eintritt. Das kann unter Umständen ein Leben lang dauern. Es wird so lange keine Wandlung möglich sein, wie wir auf Geborgenheit durch den Partner angewiesen sind und wir aus Angst vor dessen Verlust ein individualitätsfremdes Verhalten annehmen. Dieses kann von Drohungen über besitzergreifende Eingriffe in die Persönlichkeit des Partners, von falsch verstandener Fürsorge und bewusst provozierten Abhängigkeitsverhältnissen zu Machtkämpfen, untergründigen Manipulationen und handfesten Streitigkeiten alle Facetten der menschlichen geistig-seelischen Unreife beinhalten. Selbstbestätigung soll immer aus unserer eigenen Identität erfolgen können, dann erst können wir Partnerschaften eingehen, die nicht mehr aus zwei Hälften erst zu einem Ganzen werden, sondern aus zwei eigenständigen Menschen kann etwas gemeinsames, neues, Drittes entstehen.

Hier zwei Beispiele von Beziehungsformen:

Es bestehen oft Wünsche oder Wunschvorstellungen, Bedürfnisse, welche über die konkrete Wirklichkeit hinausgehen.

Oder es ist eher das Gegenteil der Fall. Um Enttäuschungen vorzubeugen, ist man bemüht, seine Wünsche und Bedürfnisse auf das Notwendige zu beschränken. Das kann jede Phantasie im Keime ersticken, Träume und Visionen finden keinen Raum.

Ein harmonisches Verhalten in Verbindungen zeigt sich dadurch, dass die Gefühlssphären beider Partner in Einklang sind. Ist dies nicht der Fall, kann es oft zu Spannungen, Behinderungen, Macht- und Ohnmachtgefühlen, Abhängigkeiten und Einschränkungen kommen. So kann es sehr viel Mühe bereiten, außer der Übernahme von Pflicht und Verantwortung noch mit Gefühlen umzugehen. Oder Gefühle werden meist als unzuverlässig erlebt. Auch zumindest angepasstes Verhalten gegen Zuwendung, sofern diese überhaupt in Frage kommt, kann gefordert werden.

## Die Entsprechungen des Körpers zur Gefühlssphäre

### Organe

Magen
    Empfindlicher Magen, Magenerkrankungen und Magenbeschwerden: Magenkatarrh, Magenentzündungen und Magengeschwüre (insbesondere seiner Schleimhaut). Der irritable Magen des Neurotikers (innere andauernde Konflikte werden somatisiert), ein innerlich widersprüchliches Reagieren führt zu einem Leidenszustand der Persönlichkeit, der sich in der neurotischen Symptomatik äußert. Zwei wichtige Neuroseformen im Zusammenhang mit der Gefühlssphäre sind die Angstneurose und die depressive Neurose, Formen, die meist schon in der Kindheit ihren Ursprung haben können. S. Freud sprach von frühkindlichen Frustrationen in diesem Zusammenhang.

Wir kennen alle aus dem Volksmund die Ausdrücke: „Er hat es nicht verdaut", „Es blieb ihm im Magen liegen", oder: „Es stößt mir auf." Wenn ich meine Gefühle nicht zum Ausdruck bringen kann, liegt es mir im Magen so schwer wie Blei. Einen Druck im Magen verspüren, keinen Appetit mehr haben, den Magen zugeschnürt haben, alles runterschlucken, wo es dann auch unverdaut liegenbleibt, und der Ausdruck: „Wo drückt der Magen?" – Raus mit der Sprache, das heißt, welche Gefühle hältst du zurück? Was kannst oder willst du gefühlsmäßig nicht akzeptieren?

Aufstoßen und Sodbrennen, Schluckauf und Erbrechen.

Ferner der gesamte Flüssigkeitshaushalt des Körpers.

### Physiologisches Prinzip und Körperfunktionen

Es geht im Wesentlichen um das Zersetzen der aufgenommenen Nahrung mit Verdauungssäften (Aufbereitung der Nahrung) und der Weiterbeförderung (Peristaltik) des Speisebreies. Ferner um Geschlechts- und Reproduktionsfunktionen von Mann und Frau sowie um hormonelle Funktionen.

## Krankheitsprinzipien

Störungen im Absorptionsbereich, im Flüssigkeitshaushalt, im Bereich der Geschlechts- und Reproduktionsfunktionen, im hormonellen Bereich.

## Krankheitsdispositionen und mögliche Somatisierungen

- Bauchspeicheldrüsenerkrankungen
- Diabetes
- Frigidität
- Lymphsystemerkrankungen
- Magenerkrankungen
- Ödeme

## Gefühlsenergie praktisch umgesetzt

Wir haben bereits unsere Durchsetzungsfähigkeit erprobt, gewannen an Selbstwert und Sicherheit. Danach lernten wir unsere Aufmerksamkeit auf das zu richten, was uns umgibt, und damit in Interaktion zu treten, uns auszudrücken und mit anderen auszutauschen. Jetzt sollten wir zu unserer eigenen Identität finden, dazu stehen und danach leben, umsetzen, was wir bis dahin gelernt haben. Seine eigene Identität leben heißt, weder seine Bedürfnisse zu verdrängen (Hemmung), noch in Exzesse zu verfallen (Kompensation, der Gegenpol von Hemmung), weil beide Formen disharmonisch sind und uns aus dem Gleichgewicht bringen. Lassen wir andere das für uns leben, wofür wir selbst nicht imstande sind (Partner, Kinder usw.), dann geraten wir in Abhängigkeiten, die früher oder später Schwierigkeiten ergeben und aufgelöst werden.

Eine Möglichkeit, um auf diese Weise schwierige Energiepotentiale mit Erfolg zu nutzen, ist der Beruf. Speziell die Gefühlsthematik findet oft einen ausgezeichneten Ausdruckskanal in Heim und Familie.

Wir werden mit Anlagen, Erwartungen und Bedürfnisse geboren, über die sich Schicht auf Schicht die Erfahrungen lagern, die wir als Kind machen. So wird unsere eigene Identität immer tiefer von Erlebnissen zugeschüttet, welche wir auf eine bestimmte Weise interpretierten – auf der Basis unseres damaligen Wahrnehmungsvermögens als Kind – und woraus wir eine konkrete Einstellung gegenüber uns selbst und dem Leben im Allgemeinen entwickeln. Eine Einstellung, die uns im späteren Leben daran hindern kann, uns auf der Basis unserer eigenen Persönlichkeit weiterzuentwickeln, weil diese längst vergraben ist. Es ist nicht leicht, dieses Ich wieder auszugraben. Meist brauchen wir dazu Hilfe von außen und damit das tiefere Eingehen auf die archetypischen Einstellungen dieses Menschen. Das kann uns helfen, zu unserer eigenen Identität zurückzufinden.

## Unterstützende Formen, um sein Gefühlspotential real zu nutzen

Physisch:    Spaziergänge am See oder am Fluss entlang
Naturerlebnis bei Wanderungen
Segeln
Ballett
Yoga
Angepasste Ernährung, Körnerkost, Obst, Salate,
vorwiegend vegetarische und abwechslungsreiche Kost

Geistig:    Sich psychologisches Wissen aneignen

Seelisch:    Geführte Meditationen, Vollmond-Meditation,
Wasserelement-Meditation

Generell:    Einnahme von Bachblüten-Essenzen,
empfehlenswert sind hier insbesondere:

## Chicory (Wegwarte), Heather (Schottisches Heidekraut)

**Chicory,** wenn überholte Gefühlsbindungen zwischen Mutter und Kind nicht aufgearbeitet und losgelassen werden können und diese später in Partnerschaften übertragen werden und diese belasten (Mutter-Kind-Thematik, oft auch Mutter-Sohn-Thematik, die später zwischen Ehepartnern ausgetragen wird).

**Heather,** für Menschen, die Mühe haben mit der Erwachsenen-Rolle und dem Erwachsensein, mit der Selbstständigkeit; wenn wir in unserer Kindheit zu wenig Liebe und Wärme erfahren haben und später immer wieder Bestätigung von außen erfahren wollen, dass wir überhaupt existieren. Oft treten diese Menschen bestimmt und souverän nach außen hin auf, um ihr inneres Bedürfnis nach außen auszugleichen, und erreichen damit genau das Gegenteil dessen, wessen sie so dringend bedürfen, nämlich Aufmerksamkeit und Zuwendung. So bleiben sie innerlich vereinsamt.

### Ausgleichsmöglichkeiten auf der Berufsebene

Es sind Berufe, welche mit den Gefühlsbetonungen und seelischen Bedürfnissen in Einklang stehen *oder* in welchen man diese besonders gut selber leben kann, statt diese auf andere projizieren zu müssen.

Je nach Anlage ist Spezialisierung eher unerwünscht, ebenso wenig wie starke Konzentration und Ausdauer beanspruchende Berufe vorteilhaft sind. Dagegen sind Berufe, die Veränderungen und Wechsel unterzogen sind, vorzuziehen. Geeignet sind auch eher unselbstständige Berufe mit familiärem Arbeitsklima und Anschluss – oft auch deshalb, um möglicherweise über die berufliche Verwirklichung eine Art Familienstruktur zu schaffen. Vielfach sucht man sich auch auf der Berufsebene die sonst vielleicht in Heim und Familie fehlende Geborgenheit.

Als Entsprechungen gelten unter anderem folgende Berufe:

- Archäologie (graben in der Vergangenheit)

- Berufe im Hotel- und Gaststättengewerbe (leibliches Wohl), also Hoteliers und Gastwirte, Köche, Bedienungspersonal und sämtliche Berufe, welche damit in einem Zusammenhang stehen

- Berufe im Lebensmittelhandel

- (Familien-)Fürsorgliche und soziale Berufe: Heimleiter, Erzieher usw. (seelisch-geistiges Wohl), Fürsorgerin, Sozialarbeiter, Kindergärtnerin

- Pflegende und helfende Berufe: Hebamme, Pflegerin und Krankenschwester, Therapeut und Psychologe (der psychologische Astrologe, welcher seiner Klientin über ihr Kindheits-Ich unbewusste Bereiche zugänglich macht, zum Beispiel aus ihrer Kindheit), Seelsorger, Tierpfleger

– Schauspielerische Berufe (sich in viele verschiedene Rollen ein-
  fühlen können)

– Berufe, welche die Schifffahrt betreffen

– Der Beruf des Innenarchitekten

Das zugehörige Metall zu Gefühlen und seelischen Bedürfnissen ist das Silber.
Ein Glas, welches auf einer Seite mit einer dünnen Silberschicht überzogen wird,
reflektiert unsere Persönlichkeit als Spiegelbild. Der Mond reflektiert die Ausstrahlung der Sonne. Das Wesen des Mondes besteht aus einem Re-Agieren. Der
Mensch reagiert auf empfangene Eindrücke. Der Grad unseres Reaktionsvermö-
gens entspricht unserem Gefühlspotential. Je ausgeprägter unser Gefühlsempfin-
den, umso ausgeprägter auch unser Reagieren auf empfangene Eindrücke und
umgekehrt.

Das Thema unserer gefühlsmäßigen und seelischen Bedürfnisse heißt meistens,
seine Kindheit neu zu kreieren, zu der Erkenntnis kommen, dass die Botschaften,
die wir von unseren direkten Bezugspersonen in unserer Kindheit auf unseren Lebensweg mitbekommen haben, im späteren Leben oft untauglich sind und wir uns
damit ständig sabotieren. Werden wir uns dessen nicht bewusst und sind wir nicht
dazu bereit, psychologische Arbeit an uns selbst zu leisten, werden wir dieselben
Muster in unsere eigene neue Familienstruktur einbringen und diese auch unseren
eigenen Kindern weiterzuvermitteln versuchen.

### *Anregung zum Umgang mit meinen Gefühlen und seelischen Bedürfnissen*

*Aus Angst vor Geborgenheits- und Zuneigungsverlust haben wir als Kind so
manches über uns ergehen lassen, um Liebe zu bekommen und als wertvoll zu
gelten; wir haben keine Mühe gescheut und keine Anstrengung unterlassen. Bis
wir eines Tages merkten, dass alles umsonst war, wir empfanden uns nie so alleine und verlassen wie jetzt, wo wir unser innerstes Selbst, unsere in dieses Leben mitgebrachte ureigene Identität aufgegeben haben. Wenn wir diese Bewusstseinsstufe erreicht haben, wenn wir diesen Moment wie einen tiefen inneren
Schmerz empfinden, dann sind wir bereit und die Zeit ist gekommen, das Steuer
selbst in die Hand zu nehmen, gestellte Aufgaben zu lösen, Verantwortung zu
übernehmen, erwachsen zu werden und aus allem, was geschieht, auch unsere
eigene Urheberschaft erkennen zu können.*

*Das Ziel des Lebens ist es nicht, dass wir so bleiben, wie wir als Kind geboren wurden. Aber auch nicht, dass wir zu dem werden, wie uns andere haben möchten, sondern dass wir uns entwickeln und verändern, dass wir uns transformieren, das heißt uns der Wandlung zu unserer Einmaligkeit öffnen.*

*Zufrieden mit sich und der Welt zu sein, hängt nicht davon ab, ob wir vom so genannten Schicksal begünstigt worden sind, sondern davon, ob wir unsere eigenen Möglichkeiten erkennen und danach handeln, dem Zufall (was uns zufällt) eine Chance geben in dem Rahmen, den unsere Persönlichkeit ihm setzt. Ferner sind wir aufgefordert, unsere Pläne jeweils der veränderten Wirklichkeit anzupassen und dadurch neue Chancen wahrzunehmen, aus gemachten Erfahrungen das Positive zu entdecken. Bewusst leben und handeln heißt die Devise!*

*Wenn wir die Reihenfolge der Dinge nicht beachten, werden wir scheitern. Das Hier und Jetzt ist bedingt aus dem Vorhergehenden. Wir können nicht überspringen, was uns vom kosmischen Gesetz her bestimmt ist. So können wir keine eigene Identität haben, ohne zuvor eigenes Wissen, Eigenwerte, eigene Durchsetzung erprobt zu haben. Kein eigenes Wissen, wenn wir nicht eigene Werte und Durchsetzungsvermögen errungen haben. Wie können wir einen eigenen Wert besitzen, wenn wir uns nicht selbst durchzusetzen vermögen? Und so werden wir Schritt für Schritt als Schüler, Lehrer und Meister den kosmischen Plan erfüllen, jeder gleichgestellt denselben Weg beschreitend, eingebunden in die Reihenfolge allen Geschehens. Es ist also wichtig, diesen Faktor zu erkennen, zu wissen, was als Nächstes zu tun und was zum jetzigen Zeitpunkt besser zu lassen ist. Da wir ja nicht in unserer Entwicklung stehenbleiben wollen, werden wir all dies nicht ignorieren und zu umgehen versuchen.*

*       *       *

# Selbstverwirklichung

*Es gibt etwas,*
*das niemand anders für dich tun kann:*
***deine Selbstverwirklichung.***

*Sonne im Herzen*
*erstrahle dein Wesen.*
*Sie spende dir Licht, Wärme, Kraft und Liebe,*
*um selbst das zu erfüllen,*
*wozu du gekommen,*
*zu tragen den Funken des Göttlichen*
*in die Schatten der Finsternis*
*von Ewigkeit zu Ewigkeit.*

Was wir aus dem Geschenk an universellen Kräften, Anlagen und Möglichkeiten machen, welche jedem Lebewesen ohne Ausnahme zur Verfügung stehen, darüber müssen wir ganz persönlich entscheiden und uns verantworten. Die durch uns zu treffenden Entscheidungen, aber auch die Verantwortung dafür zu tragen, kann uns niemand abnehmen. So ist es mit jedem Werkzeug, mit jedem Utensil, mit jeder Gelegenheit, mit Geld, Arbeitsplatz, Beziehungen oder Partner. Bei all dem können wir uns bewusst entscheiden, was wir daraus für uns selber für einen Nutzen ziehen werden, was wir aus einer Beziehung oder Partnerschaft machen, wie wir mit Geld umgehen wollen oder mit Besitz, zu was wir einen Gegenstand nutzen. Werden wir uns dadurch weiterentwickeln oder regredieren? Werden wir uns geschenkte oder angebotene Möglichkeiten überhaupt zu nutzen wissen? Diese sind oft als Mittel zur Lösung von ganz individuellen Aufgaben bestimmt und dürften die jeweils beste Möglichkeit bieten, um die präzisen individuellen Aufgaben, welche einer (Er-)Lösung in diesem Leben harren, zu erfüllen oder unsere bei Geburt mitgebrachte persönliche Entwicklungsposition weiterzuentwickeln. So gesehen wird jeder Leser aus dem vorhandenen Energiepotential einer jeden Kraft, die hier beschrieben wird, auch seinen eigenen, ganz individuellen Nutzen ziehen und stets das wählen können, wofür er sich entscheidet, einzig begrenzt durch die kosmischen Gesetzmäßigkeiten.

## Was ist Selbstverwirklichung?

Es ist materialisierte Lebensenergie, die uns innewohnende schöpferische Kraft, die uns zur Selbstverwirklichung verhilft. In sich ruhend, nach außen strahlend, gilt diese Lebensenergie und deren Wandlung in Selbstverwirklichung als Entsprechung unserer individuellen Identität, unseres Wesenskerns, für das strahlende innere Selbst, für unsere kreative Energie, Vitalität, unsere Mitte, unser Zentrum. Wie wir unsere Selbstverwirklichung zum Ausdruck bringen, hängt von unseren individuellen Bedürfnissen ab und wie wir diese befriedigen können. Welche Qualitäten möchte ich ausdrücken und ausstrahlen oder welche Art des Wirkens möchte ich entwickeln? Für welchen Zweck oder für welche konkrete Sache möchte ich das Bedürfnis nach Selbstverwirklichung zum Einsatz bringen?

Selbstverwirklichung ist auch Kreativitätsbedürfnis. Dabei gehen wir oft auch auf Spekulationen und Abenteuer ein. Wenn uns etwas Spaß macht im Schauspiel des Lebens, nehmen wir begeistert die Rolle an, engagieren uns und gehen damit bereitwillig ein Risiko ein, weil wir uns auf etwas einlassen, auf ein Spiel eben, dessen Ausgang immer, wie bei jedem Spiel, unsicher ist. Kinder können unbeschwert damit umgehen, sie sind spontan und von negativen Erfahrungen noch unbelastet. Künstlernaturen sind oft bewusst bereit, auf vieles zu Gunsten ihrer Kunst zu verzichten, und zeigen eine ähnliche Risikobereitschaft wie junge Menschen. Das heißt, wenn wir etwas Neues kreieren wollen, müssen wir uns von bereits Bestehendem auch lösen können und können nicht am bereits Erreichten festhalten. Alles Neue birgt ein Risiko in sich und ist wohl der Preis für große Errungenschaften: Selbstverwirklichung verlangt Mut zum Risiko.

Für in der Hemmung oder Projektion nicht real gelebte Selbstverwirklichung kann das Spielen mit Kindern durch deren Spontaneität und Kreativität ausgleichend wirken. Sie bieten uns dann dadurch Ersatz für all das, was wir selbst nicht mehr zu leben wagen. Doch dieser Ausgleich mit den Kindern, diese Alibispiele, gelingen nur, solange die Kinder klein sind. Sie werden sich dafür nicht mehr zur Verfügung stellen, sobald sie im Begriffe sind, ihre eigene Selbstverwirklichung zu inszenieren. Andere Möglichkeiten sind das Fernsehen, das Kino oder das Theater, wo wir uns risikolos die Rollen ansehen können, für welche wir im realen Leben unsere eigene Bühne nicht gefunden haben. Das einzige Wagnis, das wir uns eventuell noch zumuten – allerdings auch nur heimlich, aus Angst, die aufgebaute Sicherheit zu gefährden –, ist dann das Liebesabenteuer, welches als Ventilfunktion doch auf wesentliche Hemmungen und Verdrängungen hinweist. Und auch dieses Spiel ist nur so lange spielbar, wie es mit verdeckten Karten gespielt werden kann, denn wer kann schon zur selben Zeit an verschiedenen Orten mehrere Feuer schüren?

Es ist offenkundig: Prickelndes Risiko und Sicherheit schließen sich gegenseitig aus, je ausgeprägter wir eines von beiden beanspruchen. Sich introvertiert zu geben, ist fehl am Platz. Risikobereitschaft verlangt Ausstrahlung nach außen aus dem inneren Quell des Selbstbewusstseins – nach der Bereitschaft, sich offen zu geben und zu zeigen, wie man in Wirklichkeit ist, ohne danach zu fragen, wie es ankommen mag. Selbstwerdung kann nur in der Loslösung von allen Abhängigkeiten erfolgen, erst dann machen wir aus unserem Leben ein einmaliges Kunstwerk, welches aus seiner einzigartigen Farb- oder Energiezusammensetzung, sich selbst genügend, wirkt.

Ein verzerrter Ausdruck der schöpferischen Kraft zeigt sich dann, wenn dem reinen Ausdruck von Lebensfreude Grenzen gesetzt werden, wenn aus Spiel Konkretes werden muss. Liebe und Erotik etwa müssen ihre Krönung in der Ehe erfahren; oder die Spiele der Kinder sollen später zum Broterwerb werden oder Ansehen in der Öffentlichkeit, wie zum Beispiel im Sport mit Eiskunstlaufen, erbringen.

Bei geringer Risikobereitschaft ist es wichtig, sich die Frage zu stellen: „Was wäre das Schlimmste, was passieren könnte, wenn ...?“ Aus Niederlagen können wir lernen und niemandem kann alles beim ersten Versuch gelingen. Und außerdem, seien wir ehrlich, das Schlimmste passiert sowieso äußerst selten!

Wir werden unser ganzes Leben dazu brauchen, um unser uns innewohnendes Potential an Selbstverwirklichung auszuleben – was wir werden wollen und welches Ziel wir erreichen möchten. Dazu braucht es den Mut zur Selbstständigkeit, weg von der Geburtsfamilie hin zur Freiheit für den Ausdruck der eigenen Kreativität, zur Gründung einer eigenen Familie, zum Man-selbst-sein-Dürfen, die Selbstverwirklichung als nunmehr höchste Zielsetzung. Alle unsere Bedürfnisse drängen nach Sättigung, und dazu müssen wir lernen, die entsprechenden in uns liegenden Fähigkeiten weiterzubilden und zu vervollkommnen.

Welches sind nun diese Bedürfnisse im Wesentlichen? Zuvorderst liegen auf einer primären Ebene Ego-Bedürfnisse, Bedürfnisse nach Anerkennung, Geltung, Achtung, nach Flirt, Erotik und Sexualität, nach Aktivität und Spontaneität. Wir lieben das Leben und wollen etwas erleben, Spaß, Spiel, Vergnügen und Freude haben. Oft sehnen wir uns nach Ruhm, und das kann in der Kompensation zu enem übertriebenen Bedürfnis nach Bestätigung und Anerkennung, zu Prahlerei und großspurigem Auftreten führen, wo doch gerade die Einfachheit als Aufgabe zu erlernen wäre, wenn es gilt, ein reales Selbstbewusstsein zu entwickeln.

Bei der Selbstverwirklichung geht es um unsere Bedürfnisse nach Selbstdarstellung, nach eigenen Unternehmungen und dem Verlangen nach schöpferischer Betätigung. Ein jeder Mensch braucht seine eigene Bühne, auf der er auftreten kann, auf der er Applaus bekommt. Sei diese Bühne auch noch so bescheiden, sie ist der Ort, an dem er sich selbst leben kann. Sei es, dass uns ein gutes Kochrezept gelingt und wir damit unsere Gäste verwöhnen können, oder dass wir unsere Zuhörer in spannenden und interessanten Gesprächen an uns zu fesseln vermögen – wichtig ist, dass wir dadurch die Möglichkeit haben, uns gebührend Geltung zu verschaffen.

Es gehört Risikobereitschaft dazu, sich offen zu zeigen. Um Anerkennung zu bekommen und immer, wenn wir uns offen zeigen, gehen wir ein Risiko ein. Wenn wir uns gerne mit anderen messen, dann tun wir es, um uns selbst zu erfahren. Wir brauchen die anderen, brauchen Publikum und Applaus und messen uns gerne an deren Echo. Wir brauchen einen Raum und einen Platz in der Gesellschaft, und es gilt diesen einzunehmen. Haben wir einmal genug für uns selbst, können wir auch großzügig gegen andere sein. Mehr Schein als Sein und überall Mittelpunkt sein zu wollen, weist auf eine verzerrte Form von Selbstausdruck. Halten wir uns für unverwundbar, kommen wir oft in Versuchung, uns zu überschätzen.

Welche Qualitäten und Fähigkeiten können uns helfen, wenn wir sie weiterentwickeln, diese unsere Bedürfnisse nach Selbstverwirklichung entsprechend zu befriedigen? Dazu zählen Selbstachtung und Vertrauen, Selbstsicherheit und Entschlossenheit, Spontaneität und Begeisterungsfähigkeit, Willensstärke und Dynamik, Optimismus und Herzenswärme und sich seiner Macht und Kraft bewusst zu sein. Diese Entsprechungen weisen auf Menschen hin, die selbst die Richtung bestimmen. Es sind Leitfiguren und Führungspersönlichkeiten, zu deren verantwortungsvollen Aufgaben auch das Beschützen gehört.

In der verzerrten oder kompensierten Form treffen wir auf Arroganz und Imponiergehabe, auf Hochmut und Selbstüberschätzung, auf Prahlerei, wobei man seine Vorteile oder Vorzüge übermäßig betont, auf Machtgier und Egozentrizität. Aus dem Helden oder König wird der Pascha, Macho oder Diktator. Überdimensionierter Unternehmungsdrang, übertriebenes Bedürfnis nach Bestätigung und Anerkennung gelten insgesamt als Kompensationsformen.

Real gelebte, in uns als Anlage vorhandene und zur Entfaltung gebrachte Energie verhilft uns zur Selbstständigkeit im Handeln. Wir managen uns selbst, der Meister ist in uns, wir sind nicht mehr fremdbestimmt. Weitere Entsprechungen zur real gelebten Energie sind die Fähigkeit, sich selbst ausdrücken zu können, schöpferisch zu experimentieren und etwas selbst verwirklichen zu können, pädagogische Fähigkeiten, die Fähigkeit sich mit Autorität auseinandersetzen zu können (Handlungs- und Managementfähigkeiten), unternehmerische Fähigkeiten (beispielsweise ein Unternehmen gründen, aufbauen, konsolidieren).

Zur Selbstverwirklichung gehört auch der Mut zur Sexualität und Zeugungskraft, der Ausdruck unserer seelischen Bindungsfähigkeit, die Fähigkeit, seine Emotionen ausdrücken zu können, sich zu engagieren, die Fähigkeit zu Spiel und Aktivität, die Fähigkeit, etwas zu organisieren.

Ein Defizit an Selbstverwirklichung, also gehemmte Energie, die nicht zum Ausdruck kommt, der nicht ausgelebte Drang nach Kreativität – all das kann zu Hassgefühlen führen, die im weiteren Verlauf zu Herz- und Kreislaufbeschwerden führen können, zu einem Nachlassen der Lebenskraft, welche nicht mehr frei fließen kann. Gehemmte Formen zeigen sich durch übertriebene Bescheidenheit (wir stellen unser Licht unter den Scheffel.), Insensibilität oder Emotionslosigkeit, schwachen Unternehmungsgeist oder starke sexuelle Hemmungen.

Die Entwicklung von brachliegenden Fähigkeiten kann dem Defizit entgegentreten. Hier geht es darum, auf irgendeine Art zu versuchen, als Künstler oder Schauspieler auf der Bühne des Lebens zu stehen, um das Selbst auszustrahlen und zu wagen, sich zu zeigen und zu sagen: „Das bin ich!" Dieses Risiko einzugehen ist wichtig, wenn auch nur in einer Experimentierphase als Laie oder in der Freizeit.

### Die Entsprechungen des Körpers zur Selbstverwirklichung

**Organe**

Augen                    Die Verbindung zwischen Augen- und Sonnenlicht; meine Selbstausstrahlung

Herz

**Muskeln**

Herzmuskulatur

### Physiologisches Prinzip und Körperfunktionen

Herzschlag

# Krankheitsprinzipien

- Herzinsuffizienz
- Ohnmachten (gegenüber sich selbst ohne Macht sein)
- Schwächezustände
- Vitalitätsstörung

## Krankheitsdispositionen und mögliche Somatisierung

Im Vordergrund stehen Herz-Kreislauf-Erkrankungen, Infarkt und Bluthochdruck. Das Herz als Analogie für unser Selbst, der Blutkreislauf für das Fließen der Lebensenergien, der Bluthochdruck als verzweifelter Versuch, durch Verstärkung des Drucks doch noch ein Durchkommen zu erreichen, und schließlich der Infarkt als K.-o.-Signal, Verschluss und Ultimatum: Es muss innert kürzester Frist etwas unternommen werden, ein sofortiges medizinisches Eingreifen ist nicht mehr zu umgehen, aber zu dessen Unterstützung und um länger anhaltende positive Resultate zu erzielen, muss der Betreffende ab sofort auch bereit sein, eine Wende in seinen Lebensgewohnheiten einzuleiten, will er nicht riskieren, dass es beim nächsten Infarkt zu spät ist. Ursachen auf einer geistig-seelischen Ebene sind unter anderem oft gestauter oder gehemmter Vitalitätsausdruck – in der Kompensation überdimensionierte Aktivität und Stress.

Bekommt jemand einen Herzschrittmacher eingepflanzt, wird ihm dadurch auch symbolisch die Möglichkeit, nach seiner Eigengesetzlichkeit zu leben, entzogen. Zu erwähnen sind ferner Wirbelsäulenerkrankungen, Lumbago (Hexenschuss im Volksmund), Veränderungen der Bandscheiben, unsere als geschwächte Stützapparatur analoge Entsprechung für ein geschwächtes Rückgrat (die Wirbelsäule, welche uns den aufrechten Gang ermöglicht, einen breiten Rücken haben, „breit" im Sinne von stark und belastbar). Im Yoga kennen wir die spinalen Zentren entlang der Wirbelsäule, Chakren genannt. Das Rückenmark, der im Wirbelkanal eingeschlossene Teil des Zentralnervensystems, hat eine zweifache Aufgabe:[7]
„1. Als selbstständiger nervöser Zentralapparat dient es dem Zustandekommen der Reflexe (als Reflexorgan). 2. Als Leitungsapparat verbindet es die höher gelegenen Teile des Zentralnervensystems (verlängertes Mark oder Medulla oblongata und Gehirn) mit dem peripheren Nervensystem (Leitungsorgan)." Im Yoga ist es der Kanal, in dem der Hauptenergiestrom des Menschen fließt, in dem die Chakren als Knotenpunkte der fließenden Lebenskraft liegen. Da finden wir wieder die Analogie zwischen den geistigen Zentren (Chakren, die als Transformato-

ren für den „Hauptdynamo" der Energie im Gehirn dienen), die im physischen Körper mit den spinalen Nervenplexen korrespondieren und von denen aus sich die einzelnen Nerven verzweigen, um die verschiedenen Körperteile mit Energie zu versorgen. Das Chakra, welches unserer eigenen Ausstrahlung durch Selbstverwirklichung entspricht, ist das Kronenchakra oder Sahasrara. Dann sind ferner als pathologische Entsprechungen auch Augen- und Blutkrankheiten zu erwähnen. Die Augen stehen sinnbildlich für die Fähigkeit, deutlich die Vergangenheit, Gegenwart und Zukunft zu sehen.

## Real umgesetzte Energie

Wir haben die Macht und Möglichkeiten, uns zu verwirklichen. Damit wird uns aber auch Verantwortung auferlegt. Wir sind aufgerufen, unsere schöpferische Ausdruckskraft zu nutzen, damit befruchtend zu wirken, großzügig zu sein und das Herz sprechen zu lassen. Und wir haben das Potential, Lebensfreude zu verbreiten und Herzenswärme zu spenden. Mit Macht umgehen zu können, will erlernt werden.

Wenn wir Mittelpunkt sein wollen, nötigen wir oft andere zur Anerkennung dieser Rolle und werden dadurch von anderen abhängig und unfrei. Werden wir von anderen zum Mittelpunkt auserkoren, steht es uns nicht an, diese Rolle zu verweigern, sondern für die damit zugestandenen Rechte dankbar zu sein und die damit verbundenen Pflichten zu akzeptieren.

Mittelpunkt kann man nur auf Zeit sein und wir müssen darauf achten, wann es Zeit ist zum Wechsel, zum Zurücktreten oder zur Übergabe. Wichtig ist, dass wir das ausdrücken und ausstrahlen, was wir selbst sind und in uns tragen. Je stärker wir hingegen lediglich die Bedürfnisse unserer Umgebung zum Ausdruck bringen, umso weniger realisieren wir unsere eigene Selbstverwirklichung, desto weniger leben wir uns selbst.

Willenseinsatz ist gefordert und nach Krisen und Zusammenbrüchen auch Mut, aus eigener Anstrengung Neues entstehen zu lassen, die Bereitschaft Risiken einzugehen und daran sogar seinen Spaß zu haben. All dies sind psychologische Entsprechungen zur real gelebten Energie, wozu auch die Spielfreude gehört (welche diese Menschen dann zum idealen Spiel- und Experimentiergefährten für Kinder und Jugendliche macht).

Konnte die erstrebte Selbstverwirklichung bislang nicht stattfinden, sind wir entweder von den Menschen, welche dies erreicht haben, fasziniert oder wir kommen immer wieder in Konflikt mit ihnen (seien dies Konflikte mit Nachbarn, Freunden, Partnern, Chefs, Arbeitgeber oder etwa Konkurrenten). Besonders Frauen mussten – in der bis weit in das letzte Jahrhundert noch überaus stark betonten patriarchalen Gesellschaftsordnung – je nach Erziehung und persönlichem Umfeld zumindest in jungen Jahren und später am Beginn einer Beziehung oder Partnerschaft meist ihr Selbstverwirklichungsbedürfnis auf den männlichen Partner projizieren. Anpassung und lieb zu sein wurde von der Frau gefordert. So blieb ihr nur die Möglichkeit, ihr Bedürfnis nach Ausstrahlung über den Partner in der Projektion zu befriedigen. Er musste Aktivität und Kreativität, Mut, Willen und Risikobereitschaft für sie beide entwickeln. Dies hat sich jedoch mit der sogenannten Emanzipierung der Frau, mit der Erneuerung der Stellung der Frauen in der Gesellschaft, in Beruf und Sport, durch Selbstbewusstwerdung und Selbstfindung in den letzten Jahrzehnten wesentlich verändert, sodass die Projektionsthematik von jungen Frauen gegenüber gleichaltrigen Männern allein geschlechtsbezogen (Rollenverteilung) an Bedeutung verliert.

Um diese Energie real für uns selbst umzusetzen, müssen wir das, was wir für uns möchten, was uns extrem wichtig erscheint, versuchen zu realisieren. Auch wenn es uns anfangs nur in Ansätzen gelingt, müssen wir alle uns zur Verfügung stehenden Mittel und Ideen, unsere ganze Persönlichkeit dafür einsetzen, weil es so wichtig für uns ist. Alles, was uns Freude macht und mit unserem Selbst in Einklang steht, steigert unser Energiepotenzial. Alles, was wir wegen irgend etwas tun müssen und sollen, weil es andere so möchten, wir selbst aber dazu keine Beziehung haben, weil es unserem Wesen fremd ist und wir keine Freude dabei empfinden, wird unserem eigenen Energiepotential abträglich sein. Auf Anhieb werden wir dessen Realisierung nicht geschenkt bekommen, sie will errungen werden und dies fällt oft nicht leicht.

Auf einer höheren Ebene geht es hier um den Weg, den der Einzelne gehen muss, um seine Identität zu finden. Es geht darum, was ich als selbstständiges Individuum will und wie ich meine Persönlichkeit nach außen ausstrahlen will. Ehre wird mir erst dann gebühren, wenn ich mir bewusst bin, dass auch ich nicht der Schöpfer aller Dinge bin. Die Gabe der Einfachheit ist eine der großen Aufgaben, die zu erlernen ist. Sich nicht an seine Wirkungen zu halten, sondern man selbst sein, ohne darauf achten zu müssen, wie das auf andere wirkt, ist wesentlich. Frei zu sein gegenüber sich selbst, ist die Zielsetzung, einfaches, absichtsloses Handeln, Handeln, ohne sich bei den erzeugten Wirkungen aufzuhalten. Dies ist keinesfalls einfach, und es braucht die ganze Kraft, die Macht des Beharrens in der Zeit, um diese große Aufgabe anzugehen.

# Unterstützendes zur Selbstverwirklichung

Spielerisch zumindest einen Teil seiner Freizeit verbringen, Theater- und Rollen-spiele, Sportspiele, Spiele mit Kindern, spielerisch brachliegende schöpferische und kreative Fähigkeiten ausprobieren und weiterentwickeln. Wagen sich zu zei-gen, als Künstler, Schauspieler auf die Bühne treten, um seine innere Sonne und seine Ausstrahlungsmöglichkeiten zu leben; dieses Risiko eingehen, wenn auch nur als Laie oder in der Freizeit, ohne darauf bedacht zu sein, wie man damit an-kommt, nur so, aus reiner Lebensfreude. Erlebnisferien machen, faulenzen und die erwärmenden Sonnenstahlen auf sich wirken lassen. Ab und zu auch den Pflichten Urlaub geben und sich reine Lebensfreude schenken, indem man das tut, was Freude macht.

Spezifische Sportarten sind Tennis und Golf, jede Art Individualsport, der Anse-hen genießt oder einem Respekt und hohen Anerkennungswert verspricht, auch Extremsportarten.

Geistig-seelisch können wir unseren Solarplexus dadurch schützen, dass wir ihn in unserer geistigen Vorstellung mit einem Schutzwall aus weißem Licht umge-ben.

Die Einnahme von Bachblütenessenzen kann auch hier empfehlenswert sein, ins-besondere:

## Centaury (Tausendgüldenkraut), Cherry Plum (Kirschpflaume), Oak (Eiche), Heather (Schottisches Heidekraut)

**Centaury** bietet Hilfe, wenn wir damit Mühe haben, das Steuer für unser Leben selbst in die Hand zu nehmen, wenn Selbstverwirklichung immer nur für die an-deren gilt, wenn wir uns den Interessen anderer fügen und auf Lob und Tadel von außen reagieren. Wenn wir merken, dass wir zu egoistischen Zwecken anderer ständig ausgenutzt werden. Immer wenn wir bereitwillig unsere eigenen Wünsche zugunsten anderer unterdrücken und für unser eigenes Selbst nicht eintreten, sind wir im negativen energetischen Centaury-Zustand. Wenn wir anderen keine Bitte abschlagen können, wenn wir es verlernt haben, Nein gegenüber anderen zu sa-gen und unser Selbst in den Hintergrund aufs Abstellgleis verbannen. In diesem Verkennen unseres eigenen Lebensauftrags kann Centaury wirksam für uns wer-den.

Im selbstbewussten Zustand, werden wir entscheiden, wann wir uns für andere effizient einsetzen wollen und können und wann es nötig ist, Nein zu sagen. Wichtig ist es für uns zu wissen, wann wir dem anderen Hilfe und Unterstützung anbieten können, ohne uns selbst dafür aufgeben zu müssen. Eine wichtige und effiziente Art zu helfen, ist die Hilfe zur Selbsthilfe, womit man dem anderen und sich selbst eine Möglichkeit gibt, einen Entwicklungsschritt zu tun, statt stets eine einseitige Übervorteilung zu fördern und selbst dabei leer auszugehen. Centaury ist dazu geeignet, unserem Geist und unserem Körper neue Vitalität zu schenken, und es lässt uns aus unserer Passivität heraustreten. Wir sind wieder dazu imstande, unser eigenes Ich zu leben. Centaury steigert unser Selbstgefühl, wir dürfen wieder wir selbst sein, auch für unsere eigenen Interessen eintreten, haben eine eigene Persönlichkeit und wissen unsere Individualität auch zu wahren.

**Cherry Plum** ist ebenfalls dazu geeignet, uns dann Unterstützung anzubieten, wenn wir dabei sind, uns selbst aufzugeben, wenn wir uns von uns selbst abwenden, wenn wir uns selbst Angst machen und vor uns selbst fliehen möchten (beispielsweise Flucht in Drogen oder Suizidgedanken und seelische Kurzschlusshandlungen), wenn die Sonne sich verdunkelt und eine Untergangsstimmung uns zu überfluten scheint!

Mit **Oak** gewinnen die spielerischen, gefühlvollen Momente des Lebens an Wert und Bedeutung – Freude transformiert Kraft und Energie in wirkliche Lebenserfolge. Wenn wir eine innere Kälte und Isoliertheit verspüren, wenn wir, ohne mit dem Herzen dabei zu sein, nur noch die vordringlichsten Dinge des Alltags als ein unabwendbares Muss ohne jegliche Freude verrichten, bis es zum Kollaps kommt und wir zusammenbrechen, weil das Herz nicht mehr dazu bereit ist, so weiterzumachen, wenn die Strahlen der Sonne mit ihrer Wärme unser inneres Selbst nicht mehr zu erreichen vermögen und wir nur noch mit äußerstem Aufwand unserer letzten Ressourcen unseren täglichen Anforderungen gerecht werden können, dann ist es Zeit für Oak.

**Heather** ist dann angebracht, wenn wir von anderen als das Zentrum allen Geschehens betrachtet werden wollen und ohne die anderen und deren Applaus, auf uns selbst gestellt, nicht bestehen können. Wenn wir ohne jeglichen Grund meinen, andere müssten unsere folgsamen Diener sein und uns zu Füßen liegen. Wenn wir immer und überall an einer extremen Form der Selbstbezogenheit leiden und uns die Bedürfnisse unserer Umgebung oder Mitmenschen nicht im Mindesten interessieren. Wenn sich alles nur um uns drehen muss und wir kein Verständnis für die Anliegen anderer haben. Wenn wir schlussendlich dadurch alleingelassen werden und merken, wie wichtig eigentlich die anderen für uns selbst sind, weil ohne Gemeinschaftsgeist das Leben freud- und sinnlos wird.

## Ausgleich auf der Berufsebene

Berufe, welche mit unserem Bedürfnis nach Ausstrahlung in Einklang stehen, *oder* in welchen wir unseren Selbstverwirklichungsbedarf besonders gut selber leben können, statt diesen auf andere projizieren zu müssen:

– Chefpersönlichkeiten, Führernaturen (ob in der Wirtschaft, Industrie oder beim Militär), Autoritätsstellungen, welche Initiative und Verantwortung fordern, sind ideale Entsprechungen.

– Selbstständige Berufe oder solche in leitender Position

– Berufe, in denen man sich von der Masse abgrenzen kann

– Berufe mit Würden und Ehren

– Berufe, welche Organisationsfähigkeiten erfordern

– Künstlerische Berufe, Unternehmertätigkeiten, Berufe, in denen viel Eigenkreativität erforderlich ist, gestalterische Berufe

– Repräsentationsberufe

– Allgemein sämtliche Berufe, die als angesehen gelten

– Politiker, Schauspieler, Berufe im Showbusiness, Dirigent

Als zugehöriges Metall zur Selbstverwirklichungsthematik gilt das Gold; um wertvoll zu sein, muss es echtes Gold sein!

Menschen, die es schwer haben, ihr ureigenes Ich im täglichen Leben zu leben und durchzusetzen, die unselbstständig sind und nicht vermögen, sich abzugrenzen, sich selbst zu organisieren, ihre Eigenkreativität wirken zu lassen und gestalterisch zu demonstrieren, die sich ihre Lebensfreude nehmen lassen, bei diesen Menschen ist der Energiefluss der Selbstverwirklichung gehemmt, sie werden sich bestenfalls einen Ausdruckskanal in der Projektion suchen. Entweder sie suchen sich Beziehungspersonen, die diese Eigenschaften verkörpern, ziehen diese an, vergöttern sie (die Idole von Bühne und Showbusiness etwa), oder sie haben immer wieder Schwierigkeiten mit solchen Menschen, mit ihren Chefs, mit Autoritäten, sie gönnen anderen weder Würden noch Ehren, verabscheuen alles, was

Ansehen schenkt und genießt, meiden es, im Rampenlicht zu stehen, und machen um jegliches Risiko einen großen Bogen.

Ein weiterer möglicher Ausdruckskanal in Projektionsform bietet das Gold als Schmuck für den Körper oder aber als vergoldetes Heim, in welchem die vorherrschende Farbe die des Goldes ist. Das kann disharmonisch wirken, wenn es in einem unausgewogenen Verhältnis angewendet wird (Kitsch).

Eine weitere Projektionsform ist das immense Bedürfnis, sich in den Sonnenstrahlen „schmoren" zu lassen. Schmoren stammt ursprünglich von „ersticken". Klar gedeutet und analogisch betrachtet könnte man sagen, dass man sein inneres Licht und eigenes Strahlen erstickt, indem man versucht, sich durch die im Trend liegende braune Haut – durch die von außen wirkenden Sonnenstrahlen – das Ansehen (und Aussehen) zu verschaffen, welches einem im inneren Selbst zu erlöschen droht. Licht, auch Sonnenlicht, darf nur mit Bedacht und Maß (Demut) empfangen werden. Zu viel Licht ist nicht zuträglich und kann blind und stumpf machen, wie jede Übertreibung, welche die Harmonie zerstört. Das schier unersättliche Bedürfnis nach Sonne, Süden und Hitze bekundet oft auch ein inneres Wärmedefizit, resultierend aus der uns eigentlich wesensfremden, rein materiellen Lebensweise. In verschiedenen anderen Kulturräumen vermeidet man es, sich direktem Sonnenlicht auszusetzen. Das Wesen dieser Menschen ist viel stärker mit den natürlichen kosmischen Kräften verbunden und weiß daher besser um deren Gesetzmäßigkeiten Bescheid. In jungen Jahren und wenn wir ins Alter kommen, haben wir einen eher angemessenen natürlichen Bedarf an uns umgebender Wärme, sei es, dass wir noch nicht imstande sind, unsere eigene innere Sonne zu leben oder dass unsere innere Kraft versiegt.

In all diesen Fällen kann Gold in homöopathischer Verdünnung eine Hilfe sein. Homöopathisch verdünntes Gold zu verabreichen kann immer dann angezeigt sein, wenn wir Schwierigkeiten haben, unser Ich, unsere eigene Sonne und Persönlichkeit zu vertreten. Menschen, die seltener homöopathisches Gold (Aurum) benötigen, sind die, welche den Hang zum realen Goldbesitzen haben und so ihre defizitäre Anlage zu kompensieren versuchen.

Ein gehemmtes Selbstverwirklichungsbedürfnis zeigt sich dadurch, dass die eigene Ausstrahlung unterdrückt wird. Unsere Persönlichkeit, unser Wirken fühlen sich gebremst oder behindert. Wir sind unsicher, empfinden uns dann oft auch als unwürdig, schlecht, unzureichend und minderwertig. Unser Ich, unsere Sonne und Ausstrahlung erstickt wie Feuer unter dem Wasserstrahl, das Selbst ist wie ausgelöscht!

Probleme bieten auch schwere seelische Depressionen und Selbstmordabsichten. Diese weisen auf äußerst geschwächte und defizitäre Ich-Zustände hin, die dringend Hilfe erfordern, und da kann Aurum Hervorragendes beitragen. Es ist immer dann angebracht, wenn selbstzerstörerische Tendenzen irgendeiner Art vorliegen, wenn wir nicht mehr die innere Kraft haben und nicht mehr weitermögen. Die Verabreichung eines homöopathischen Mittels sollte stets unter der Führung eines erfahrenen Homöopathen eingeleitet werden.

Die esoterische Thematik zur Selbstverwirklichung fordert uns auf, in jeder Lebenssituation mit dem Herzen dabei zu sein!

### *Anregung*

*Spiel das Spiel der Lebensfreude, dessen Gewinn alles andere in den Schatten rückt.*

*Lebensfreude ausstrahlen kann ich nur in dem Moment, in dem ich mit meinem Leben zufrieden bin. Dazu braucht es die Freiheit des Ausdrucks meiner Persönlichkeit. Das wirkt anziehend – je mehr ich ausstrahle, umso mehr kommt auf mich zurück. Ich bin verbunden mit dem Strom der fließenden kosmischen Kraft allen Lebens.*

*Ich selbst zu sein, erfordert, dass ich zu mir stehe – physisch, geistig, seelisch –, dass ich dazu fähig bin, stolz zu sagen: „Seht her, das sind meine Taten, das sind meine Werte, das ist mein Wissen, das sind meine Gefühle, das bin ich, das ist die Fülle meines Wesens, das ich ausstrahle! Das ist die äußere, weltliche Ausstrahlung meines Ich – die Selbstständigkeit nach außen in der Vereinigung mit dem Selbst. Der innere, esoterische Anteil besteht für die Gläubigen in der Vereinigung mit Gott. Es ist die Einheit in Gott, ich bin angeschlossen am Quell göttlicher Energie, Teil göttlicher Schöpfungskraft."*

*Wenn ich Lebensfreude ausstrahle, zeige ich dadurch, dass ich mit meinem eigenen Leben zufrieden bin. Dazu braucht es weder Geld noch andere Mittel, es genügt mir, mit mir selbst zu leben, mir den freien Ausdruck meiner Persönlichkeit zu gestatten, derjenige zu sein, der ich bin, das leben, was echte Freude macht, ohne Wenn und Aber. Das sind die Kriterien.*

\*    \*    \*

# Wahrnehmungs- und Beobachtungsfähigkeit, Kritikfähigkeit, Fähigkeit, gute Arbeit zu leisten, Fähigkeit, etwas zu nutzen und zu verwerten

*Der Blick auf das Ganze*
*lässt uns überwinden das kleinliche Ich.*
*Im Licht des Wesentlichen*
*entschwindet der kleinliche Anspruch.*
*Kleines zu meistern, um Großem zu dienen,*
*Schritt für Schritt und Stufe um Stufe,*
*bringt uns näher dem kosmischen Plan.*

Nun geht es speziell um analytische, kritische und unterscheidende Fähigkeiten, um die Wahrnehmungs- und Beobachtungsfähigkeit. Wenn Denken mehr in der Tiefe stattfindet, kann dabei die Neigung zu Introvertiertheit mehr Raum bekommen. Es kann schwerer werden, gewisse Gedanken wieder loszulassen, sich aus der Tiefe wieder Luft zu verschaffen, wenn wir bis in die Details alles analytisch und äußerst kritisch gedanklich untersuchen, prüfen und sortieren. Denken kann dann zum Grübeln werden. Statt uns zu nutzen, wird es zu unserem Schaden. Wir graben uns immer tiefer ein, und es wird schwer, aus diesem Denklabyrinth wieder herauszukommen. Im positiven Sinne verhelfen uns analytisches, kritisches und unterscheidendes Geschick, auf mögliche Irrtümer aufmerksam zu werden. Es ist von großem Nutzen, rasch zu erkennen, was nicht stimmt, exzellente diagnostische Fähigkeiten zu besitzen.

Um gute Arbeit zu leisten, ist Freude an dem, was wir tun, ein wesentlicher Faktor und Garant zum Erfolg. Wichtig ist auch, das zu tun, was unseren Fähigkeiten und Möglichkeiten entspricht. In frühen Jahren gilt es, gut abzuwägen, in welche Richtung wir uns beruflich engagieren wollen, denn davon wird sehr vieles in unserem Leben abhängen und dieses beeinflussen. Ohne Fleiß kein Preis. Erwarten wir nicht die große Belohnung, bevor wir etwas getan haben. Das wäre der verkehrte Weg zum Einstieg in das Berufsleben. Erfüllen wir auch nicht das, was unsere Eltern hätten tun wollen, aber nicht konnten oder versäumt haben, und was sie uns nun auftragen möchten, um selbst doch noch über uns Genugtuung zu erfahren: Lassen wir uns darauf nicht ein und denken wir an unsere Selbstverwirklichung!

Egal welchen Beruf oder welche Tätigkeit wir unseren Fähigkeiten und Möglichkeiten entsprechend wählen werden, wichtig ist es, das zu erkennen und bewerten zu können, was uns Freude bereiten und Zufriedenheit schenken wird und realistisch gesehen schlussendlich auch Erfolg verspricht.

Sparsamkeit und haushälterischer Umgang mit der vorhandenen Energie, die Fähigkeit, etwas wirtschaftlich zu nutzen, zu sparen und zu haushalten, oft durch Bescheidenheit und Zurückhaltung, seine Kräfte einteilen können, das sind Tugenden, welche uns helfen werden, unser materielles Leben abzusichern. Dabei geht es zum einen um das Nutzbare und die Nützlichkeit der Dinge und dort, wo das Pragmatische vorrangig ist, um Arbeit und die Arbeitswelt, um den Alltag, um Alltagspflichten. Zum anderen geht es nun auch um die Fähigkeit, längerfristigen Zielen einen Platz einzuräumen.

Wir müssen lernen, Erwartungen unseren Leistungsmöglichkeiten anzupassen. Sind wir dazu nicht bereit, werden wir früher oder später durch die überbordende Vielfalt an Erwartungen völlig überfordert, ausgelaugt und erschöpft sein. Gute Arbeit bedingt Genauigkeit und Zuverlässigkeit, Gewissenhaftigkeit und Korrektheit, Fleiß und das Streben nach Perfektion. Durch Rationalisierung jeglichen Arbeitsprozesses, sei dieser physisch oder geistig, soll versucht werden, mit geringster Mühe den denkbar größten Nutzeffekt zu erzielen. Arbeiten mit System und Methodik, mit Gründlichkeit, Präzision und Geduld, sind Erfolg versprechende Faktoren. Durch Organisationssinn und ökonomische Begabung gelingt es, aus wenig das Maximum zu erwirtschaften. Sich mit Details mit fast peinlicher Genauigkeit zu befassen, kann jedoch den Gesamtüberblick verunmöglichen. Da ist es wichtig zu erkennen, dass es sich lohnt, nur so weit ins Detail zu gehen, wie man das Ganze noch überblicken kann, ansonsten ist man oft überfordert. In der Kompensationsform kann dies zu Pedanterie (etwa der Putzteufel als Form eines überdimensionierten Reinlichkeitsdrangs), Kleinkrämerei, Intoleranz und Miesmacherei, zu unsachgemäßer Kritik und endloser Ausarbeitung von Systemen, Klassifikationen, Statistiken und Aussortierungsmethoden führen; zu unendlichen, bis zur Erschöpfung führenden Vorbereitungen, Übungen und Erprobungen. Es besteht dann oft auch eine gewisse Strenge gegenüber sich selbst. Wenn die Ratio auch Gefühle zu sezieren versucht, kommen einem Zweifel. Den eigenen Gefühlen wird misstraut, Beweise werden auch für das Unbeweisbare gesucht. Pessimismus kommt auf.

Als esoterische Lernaufgabe ist hier zu erkennen, dass über dem unendlich vielen Kleinen noch etwas Größeres stehen muss und dadurch Anlass zu Vertrauen gibt. Wenn wir uns in Lebenssituationen dauernd bis in die allerletzten Details abmühen und ständig Kleinkrämerei betreiben, werden wir das Wesentliche, das Größere meist übersehen. Wenn wir uns alles im Voraus zu erdenken versuchen und für alles Beweise haben wollen, pfuschen wir den kosmischen Kräften ins Handwerk und führen dadurch oft etwas Negatives herbei, das für uns ansonsten gar nicht vorgesehen war (Selbsterfüllung von Prophezeiungen).

Auf der Körperebene gilt als analoge Funktion zur Wahrnehmungs-, Beobachtungs- und Kritikfähigkeit sowie zur Fähigkeit, etwas zu nutzen und zu verwerten, das Trennen der aufgenommenen Nahrung in Verwendbares zur Verwertung und Assimilation und Untaugliches zur Ausscheidung (Darm- und Verdauungsfunktion). Dieses Trennen und Ausscheiden finden wir analog gleichermaßen auch auf der geistig-seelischen Ebene: Alles, was auf irgendeine Art zur Verunreinigung von Körper, Geist oder Seele führen könnte, was als überflüssig eingeschätzt wird oder Unklarheit schafft, wird, wenn immer möglich, sofort zur Ausscheidung bestimmt. Beim realen Wahrnehmen der weiter oben genannten Fähigkeiten achten wir meist sehr genau auf das, was wir unserem Körper als Nahrung zuführen. In der Kompensationsform kann das Gesundheitsbewusstsein im Extremfall zu Fanatismus werden. Die Nahrungsauswahl wird dann oft mit bis zum Argwohn gehender Vorsicht vorgenommen.

Seelisch finden wir diese hygienische Einstellung und Vorsicht in Form eines feinsinnigen Vermögens, Sympathie und Antipathie von vornherein voneinander zu unterscheiden und Letzteres von uns fernzuhalten. Dies kann uns wiederum später vor vielen Enttäuschungen bewahren.

In der Hemmung wird in seelischen Bereichen vorwiegend kritische Zurückhaltung und Distanz geübt. Dies darf nicht mit Prüderie verwechselt werden. Die geistige Hygiene oder Reinhaltung wird dadurch zu gewährleisten versucht, dass nur das von anderen als glaubhaft akzeptiert wird, was dem eigenen Denken nicht zuwiderläuft. Es wird streng kontrolliert und darauf geachtet, ob neue auf einen zukommende Erkenntnisse mit den eigenen zu vereinbaren und mit deren Unterstützung zu „verdauen", zu assimilieren sind. Ist dies nicht der Fall, hat das Neue kaum Chancen, aufgenommen zu werden. Es wird auch hier manchmal vorschnell und oft zum eigenen Nachteil gleich ausgeschieden.

Wenn es um meine tägliche Arbeit, um meinen Broterwerb zur Sicherung meiner materiellen Existenz geht, hat die eigene Absicherung der physischen, materiellen Existenz Priorität. Erst danach bin ich auch bereit, mich anderen Interessen zuzuwenden. Hier muss man seine Forderungen in jeder Hinsicht realen Gesetzmäßigkeiten anpassen und sich von irrealen Wunschvorstellungen trennen. Alltags- und Existenzbewältigung haben Vorrang. Dazu ist unser Verhältnis zur Arbeit, zu Mitarbeitern, Vorgesetzten und Untergebenen sehr wichtig. Sind wir dazu bereit,

Verantwortung zu übernehmen und lieber selbstständig zu arbeiten, oder möchten wir als Untergebene lieber Ausführende sein und bevorzugen Teamarbeit? Suchen wir eventuell einen sicheren Arbeitsplatz, Sicherheit im Arbeitsbereich oder legen wir großen Wert auf Kollegialität und körperliches Wohlbefinden an unserem Arbeitsplatz? Unsere Leistungsfähigkeit, unsere Art zu arbeiten, unsere soziale Einordnung wird stark davon abhängen, ob wir die am besten zu uns passende Arbeit werden ausüben können.

Je nachdem, wie wir mit dem Thema Arbeit umgehen, kann uns dies Wohlbefinden und Lebensfreude verschaffen oder wir werden durch die Arbeit krank (wenn wir zum Beispiel arbeitssüchtig sind und unter Leistungsdruck stehen, an Überanpassung leiden oder durch übertriebene Geschäftigkeit entspannungsunfähig, selbstausbeuterisch sind). Arbeit kann auch Flucht bedeuten und zur Droge werden. In der Kompensation, wenn ein extremes Bedürfnis nach Perfektion vorliegt, werden sich in Details und Genauigkeit immer Gründe vorfinden, selbst nicht gut genug, mit sich selbst nicht zufrieden zu sein. Dann überfordern wir uns. Wir wollen etwas außerhalb unserer Möglichkeiten, und dies führt letztendlich zu nicht gerechtfertigten Schuld- und Unzulänglichkeitsgefühlen. Übersteigen die Anforderungen das Maß des Ertragbaren, kommt es zu Resignation und Verdrängung, zu umgekehrten Manifestationen zumindest in Teilbereichen, und wir stehen dann einem recht eigenartigen Typus gegenüber, welcher in gewissen Dingen äußerst sorgfältig, pünktlich und genau ist, andererseits in anderen Bereichen und Angelegenheiten auffallend ungenau, nachlässig, unordentlich, undiszipliniert, ja chaotisch sein kann. Hier heißt die Aufgabe, reale Selbstkritik üben zu können und zur Erkenntnis zu kommen, dass Perfektion nur die Richtung weisen kann, aber real für uns Menschen unerreichbar bleiben muss.

In der verzerrten Form finden sich Menschen, welche vorwiegend dem Negativen frönen, kritiksüchtig werden, überall das Negative sehen und herauspicken, die kleinsten Fehler sofort hochstilisieren. Hier finden sich auch Gesundheitsfanatiker, welche die Tendenz zur Überbewertung gewisser Dinge haben und die verkennen, dass andere Faktoren mit eine Rolle spielen. So wird beispielsweise oft verkannt, dass der Mensch nicht von Brot alleine lebt und dass ein gutes Wort auch oft Wunder wirken kann. Wenn seelisches Wohlbefinden nicht stattfinden kann, werden weder ein noch so gut gemeintes ernährungsspezifisches Umdenken alleine noch rein körperliche, physische Trainingsmethoden dies ausgleichen können. Ein zwanghaftes Bedürfnis, die gesamte Freizeit für Gymnastik, Körperübungen und Fitness aufzuwenden, weist durch diese Kompensationsform darauf hin, dass dadurch versucht wird, eine seelisch-psychische Problematik auszugleichen. Ohne geistig-seelische Neuorientierung, ohne Umstellung von Innen kann im Außen, auf der Körperebene, kein definitives Heil-sein oder Heilung, das heißt keine Harmonie hergestellt werden.

Wenn wir im nächsten Kapitel versuchen werden, uns für die Welt der Beziehungen zu öffnen, werden wir sehen, dass dies nur möglich sein wird, wenn wir bereit sind, eigene, rein egozentrische Absicherungen aufzugeben. Unser Ego sträubt sich aber gegen die gefürchtete Selbstaufgabe, denn das Andere, das Wesensfremde erscheint dem Ego oft als bedrohlich, ja, in seiner nicht im Voraus klar einzuschätzenden Eigenart sogar als chaotisch. Es wird bekämpft, wobei das Ego dann eben versucht, mit allen Registern der *Kritik als Waffe* den Sieg davonzutragen, und dies wird schlussendlich illusorisch bleiben. Selbstüberwindungsprozesse werden unvermeidlich sein, denn kein Mensch kann in völliger Isolation überleben, der Schritt zu anderen Menschen ist damit unausweichlich und wird dadurch lediglich verzögert. Nun ist es an der Zeit, die Grenzen der Ratio zu überwinden und in der Zuwendung zu den Mitmenschen Befreiung aus Begrenzungen zu erreichen. Die Ausbildung weiterer Qualitäten wird uns abverlangt werden: Toleranz gegenüber unserem Nächsten, Mitgefühl und Barmherzigkeit, um anhand dieser Gaben neue Erfahrungen zu unserem weiteren Wachstum zu ermöglichen, welche uns von unserem beschränkten Ego zu höheren Dimensionen führen werden. Liebe und Nächstenliebe werden die analogen Schlüssel sein, um die Anforderungen im nächsten Kapitel zu erfüllen. Die Bereitschaft, über den eigenen Schatten zu springen, wird dann auch die wesentliche Aufgabe sein, also dazu bereit zu sein, sich selbst immer wieder mit kritischem Blick zu hinterfragen. Eine vorhandene analytische Fähigkeit ist bestens dazu geeignet, eigenes ineffizientes Verhalten aufzuspüren und zu korrigieren. Geduld und Ruhe gegenüber anderen zu üben, eine eventuell geforderte überpersönliche Haltung, welche auch mit Verzichten gut zurechtkommt, ist oft von Vorteil. Unsere Gesellschaft ist verstandesbetont und fast ausschließlich dem Rationalen unterworfen. Dies ist aber stets nur die halbe Wahrheit. Der Weg zur Ganzheit liegt im Verborgenen, Unerklärlichen, Unbeweisbaren, Un(be)greifbaren. Die Seele muss noch reifen, um die Früchte des Paradieses genießen zu können. Dies kann nur durch ein verinnerlichtes Erfassen der Dinge über die Gefühlsebene und den Glauben geschehen.

Partnerschaftliche Beziehungen werden uns auch auffordern, uns einer Selbstprüfung zu unterziehen, unsere eigenen Grenzen zu erkennen, um nicht das von anderen zu fordern, was uns selbst zu erfüllen obliegt. Und da bietet sich uns jetzt auch die Chance der Selbstdisziplinierung, um uns, frei von unnötigem Ballast, für neue, bis dahin ungeahnte Möglichkeiten zu öffnen, bei denen überpersönliche Kräftepotentiale und Energien die wesentliche Rolle spielen, geistige und gesellschaftliche Themen Vorrang haben und das Ich auf einer rein persönlichen Ebene seine Wichtigkeit abtreten muss. Wir stützen uns dann nicht mehr alleine auf das Unterbewusstsein des Kollektivs, sondern sind im Begriff, unser eigenes Selbstbewusstsein aufzubauen und in den Dienst der Allgemeinheit zu stellen.

Die in diesem Kapitel besprochenen Bereiche können dazu beitragen, die Beziehung zu unserer Arbeit im Allgemeinen, aber insbesondere auch als Arbeit an uns selbst als entwicklungsfördernd und sinnfüllend zu verstehen. Dadurch, dass wir uns selbst verwirklichen und unsere Persönlichkeit weiter aufbauen, unsere eigenen Strukturen bereinigen und festigen, haben wir uns gut für zukünftige neue interessante Aufgaben vorbereitet. Doch keine Energie darf ausschließlich zum Selbstzweck genutzt werden und ebenso wenig darf Arbeit alleine Sinn des Lebens sein, sonst arbeiten wir nur noch, um uns materiell zu betäuben oder um Süchte zu befriedigen. Arbeit soll und muss immer im Sinne des Ganzen stehen, und damit auch außer dem täglichen Brot ein harmonischer und essentieller Beitrag sein, zur Erfüllung des von uns anvisierten geistig-seelischen Lebenszieles. Finden wir keine Genugtuung in dem, was wir tun, sind wir nicht nur unzufrieden und ineffizient, sondern wir werden sowohl körperlich wie seelisch krank. Ein harmonisches Da-Sein ist empfindlich gestört. Die Arbeitsthematik und deren mögliche Problematik im Leben eines Menschen sind sehr ernst zu nehmende Fakten und dürfen niemals als rein persönliche Themen von der Allgemeinheit und deren Repräsentanten betrachtet werden. Hohe Arbeitslosigkeit oder Arbeit, welche dem Wesen des Menschen nicht gerecht wird, kann auf Dauer sämtliche Gesellschaftsstrukturen, Bevölkerungsschichten und Gemeinschaften belasten und zerrütten; deshalb ist es höchste Pflicht, von Anbeginn solchen Entwicklungen die größte Aufmerksamkeit zu schenken. Wenn dem Menschen die Möglichkeit zu einem würdigen Broterwerb entzogen wird, steht es schlecht um das Erbe eines Volkes und sollte zu Bedenken Anlass geben. Ist es nicht zynisch, Menschen zur Vermehrung aufzumuntern, um sie dann physisch, geistig und seelisch verhungern zu lassen?

Die Beschäftigung des Menschen, seine Arbeit, kann einen wesentlichen Beitrag zu Selbstwert und Selbstverwirklichung, zur funktionierenden Partnerschaft, zu geistiger und gesellschaftlicher Höherentwicklung und Verantwortungsübernahme leisten und ist in Wirklichkeit ein Grundpfeiler der menschlichen Existenz. Aber wie können wir diese Schwelle übertreten? Wie sollen wir unser von uns anvisiertes Lebensziel erreichen, wenn wir an diesem Grundpfeiler scheitern? Wenn die Möglichkeiten unserer Anlagen nicht ausgeschöpft werden und ungenutzt bleiben, kann das chaotische Auswirkungen haben. Die Pforte des Erfolgs kann nur durch Arbeit an uns selbst geöffnet werden.

In der Hemmung gelebt, wird die Energie durch große Anerkennung für Menschen ausgedrückt, welche dazu fähig sind, ihr Alltagsleben erfolgreich zu meistern. Oft sind es auch die Vorgesetzten, die als beliebte Vorbilder und Projektionsfiguren dienen.

### Körperliche Entsprechungen

**Organe**          Därme
                    Wahrnehmungsorgane (Augen, Ohren)

**Muskeln**         Bauchmuskulatur

### Physiologisches Prinzip und Körperfunktionen

Verdauungsvorgang durch Umwandlung der zugeführten Nahrungsstoffe in resorptionsfähige Stoffe (Aufspaltung der Nahrung) und die eigentliche Resorption, das heißt das Übertreten dieser Stoffe in die Blutbahn. Weitertransport des Darminhaltes (Peristaltik).

Adaptationsvermögen von Augen und Ohren

### Krankheitsprinzipien

- Störungen im Aufspaltungsvorgang der Nahrung
- Störungen im Resorptionsvorgang

### Krankheitsdispositionen und mögliche Somatisierung

- Blähungen, Darmparasiten
- Durchfall
- Erkrankungen der Verdauungsorgane, Darmerkrankungen, Gehörleiden (Hörsturz)

- Kolitis (Entzündung des Dickdarms, mit Diarrhöen verlaufender Dickdarmkatarrh)
- Sehschwäche, Sehstörung (Flimmern)
- Verstopfung, Darmverschluss

Wenn ich meine Gefühle zurückhalte, nicht loslasse, sozusagen „hinter dem Berg halte" mit meinen Gefühlen, wird das erhoffte Echo lange auf sich warten lassen. Wenn ich etwas in mir herumtrage und nicht „verdauen" kann, nicht alleine damit fertig werde und darüber grüble, statt es auf irgendeine Art auszuspucken, werde ich durch Selbstintoxikation eventuell die entsprechenden Krankheitssymptome aufweisen. So sichere ich mir über meine Krankheit als stellvertretenden Gefühlsausdruck eine verständnisvolle Umwelt.

Auch wenn ich nicht eine für mich geeignete Arbeit finde (das Thema Arbeit im Sinne von Broterwerb), kann ich dadurch krank werden (somatisieren). Bei Gesundheitsproblemen infolge von Schwierigkeiten im Zusammenhang mit der Arbeitssituation ist es stets angebracht, mögliche Defizite zu erkennen, zu sanieren und vorhandene Stärken besser zu nutzen.

## Positiv umgesetzte Möglichkeiten

Um die Möglichkeiten, welche diesem Kapitel entsprechen, maximal zu nutzen, wird eine optimale Anpassung an vorliegende Gegebenheiten verlangt. Dies kann nur geschehen, wenn wir Funktionalität und Ordnung schaffen und einen effizienten Energieeinsatz planen, aber auch einhalten. Werden wir uns bewusst, dass unser Umfeld und unsere Umwelt nicht dazu da sind, unsere Bedürfnisse zu befriedigen, sondern danach streben, ihre eigenen Bedürfnisse zu befriedigen. Dies wird uns dazu veranlassen, die Befriedigung von Wünschen auf unsere eigene Kapazität abzustimmen und mit den vorhandenen, uns zur Verfügung stehenden Fähigkeiten mit Bedacht umzugehen (Disziplin und Selbstbeherrschung). Dies im Wissen, dass wir selbst unsere Grenzen und Begrenzungen im Auge behalten müssen, wollen wir nicht von anderen darauf hingewiesen werden oder uns selbst überfordern und dadurch krank werden, weil wir auf die Bedürfnisse unseres Körpers keine Rücksicht nahmen.

Wenn wir unsere Gefühle unterdrücken und nur noch Diener einer Sache sind, geben wir uns selbst auf, statt für die Bedürfnisse unserer Seele einzutreten – wir schwächen unser seelisches Kraftzentrum. Jeder Mensch trägt in sich eine ganz spezielle Eigenart, die er niemals ohne Folgen negieren kann. Können wir zu gewissen Anteilen unseres Selbst nicht einstehen, sind wir bemüht, sogenannte Schattenseiten unseres Wesens zu verdrängen, zu verdecken oder zu vertuschen, und finden uns dann dazu genötigt, immer wieder unserer Umwelt zu beweisen, wie rein wir selbst von den Niedrigkeiten dieser Welt sind. Dies geschieht dadurch, dass wir durch Kritik und Verurteilung anderer die Negativität dieser Welt stets alleine in der Polarität unserer Umgebung zu demonstrieren suchen. Es ist der ständige Versuch, uns selbst dadurch aufzuwerten, dass wir die Umwelt und andere niedriger erscheinen lassen. Das Gesetz des Ausgleichs wird unsere Verdrängungsversuche der eigenen Schatten mit immer neu auf uns zukommenden Beweisen an Mangelhaftigkeit wettmachen wollen, bis wir lernen, uns selbst gegenüber zur Ehrlichkeit zu bekennen, und bis wir jenseits von Gut und Böse bereit sind, alles zu akzeptieren, wie es ist. Wenn wir unsere Gefühle nicht auszudrücken vermögen, vereiteln wir dadurch auch jegliche seelische Annäherung zu anderen Menschen, obwohl wir uns selbst gerade dies so dringend erwünschten. Der Anschluss zu weiteren Themen dieses Buches bleibt uns solange verwehrt.

Korrekturen an uns selbst können wir dadurch anbringen, dass wir uns klar werden,

a) in welchen Situationen wir unsere Gefühle besonders zurückhalten:

- Was sind das für Gefühle?
- Wovor haben wir Angst?
- Kennen wir solche Situationen aus unserer Kindheit?
- Gab es in der Vergangenheit Lebenssituationen, in denen wir bei Gefühlsäußerungen getadelt, zurückversetzt oder bestraft wurden?

b) in welchen Situationen wir versucht sind, uns mit allen verfügbaren Mitteln anders darzustellen, als wir in Wirklichkeit sind:

- Was darf die Umwelt unter keinen Umständen von uns erfahren?
- Haben wir diesbezüglich negative Erfahrungen aus unserer Kindheit memoriert?
- Wie wurde in unserer Kindheit in unserem direkten Umfeld mit Gefühlen umgegangen? Was galt als vorzeigewürdig und was als verpönt?
- Was war erlaubt und was war Tabu innerhalb der Gesellschaftsstruktur, in der wir lebten?

Wenn wir diese Fragen beantworten, merken wir oft sehr rasch, dass wir Erfahrungen aus unserer Kindheit heranziehen, um derzeitige Lebenssituationen als Erwachsene zu bewältigen. Als Erwachsene haben wir aber ganz andere Voraussetzungen und Möglichkeiten zu handeln als im frühesten Kindesalter als praktisch total abhängige Wesen. Und diese sollen wir auch nutzen, indem wir ein Selbstbekenntnis ablegen. Das Schlimmste, was uns nämlich jetzt in den allermeisten Fällen passieren kann, ist, dass wir endlich erkannt werden als das, was wir in Wirklichkeit sind und auch sein dürfen: wir selbst! Und das kann uns große Vorteile bringen, denn nur darauf haben wir selbst auch Einfluss.

Es ist wichtig, wenn man schon Entwicklungsschritte durchgemacht hat (und wer hat das nicht!), dies zu zeigen. Zu zeigen, wer man wirklich ist, um nicht immer falsch eingeschätzt zu werden, um nicht mit den falschen Menschen in Kontakt zu kommen, nicht die falschen Partner, sei es privat oder geschäftlich, anzuziehen. Wir haben die große Chance und Möglichkeit, etwas im Erwachsenenalter an dem zu verändern, zu dem wir uns als Kind meist ungewollt entscheiden mussten!

Die Dinge, die wir vor anderen zu verbergen versuchen, betrachten wir (oft zu unrecht) als Schattenthemen unseres Selbst. Sie sind jedoch ein Teil von uns, meist ein sehr individueller, den wir akzeptieren müssen und in unser Bewusstsein heben sollten, statt ihn zu verdrängen. Verdrängtes wird uns auf Schritt und Tritt verfolgen und begegnen – was wir in uns verleugnen, wird uns in den Begegnungen mit unserer Umwelt widergespiegelt; und zwar bis wir es akzeptieren, statt zu kritisieren und zu verurteilen – als Ganzheit von Gut und Böse, Licht und Schatten, als Polarität unseres Erdendaseins, das nur Berechtigung hat, solange es nicht vollkommen ist.

Nur wenn wir uns in unserer Eigenart so akzeptieren können, wie wir sind, werden wir andere wegen ihres Andersseins nicht mehr kritisieren und verurteilen müssen, und dies kann unser Leben wesentlich erleichtern.


**Unterstützende Formen zu einer realen Nutzung unserer Möglichkeiten**


Physisch:              Als Sportarten gelten solche,
                       – die ganz besonders der Gesundheitsmotivation ent-
                         sprechen,
                       – die einen pädagogischen Wert beinhalten.
                       Sport soll mit Vernunft betrieben werden und in erster
                       Linie der Gesundheit dienen.

Als Entsprechung gilt zum Beispiel der Skisport in der Disziplin Langlauf.

Gartenarbeit ist dazu geeignet, defizitäre Energie zu stärken.

Zur Auflockerung einer eventuell starren inneren geistig-seelischen Haltung kann ein körperlicher Ausgleich in Form von fließenden Bewegungen und Tanz unterstützend wirken (Ausdruckstanz, Tai-Chi).

Eine individuelle Anpassung an die Ernährungsbedürfnisse ist von Vorteil.

Yoga bringt uns in Verbindung mit Selbstbeherrschung und Beschränkung auf das, was nötig ist, und lehrt uns Disziplin. Yoga dient außerdem der Reinigung der Drüsen und Harmonisierung des Nervensystems.

Distanziertheit üben, beispielsweise durch Nah-fern-Augenübungen.

| | |
|---|---|
| Geistig: | Hat jemand Mühe, verbal seine Gefühle auszudrücken, ist es sehr hilfreich, diese zu Papier zu bringen, dem Papier das anzuvertrauen, was in mündlicher Form nicht möglich ist, und es auf diese Art in eine „feste Form" bringen. So kann man seine Gefühle auch in Gedichten niederschreiben oder in Bildern malen. |

Ausbildung der Wahrnehmungs- und Beobachtungsfähigkeit (große Aufmerksamkeit seinen Wahrnehmungen und Beobachtungen widmen, die dadurch geschult werden). Bereitschaft zu neuen Erlebnissen und Erkenntnissen zeigen.

Diagnostische Fähigkeiten entwickeln. Achtung vor Analysierzwang oder Analysiersucht, welche auf Kompensation hinweisen, ebenso wie der Hang zum Workaholic.

Seine Persönlichkeit dafür voll einsetzen, gebotene Möglichkeiten maximal zu nutzen und zu verwerten.

Sich für Unabhängigkeit in jeglicher Form bemühen. Damit aufhören, mit sich selbst und auch mit anderen zu hadern, Frieden mit der Welt schließen.

Den positiven Aspekt hinter allem Negativen suchen.

Liebevoll zu sich selbst sein, um auch mit anderen liebevoller umgehen zu können.

Seelisch: Musik-Meditation.
Freude und Erholung als wichtige Bestandteile unseres Lebens nicht vernachlässigen.

Die Einnahme von Bachblüten-Essenzen, empfehlenswert sind hier insbesondere:

### Beech (Rotbuche), Crab Apple (Holzapfel), Rock Water (Wasser aus heilkräftigen Quellen)

**Beech** kann dann angewendet werden, wenn wir überkritisch sind und rein subjektiv alles beurteilen und verurteilen. Wenn wir arrogant und voller Vorurteile durchs Leben gehen und uns jedes Unterscheidungsvermögen fehlt. Wenn unsere Einstellung gegenüber anderen auf uns zurückfällt und unser Verhalten sich in Form körperlicher Irritationssymptome somatisiert (beispielsweise als Störungen des Magen-Darm-Traktes).

Beech kann uns dazu verhelfen, unsere Palette an Möglichkeiten zur Erkenntnis und vor allem Selbsterkenntnis zu erweitern, Arroganz in Toleranz und Liebe umzuwandeln. Wenn wir andere nicht verstehen und meinen, selbst immer perfekt zu sein, kann uns Beech helfen, eine Brücke des Verständnisses zu anderen und uns selbst zu bauen. Dann wird Verdrossenheit in Freude transformiert, weil kosmische Kräfte wieder zum Fließen kommen, sobald die Spannungen der Verbitterung gelöst werden können und ein von Zwängen befreites Urteilsvermögen eintreten kann. Im transformierten Zustand haben wir Verständnis für die individuellen Entwicklungswege eines jeden Menschen und die daraus resultierenden verschiedenen Verhaltensmuster.

**Crab Apple** ist dann angezeigt, wenn wir alles, was nicht makellos, fehlerfrei, perfekt und vollkommen ist, verurteilen und ablehnen. Bald werden wir uns mit nichts mehr zufrieden geben können, am wenigsten mit uns selbst. Wir werden zum Kleinlichkeitskrämer, der mit der Lupe nach Details sucht und dabei den Wald vor lauter Bäumen nicht mehr überblicken kann; der Überblick ist abhanden gekommen. Wenn uns der nötige Abstand zu den materiellen Dingen des Lebens fehlt, haben wir auch keinen reellen Zugang zu den realen Proportionen ihrer Bedeutung in unserem Dasein und verlieren an Einblick in die höheren Zusammenhänge allen Geschehens. Crab Apple kann dazu verhelfen, auf geistigem Wege dem im Inneren der Seele empfundenen Reinlichkeitsdrang gerecht zu werden. Dies macht uns resistenter gegen die materiellen oder auch rein körperlichen Unvollkommenheiten des Alltags und versöhnt uns mit den Alltagserfahrungen dieser Welt, die nur dem einen Zwecke dienen, nämlich als Lebensschule zur Vervollkommnung unseres Selbst. Crab Apple kann auch zur Unterstützung bei Fastenkuren (Reinigung auf der inneren Körperebene) empfohlen werden. Crab Apple gilt als „die" Reinigungsblüte, sowohl innerlich wie äußerlich, materiell wie seelisch, und ist auch immer dann anwendbar, wenn man sich innerlich (seelische Hygiene) oder äußerlich beschmutzt fühlt.

**Rock Water** ist dann angebracht, wenn Idealvorstellungen und Perfektionsansprüche in allen Bereichen unseres Lebens so hoch angesetzt sind, dass sie aus realer menschlicher Sicht nicht zu erfüllen sind. Wenn eine asketische Lebensweise uns daran hindert, Freude als Würze des Alltags zu erkennen und ohne Schuldgefühle zu genießen. Wenn wir unserem Image als makelloses Vorbild zuliebe auf alle Annehmlichkeiten des Lebens verzichten und an dessen Geschenken achtlos vorbeigehen. Wenn unser oberstes Lebensprinzip der Strenge gilt und wir dem kompromiss- und schonungslos nacheifern. Für Karmagläubige kann es auch sein, dass wir Erfahrungen aus einem früheren Leben auf die gleiche Art und Weise in der jetzigen Existenz meinen weiterführen zu können und dadurch im heutigen Umfeld nirgendwo damit zurechtkommen. Karmisch geht es hier wohl darum, etwas Unvollendetes, das die in Frage stehende Thematik betrifft, nun zum Abschluss zu bringen (das Thema, bei dem wir Mühe haben, unsere strengen und starren Ansichten loszulassen, bei dem wir legale Bedürfnisse, ob körperliche oder emotionale, verdrängen oder bei dem wir extrem hart gegen uns selbst und auch andere sind).

## Ausgleich auf der Berufsebene

Berufe, welche mit Wahrnehmungs-, Beobachtungs- und Kritikfähigkeit besonders in Einklang stehen *oder* in welchen man diese Gaben besonders gut selber leben kann, statt diese auf andere projizieren zu müssen, sind:

- Pflegende Berufe, Berufe im sozialen und gesundheitlichen Bereich
- Tätigkeiten im Dienstleistungssektor
- Berufe, bei denen Genauigkeit und exaktes Arbeiten im Vordergrund stehen
- Spezialisierte Berufe
- Pädagogische Berufe (wie zum Beispiel Lehrer, Dozent, Lektor)
- Ernährungsberater
- Gärtner
- Butler
- Kritiker
- Schriftsetzer, Büroorganisation und Rationalisierung
- Programmierer
- Buchhalter, Finanzbeamter, Steuer- und Wirtschaftsprüfer
- Juristen (im Verwaltungsrecht)
- Analytiker
- Naturwissenschaftler
- Feinmechaniker
- Restaurator
- Uhrmacher
- Vermessungstechniker
- Versicherungskaufleute
- Laborant, Apotheker, Arzt, Heilpraktiker, Homöopath, Psychotherapeut

Die esoterische Thematik könnte bedeuten, in seinem Wirken, Tun und Handeln nach eigener Vervollkommnung zu streben zum Heile der anderen, gleichzeitig Herrscher und Diener zu sein, über unser beschränktes Ich zu herrschen, um dem Ganzen damit zu dienen, es zu nähren und zu veredeln.

Es ist wichtig, meinen inneren Gefühlen Vertrauen zu schenken, insbesondere dann, wenn ich merke, dass ich mit rationalem, rein logischem Denken nicht mehr weiterkomme. Dass ich mir bewusst werde, dass es Dinge gibt, die außerhalb meines verstandesmäßigen, folgerichtigen Auffassungsvermögens funktionieren und wirken. Noch so gutes Überlegen alleine kann niemals alle Risiken ausschließen, und es bleibt bei allem, was ich unternehme, ein nicht zu verachtender Anteil von Unsicherheit bestehen, welcher nur durch Vertrauen in höherstehende Gesetzmäßigkeiten überwunden werden kann. Wir Menschen wären gar zu vielem fähig – glücklicherweise lässt man uns nicht alles zu!

## Anregung

*Es gilt, Demut vor der anspruchsvollen Alltäglichkeit zu erlernen. Das Konkrete, Effektive und Naheliegende hat Priorität. Zum jetzigen Moment ist eine Standortüberprüfung angezeigt, bei der bisher begangene Fehler analysiert und mögliche Korrekturen konkret in die Wege geleitet werden können. Jetzt bin ich imstande, klare, konsequente und logische Schlussfolgerungen zu ziehen, nachdem ich inzwischen bis zu diesem Kapitel wertvolle Impulse ausprobieren konnte. Dabei ist es wichtig, dass wir uns vor unrechtmäßiger Eigenkritik und Selbstüberforderung hüten, wollen wir nicht der Ernte unserer bisherigen Anstrengungen wieder verlustig gehen (Krankheit durch Selbstüberforderung). Übertriebener Perfektionismus und grundloses In-Details-Versinken ist eine Kompensationsform, die uns die Ganzheit des Lebens aus den Augen verlieren lässt. Wir verlieren dann die Übersicht gerade über das, worum wir uns so eingehend abgemüht haben; statt über einzelne Details zu verfügen, werden wir von Details überflutet (und beherrscht); statt Herrscher zu sein, werden wir zum Diener einer endlosen und sinnlosen Strähne von Verpflichtungen gemacht, bis wir uns durch eine Neurose (oder eine andere Krankheit) endlich wieder davon befreien können oder dürfen (denn dann wird es gesellschaftlich akzeptabel, dass man gewisse vermeintliche Verpflichtungen ablegen darf, ohne dass man befürchten muss, dafür von anderen getadelt oder gemaßregelt zu werden).*

*Im Leben gilt es nicht nur, jeweils das Richtige zu tun. Es hängt oft viel mehr noch vom richtigen Zeitpunkt ab, an dem wir dies tun, und davon, dafür ein gutes Gespür oder einen sechsten Sinn zu haben. – Es kann kein Weiterbestehen geben ohne Einordnung in die Gemeinschaft, an den Platz, den wir zu der jeweils gegenwärtigen Entwicklungsstufe innehaben. Jeder Organismus und jede Körperschaft braucht, um optimal zu funktionieren, ein möglichst reibungsloses, koordiniertes, engagiertes Zusammenarbeiten all seiner Einzelbestandteile; ob dies nun unseren eigenen Körper betrifft mit all seinen einzelnen Zellen, eine Partnerschaft, ein Arbeitsteam, einen Betrieb, eine Gesellschaft, ein Volk, einen Staat oder gar den Kosmos als Ganzes. Das alles hat als Teil eines übergeordneten Systems der Aufgabe gerecht zu werden, die ihr jeweils zugewiesen werden kann. Hier hieße die Aufgabe für uns, produktiv und nützlich zu sein und uns auch eingehend mit unseren physischen, geistigen und psychischen Grenzen auseinanderzusetzen, der Abhängigkeit von gegebenen Strukturen bewusst zu werden, welche erst später transzendiert werden können.*

\*　　\*　　\*

# Mein Bedürfnis nach Beziehungsfähigkeit und Harmonie

Persönlichkeitswandel und gesellschaftlicher Status durch Partnerschaft

*Harmonie wäre jener Zustand,*
*in dem man zwischen sich und dem anderen*
*die Vollkommenheit empfindet.*
*Harmonie kann aber nicht fixiert, sondern muss*
*immer wieder aufs Neue erarbeitet werden.*

Nur Zusammenarbeit mit anderen kann uns letztendlich auf der Entwicklungsstufe weiterbringen. Nach rein individuellen Bedürfnissen beschäftigen wir uns nun mit solchen, welche mit dem gesellschaftlichen Charakter der Existenz zusammenhängen und unabdingbar sind, weil wir ganz auf uns selbst gestellt nicht existenzfähig wären.

Unsere Themen heißen hier: Was befähigt uns zum Eingehen von Beziehungen und wie können wir uns für Beziehungen öffnen? Unsere persönlichste und individuellste Beziehung ist das, was wir „Du" nennen und was uns magnetisch anziehen kann. Wie wertvoll kann diese Beziehung für uns sein? Was bedeuten uns Schönheit und Harmonie?

Wir erkennen dieses ausgleichende Bedürfnis, welches wir in uns tragen, und sehnen uns nach neuen Möglichkeiten, wohl ahnend, dass wir uns aus unserer Ichbezogenheit befreien müssen, wollen wir bereit sein, Beziehungen mit anderen einzugehen. Dieses Andere, Fremde, unbekannte Neue kann große Angst hervorrufen. Tiefe, intensive und wertvolle Beziehungen bedingen Liebe und Liebe ist bekanntlich etwas, das sich vermehrt, wenn man bereit ist zu teilen. Sich mit anderen zu vereinigen, um etwas Höheres zu erreichen, als es alleine je möglich wäre, dürfte dabei die sinnvollste und erstrebenswerteste Zielsetzung sein.

Harmonie bietet uns Charme, verfeinerte Sinne und Kultur, edlen Geschmack und Ästhetik. Es bereitet Freude, die eigenen Ideen zu entwickeln, und man ist offen für Schönheit und Kunst. Mit diplomatischem Feingefühl werden subtile Aufgaben angegangen und durch Kompromissfähigkeit auch die oft schwierigsten letzten Hürden übersprungen. Es besteht der Wille, Gegensätze zu überbrücken. Hier wird dem Entweder-oder-Prinzip das bereichernde Prinzip des Sowohl-als-auch entgegengesetzt.

Auf die Praxis bezogen, heißt das Gewinn *und* Zufriedenheit für *alle* Beteiligten (beispielsweise in einer Partnerschaft, bei einem Geschäfts- oder Vertragsabschluss), eine einseitige Übervorteilung ist nicht anvisiert, die Bedürfnisse der anderen werden ebenso berücksichtigt wie die eigenen.

Beziehungen sind wichtiger als Konflikte, es wird danach getrachtet, Kontakte zu schaffen, um gemeinsam etwas zu tun. Wichtig ist dabei, dass man nicht seine Selbstständigkeit aus den Augen verliert, um Abhängigkeiten vorzubeugen. Dies fordert zur Hingabe zu dem, was wir lieben auf, keinesfalls jedoch zur Selbstaufgabe. Unsere Hingabe soll auch Freude vermitteln, und dies kann nur geschehen, wenn wir etwas aus innerer Begeisterung tun. Es ist die Möglichkeit, Unterschiedliches miteinander zu verbinden. Verbinden heißt aber nicht unterbinden. Fehlen nämlich die Gegensätze ganz, fehlt auch die Spannung, welche für die konstruktive Entwicklungsfähigkeit jedwelcher Beziehung unentbehrlich ist. Eine ähnliche Thematik kann oft in Beziehungen beobachtet werden, wenn beide Partner stets meinen, dieselbe Ansicht und Auffassung vertreten zu müssen. Da fehlt dann oft eine gewisse Power und die Chance, aus einer sinnvollen, objektiven Auseinandersetzung neue positive Aspekte zu gewinnen. Solche Partnerschaften haben eher Erholungscharakter und dienen dann der Sammlung neuer Kräfte.

Je intimer die Begegnung mit einem anderen Menschen ist, wobei Intimität nicht mit sexueller Intimität verbunden sein muss, desto größer ist die Selbsterfahrung, desto mehr kommen wir uns selbst näher, weil sich ja das Spiegelbild unseres eigenen Ich sehr stark in unserem Gegenüber wiederfindet. Oft sehen wir dann darin all das, was wir in uns selbst verdrängt haben und was wir selbst nicht fähig sind zu leben, oder dann auch in der Kompensation als das, was wir selber sein oder tun möchten, aber bis anhin nicht umsetzen konnten. Es kann als äußerst schmerzlich empfunden werden, wenn wir uns in der Widerspiegelung nicht zu erkennen vermögen! Wenn ich nicht mehr meine eigenen Fehler beim anderen sehe, bin ich dabei, meine Projektionsthemen zu erkennen. Auch wenn ich mich über den anderen ärgere, weist dieser Ärger zuverlässig auf etwas hin, das in der eigenen Person im Argen liegt. Daher ist es wichtig, nachzuforschen und zu analysieren, was das Verhalten unserer Partner, Familienmitglieder, Arbeitskollegen und aller weiterer Kontakte und Beziehungen uns über uns selbst mitteilt.

Partnerschaften eignen sich besonders gut, sich seiner eigenen Fehler bewusst zu werden, denn hier zeigt jegliches Ärgernis über den Partner die eigene Beteiligung (oder den Projektionsanteil) am Konflikt. Die daraus möglichen Einsichten sind Chancen zu eigenen Verhaltenskorrekturen und können dadurch in der Folge zu zwingend nötigen positiven Veränderungen zwischen den Partnern führen (Erfahrungen und Wandlung durch den Partner). So gesehen entspricht der Ärger

Provozierende auch dem therapeutischen Berater, welcher im Sinne des Partners dem Klienten hilft, seine Situation zu entspiegeln, um sich selbst klarer zu sehen. Auch Parteien und deren Politiker zählen wir zeitweilig zu unseren Partnern, als Projektion für all das, was wir gerne sein möchten. Dann sind wir darüber erstaunt, wenn uns das, was diese in der Öffentlichkeit widerspiegeln und vertreten, unsere Erwartungen nicht erfüllt. Dabei vergessen wir, dass wir die eigene Verantwortung leichtfertig abzutreten versuchen und diese Parteiidole als Projektionsfiguren nutzen, um eigene Fehlleistungen zu tarnen. Jede Gesellschaftsstruktur hat schließlich die Politiker, die sie verdient und die ihr entsprechen.

Selbst oberflächliche Kontakte und Beziehungen, ob angenehme oder andere, werden nur dann möglich, wenn dadurch eine Möglichkeit zur Weiterentwicklung und Selbstverwirklichung gegeben ist. Sie wirken erst dadurch anziehend, ja magnetisch auf uns, und wir nehmen instinktiv auch nur das um uns herum wahr, was unserer Entwicklung dienlich ist. Wir können ansonsten täglich jemanden auf unserem Weg kreuzen, ohne dass es je zu einem näheren Kontakt kommt, wenn dies nicht der Fall ist oder die Zeit dazu noch nicht reif ist. Dabei spielen auch tief geprägte, unbewusste, aus vielen Erfahrungen herstammende Selektionsmechanismen eine Rolle. Länger anhaltende, tiefer gehende oder gar intime Beziehungen haben immer einen karmischen Charakter und Hintergrund (dies nur für diejenigen, die an Karma glauben), egal ob sich diese auf rein materieller, körperlicher, seelischer oder geistiger Ebene abspielen. Was wir im Beziehungsbereich besonders mögen oder ablehnen, steht in engem Zusammenhang mit dem, was wir im Unbewussten zu unserer Weiterentwicklung brauchen.

Harmonie können wir empfinden, wenn wir den Sinn für Schönheit und Eleganz, für Proportionen und Ästhetik, für Manieren und Höflichkeitsformen entwickeln. Wenn wir jedoch nur noch nach Harmonie streben, kompensieren, kann unser Leben an Intensität und Schwung, an Ursprünglichkeit, Echtheit und Unbefangenheit verlieren. Harmonie bedeutet auch, das besonders Weibliche oder Männliche in einem harmonischen Zusammenwirken beider Werte zu ermöglichen. Wichtig ist es, eine Ausgewogenheit für sich selbst zwischen Introversion und Extraversion zu finden und um das richtige Maß zu wissen. Sind wir in Harmonie mit unserer Umwelt und mit uns selbst, sind wir gelöst, zufrieden und fühlen uns wohl. So können wir Kraft sammeln für kommende neue Aufgaben.

Zu einer Erfolg versprechenden Beziehung oder Partnerschaft müssen wir das Verbindende und die Übereinstimmung suchen und Konkurrenzstreben meiden. Versuchen wir stattdessen, Gemeinsamkeiten hervorzuheben, um durch das Verbindende dem Sowohl-als-auch eine Brücke zu bauen. Kontakt- und Begegnungsfähigkeit führen auch zum Weg der Ehe, wo Substanz und Ressourcen zusammengelegt werden, um damit gemeinsam mehr zu erreichen, als es alleine möglich wäre. So wie bei der Zeugung aus der innigen Verbundenheit von zwei Menschen etwas einmalig Drittes entstehen kann, ist dieses Prinzip auch in allen anderen Bereichen wirksam, in denen verschiedene Menschen sich mit guten Willen zusammen tun, um gemeinschaftlich mehr zu erreichen. Beziehungen, welche gegenseitig ausschließlich zum eigenen Ausgleich der fehlenden Qualitäten missbraucht werden, führen in ein gegenseitiges Abhängigkeitsverhältnis. Das kann spätestens dann für einen der beiden tragisch enden, wenn der andere Partner anfängt, sein ihm fehlendes Potential selbst aufzufüllen und selbstständig zu werden: Die Harmonie zerfällt. Dann wird dieser in der neu gewonnenen Freiheit seinen Partner neu aussuchen können, in freier Wahl, ohne den Zwang des gegenseitigen Ausgleichen-und-missbrauchen-Müssens. Beziehungen werden von nun an durch sich selbst wertvoll.

Durch die Abhängigkeit vom Partner wird uns unsere fehlende Ganzheit bewusst. Aus Freund wird dadurch sehr oft aus Missgunst oder Eifersucht ein Feind, es sei denn, wir sind bereit, zu einer – wenn auch schmerzlichen – Selbsterkenntnis zu kommen und die Chance zu nutzen, gerade durch diesen Partner unsere eigenen Schattenseiten zu erkennen, um schließlich das zu aktivieren und zu entwickeln, was er verkörperte und was uns bis anhin fehlte. Können wir uns dazu nicht überwinden, werden wir einem steten Partnerwechsel und Partnerschaftsverschleiß entgegensehen müssen, bei dem offene Feindschaften, Konflikte, Prozesse einen großen Anteil haben können. Wir werden selbstverständlich dabei stets der Meinung sein, andere täten uns Unrecht, weil wir selbst ja so korrekt und perfekt sind. Damit verdrängen wir alles aus lauter Angst vor den eigenen Schwächen und alles, was irgendwie der echte Grund für unser erfolgloses Glücksstreben sein könnte.

Gesunde Beziehungen entstehen zu beiden Seiten aus in sich gefestigten Persönlichkeiten, aus gleichberechtigten Menschen, die sich ihrer vollen Verantwortung bewusst und dazu bereit sind, diese auch zu tragen. Es kann nicht richtig sein, dass Beziehungen dazu benutzt werden, dem anderen die eigene persönliche Entwicklung aufzubürden.

Wenn etwas Neues entsteht, so auch in Beziehungen und Partnerschaften, werden wir logischerweise mit Neuerungen konfrontiert, denen wir ins Auge schauen und mit denen wir uns auseinandersetzen müssen. Wir werden uns überlegen müssen, ob diese Beziehungen oder Partnerschaften offen sind für Neuerungen, ob Chancen gegeben sind, längst Überholtes endlich loszulassen, um dadurch dem Neuen Platz zu bieten, wobei es nicht darum geht, das Kind mit dem Bade auszuschütten. Was auch für die Zukunft seine Wichtigkeit behält, kann uns helfen, Neues mit Altbewährtem zu unterstützen. Das, was überflüssig und nur noch störend wirken wird, was längst nicht mehr stimmt, ausgedient hat und jeglichen Sinns entbehrt, was nicht mehr auf das Neue abgestimmt und restrukturiert werden kann, muss unbedingt aufgegeben werden.

In Beziehungen, ob gesellschaftlich oder privat, merken wir bereits an der zunehmenden Anzahl der geschiedenen Ehen, an den neuen Formen des Zusammenlebens, an den neuen Maßstäben zwischen Arbeitgeber und Arbeitnehmer, an der weltweiten Erneuerung und Restrukturierung sämtlicher Wirtschaftsverträge, Bündnisse, Konsortien und Unternehmensstrukturen, dass ein gewaltiger Wandel erst begonnen hat, dessen Ende längst nicht abzusehen ist. Es ist wie ein Hochwasser, das alles, was nicht „niet- und nagelfest" ist, mitreißt, was nicht bereit ist zu neuen Ufern zu schwimmen, einfach überflutet und untergehen lässt: Wir befinden uns im Wassermann-Zeitalter! Es ist die Zeit des Umbruchs und Aufbruchs, freuen wir uns auf neue, auf uns zukommende Chancen, die es zu nutzen gilt!

Manchmal wird bei disharmonischen Beziehungen versucht, nicht so genau hinzuschauen. Es werden Ablenkungsmanöver inszeniert und Verzögerungstaktiken angewandt, in der Hoffnung, es löse sich alles von selbst; das Vorgehen ist dann indirekt und manipulativ und wird schlussendlich keine positiven Resultate hervorbringen. Wenn wir nur die Beziehungen eingehen, welche auch zu uns passen, und das braucht Selektionsvermögen, dann sind Kompromisse selten nötig. Andererseits, je offener wir bereit sind, uns selber darzustellen, desto besser werden wir von unserem Gegenüber als derjenige, der wir wirklich sind, erkannt und bekommen dadurch die Chance, eine stimmige Beziehung einzugehen.

Disharmonische, sogenannte Zerrformen sind Entscheidungsschwierigkeiten, Unentschlossenheit, Angst vor Verantwortung und die Tendenz, Aufgaben vor sich herzuschieben, Gefügigkeit bis zur Unehrlichkeit durch Selbstverleugnung oder keine eigene Meinung zu vertreten (Konformismus). Oft erfolgt in Beziehungen auch Überanpassung infolge von Verlustängsten.

Ferner finden wir in der Hemmung Kontaktarmut, insbesondere zu stimmigen Beziehungen, erotische Tabus, Kompromisslosigkeit, Hemmung in der Verwirklichung des eigenen Geschmacks, im Ausdruck des eigenen Liebesempfindens, in der Partnerfindung.

In der Kompensationsform unterstellt man sich dem Diktat der Mode, unterhält konventionelle Kontakte, ist eitel oder pseudointellektuell, hat die Veranlagung zur Schmeichelei. Da in dieser Form ein enormes Bedürfnis nach Anerkennung besteht, sind die Betreffenden dafür dann oft zur Selbstaufgabe bereit (Verdrängung ihrer eigenen Bedürfnisse).

Auf der Projektionsebene müssen wir uns immer die Frage stellen: Leben wir eine Qualität oder Energie selber aus oder projizieren wir sie auf andere? Je mehr wir unsere eigene Persönlichkeit und unser Selbstbewusstsein im Laufe des Lebens entwickeln, desto weniger werden wir auf andere projizieren müssen. Es wird meist schwieriger sein, gewisse spezifisch gegengeschlechtliche symbolische Kräfte selbst zum Ausdruck zu bringen. Dies ist sehr von der Gesellschaftsordnung abhängig, in der wir leben. Kämpferischer Tatendrang und Rationalitätsdenken wird von Frauen in jungen Jahren oft auf den männlichen Partner projiziert, während Gefühls- und Harmonieempfinden oft Männern nicht zugestanden wird. Frauen mit einer starken männlichen Betonung und vice versa werden dieser Aussage widersprechen. Befinden wir uns in einer starken Du-Bezogenheit und damit Abhängigkeit, wobei versucht wird, aus den daraus wiederum entstehenden Verlustängsten auch andere von uns selbst abhängig zu machen, kann dies zu einem Wechselspiel von Liebe und Hass, Unterwürfigkeit und Eifersucht führen.

Ein wichtiges Faktum gut funktionierender Partnerschaften ist, den anderen ebenso ernst zu nehmen wie sich selbst, ihn in den eigenen Entscheidungen zu berücksichtigen und Kooperation im Geben *und* Nehmen zu entwickeln (übrigens ist dies ein ernst zu nehmender Faktor, der leider oft genug verkannt wird für die Partnerschaft zwischen Arbeitnehmer und Arbeitgeber, um eine fruchtbare, gesunde Partnerschaft im Wirtschaftssektor zu schaffen!).

Weder Selbstbezogenheit noch Anpassung ist der ideale Zustand, sondern „an demselben Strick ziehen" heißt die Devise. Dagegen ist weder eine übermäßige Zentrierung auf die eigene Person noch auf jene des Partners förderlich.

In privaten Partnerschaften zwischen Mann und Frau, in Ehen, herrscht oft eine Disharmonie durch einseitige Hemmungen der eigenen Bedürfnisse. Beim Mann wird dann aus lauter Rationalitäts- und Effektivitätsdenken der daraus entstehende eigene Mangel an Genussfähigkeit, der eventuell unerfüllte Bedarf an Ästhetik und der Verlust des inneren Harmonieempfindens kompensiert und auf die Partnerin übertragen. Sie soll all das beitragen, zu dem man (Mann) selbst außerstande ist, weil man längst all seine Energien fast ausschließlich auf Arbeit, Leistung und materiellen Gewinn, auf Stellung und Position auf der Karriereleiter ausgerichtet hat.

Meist funktioniert dieses Delegieren auch eine gewisse Zeit lang, aber es wird dann als umso schmerzlicher empfunden, wenn sich die Projektionsfigur plötzlich entzieht, sich nicht mehr bereit erklärt nur noch zu funktionieren, wenn der von seiner Frau abhängige Mann von dieser verlassen wird und er sich hilflos seiner Abhängigkeit in vollem Ausmaße bewusst wird. Entweder es gelingt ihm dann, nochmals rasch für Ersatz zu sorgen (was stets nur auf Zeit wieder die Lösung sein wird), oder er stellt sich seiner Aufgabe und ist dazu bereit, selbst den für ihn ungewohnten und dadurch umso mühsameren Weg zu beschreiten, seine Projektionen zurückzunehmen und seine mangelnden Qualitäten auszubilden und zu entwickeln, um dadurch Ganzheit und Harmonie in sich selbst zu erlangen. Er wird dann vielleicht wieder die Fähigkeit zu echter Freundlichkeit und Zuwendung erlernen und zu schätzen wissen. Er wird lernen, Freude zu schenken und zu empfangen und sich das Leben angenehmer zu gestalten, wählen dürfen, was für ihn als Mensch mit Verstand *und* Herz im Leben wichtig ist. Die Partnerschaft ist dann nicht mehr da, um ständig gegenseitige Mängel auszugleichen, sondern um etwas weit Größeres zu erreichen, als es je allein möglich wäre.

In diesem Zusammenhang ist es interessant, einmal uns selbst darüber zu befragen, welches die Eigenschaften sind, welche uns in Beziehungen und Partnerschaften ganz besonders anziehen. Dadurch können wir sehr oft viel Aufschluss darüber erlangen, welche Qualitäten wir selber nicht leben und deshalb auf andere projizieren müssen. Wenn wir jemanden lieben, fühlen wir uns einfach dabei wohl, oder treten in diesem Zusammenhang auch Ängste, Besitzergreifen und Eifersucht auf? Welche Eigenschaften oder Qualitäten sind es, die wir unserer Meinung nach haben müssten, um diese (Verlust-)Ängste aufzulösen? Solche Fragen können uns helfen, unsere Persönlichkeit zu erfolgreichen, von Zwängen befreiten, glücklichen Beziehungen weiterzubilden und zu entfalten, bewusst gewordene Mängel auszugleichen und in Stärken umzuwandeln.

Die tragischste Variante, im Versuch mit seinem Harmonieverlust zurechtzukommen, wäre die, sein diesbezügliches Unvermögen durch Konsum von Alkohol, Suchtmitteln und Drogen lösen und ertränken zu wollen, seine Persönlichkeit der alleinigen Beziehung zum Laster zu opfern, Liebe zur Täuschung zu empfinden. Sich den Realitäten dieses Lebens endgültig entziehen zu wollen, nicht mehr dazu Willens zu sein, Licht und Schatten des Daseins zu akzeptieren und zu versuchen, in deren harmonischer Ausgeglichenheit die Schönheit des Ganzen zu erblicken, heißt dann, sich in eine selbstauflösende Lebensweise zu begeben, aus welcher ohne externe Hilfe kaum noch zu entkommen sein wird, wenn überhaupt.

# Entsprechungen des Körpers zur Thematik

**Organe**

Haut                      (als Kontaktorgan und nicht als Abgrenzung)

Mund                      (als Organ der Nahrungsaufnahme und maßgebliche,
                          Verantwortung tragende Eingangspforte für alles, was
                          später im Verdauungstrakt verarbeitet werden muss; im
                          Mund haben wir den Geschmackssinn; was uns zuträg-
                          lich ist und als genussvoll empfunden wird, wird als
                          Nahrung aufgenommen)

Scheide bei der Frau      (im Sinne des Aufnahmeorgans des männlichen
                          Samens)

Nieren- und Blasensystem, Harnleiter

Venen

**Knochen**

Lendenwirbel

**Muskeln**

Lendenmuskulatur


## Physiologisches Prinzip und Körperfunktionen

- Filtrationsprozesse, Salz- und Wasserausscheidung
- Aufrechterhaltung des Säure-Basen-Gleichgewichts
- Konstanthaltung des Blutzuckerspiegels
- In den Venen wird das verbrauchte, mit Schadstoffen belastete
  Blut zu denjenigen Organen gebracht, die es regenerieren und mit
  Aufbaustoffen (unter anderem Sauerstoff) versorgen.

## Krankheitsprinzipien

– Gleichgewichtsstörungen im makroskopischen (mit freiem Auge sichtbaren) Bereich und im biochemischen Bereich

– Azidose und Alkalose

– Ungenügende Venenfunktion

## Krankheitsdispositionen und mögliche Somatisierung

Diabetes mellitus

Hautprobleme, Akne, Ekzeme und Hautkrankheiten (bei Kontaktschwierigkeiten), Gefühle von Ekel und Antipathie, die unterdrückt werden, können ganz allgemein zu schwerwiegenden somatischen Erkrankungen führen.

Nieren- und Blasenerkrankungen (unter anderem Steinbildung in diesen Organen), Nierenbecken- und Blasenentzündung

*Haut- und Nierenerkrankungen stehen oft in Zusammenhang mit Kontaktschwierigkeiten und diesbezüglichen Verkrampfungen.*

Defekter Geschmackssinn (Kann Anlass zu Verdauungsbeschwerden sein, ob körperlich oder seelisch. Wir nehmen dann etwas durch die Mundöffnung oder auch seelisch in uns auf, das uns nicht zuträglich ist und uns nicht bekommt.)

Venerische Krankheiten, wie Syphilis (Venus als Göttin der Liebe kann uns in ihren verzerrten Formen Geschlechtskrankheiten als verdorbene oder pervertierte Frucht der Liebe einbringen). Ein Fehler im Selektierprinzip (oder im sogenannten „Andockungssystem" * der Zellen), kann bei Partnerschaften auf intimer Ebene (oder eben auch zwischen Zelle und einem Virus!) statt erhoffter Liebe schlimmstenfalls den Tod bedeuten (Aids), wobei dann hier auflösende und destruktive Kräfte mitwirken.

*\* Neueste Forschungen in Bezug auf die Krankheit Aids scheinen darauf hinzu-
weisen, dass es nur zum Ausbruch der Krankheit kommt, wenn das Aids-Virus
an eine Zelle andocken kann. Die Frage, ob ein intaktes Andockungssystem der
Zellen sich vor „Feinden" zu schützen weiß, muss im Moment noch offen bleiben. Jedenfalls wurde festgestellt, dass es Menschen gibt, bei denen das Virus
mangels der Möglichkeit, sich an der Zelle festlegen zu können, nichts auszurichten vermag. Das Andockungssystem der Zellen soll ja gleichzeitig womög-
lich auch ein Abwehrsystem sein, für all das, was der Zelle schaden könnte. Es
scheint so, als hätte die Zelle in gewissen Fällen ihre Entscheidungsfreiheit über
ihr Zugangsrecht verloren. Eine Ähnlichkeit zu unserem Verhalten gegenüber
Beziehungen ist nicht von der Hand zu weisen.*

*Viele Krankheiten werden in den nächsten Jahren vermutlich dadurch geheilt
werden können, dass man das Andockungssystem der Zellen steuern kann!*

Venenerkrankungen
(Thrombophlebitis).              Bei ungenügender Venenfunktion kann es zu Anrei-
                                 cherung von Schlackstoffen im Blut kommen, die bei
                                 stärkerer Konzentration Krampfaderbildungen bewir-
                                 ken können (im übertragenen Sinne stellen Krampf-
                                 adern gewissermaßen ein Sammelbecken für unver-
                                 arbeitete und nicht zum Ausdruck gebrachte Gefühle
                                 dar).

Wenn wir die hier in Frage stehende Energiequelle in der Hemmung erleben, somatisieren, weil wir auf üblichem Wege Begegnungen mit anderen Menschen
vermeiden und kontaktscheu sind, werden wir auf pervertierte Weise durch unsere Krankheit dieser Energie wiederbegegnen, diesmal jedoch in Beziehungen zu
Ärzten, Krankenschwestern und Mitpatienten. So werden wir aus der Isolation
zwangsweise herausgeholt, haben aber in dieser Lage nicht mehr die freie Bezie-
hungswahl. Jede gehemmte Energie wird einen Ausdruckskanal finden, gleich
welcher Art, jedoch ohne dass wir uns dann noch dazu querstellen können. Treten
irgendwelche der bei einer Energie angezeigten möglichen psychischen oder physischen Beschwerden infolge von Somatisierung in Erscheinung, dann ist es wichtig, in dem zugehörigen Kapitel nach möglichen entsprechenden Ursachen zu for-
schen, um die darin angezeigten, den behandelnden Arzt unterstützenden Maßnahmen zu ergreifen. Nebst der ärztlichen Behandlung ist es immer essentiell, das
Seine auf geistig-seelischer Ebene beitragen zu wollen, um die Genesung maßgeblich mit zu beeinflussen.

## Real umgesetzte, in seiner Qualität integrierte Energie

Wir können nur das von außen wahrnehmen, was wir von unserem Innern her wiedererkennen. Das altbekannte Ich wird uns durch äußere Wahrnehmungen wieder neu bewusst: Nur durch den Kontakt mit der Außenwelt kommen wir in Kontakt mit uns selbst. Partner repräsentieren ein Teil unseres Selbst, den wir verdrängen, der in seiner Qualität aber integriert werden will, wenn wir Ganzheit erlangen wollen. Wir können die Außenwelt nicht ignorieren, wir leben mit ihr in Symbiose und können uns nur gemeinsam harmonisch weiterentwickeln. Symbiose bringt nur Erfolg, wenn die Interessen beider Seiten berücksichtigt werden. Es besteht die Gefahr, unser Handeln von der Akzeptanz unserer Umwelt abhängig zu machen und so dieser die Macht zu überlassen, über unsere Handlungen zu entscheiden. Dazu müssen wir dann Kompromisse eingehen, zu denen wir innerlich nicht zu stehen vermögen, und dies kann nicht allzu lange gutgehen. Wir müssen uns gewahr sein, dass wir manchmal auch Entscheidungen zu treffen haben, deren Ausgang ungewiss ist, oder solche, die unbeliebt sind, wollen wir uns nicht durch Nichthandeln unserer Verantwortung entziehen. Actio und Reactio, das Wollen der Umwelt und das eigene Wollen müssen aufeinander abgestimmt und koordiniert werden. Das Ergebnis ist Harmonie, welche aber gegenseitige Ehrlichkeit und eine klare Aussage erfordert über das, was wir wollen, die Bereitschaft, unseren Anteil an Verantwortung zu tragen.

## Unterstützende Formen, um sein Energiepotential real zu nutzen

Physisch:
- Sämtliche Tanzsportarten, Ballett, Eiskunstlauf (Kür)
- Sämtliche Sportarten, welche Geschicklichkeit im Ausbalancieren erfordern, wie zum Beispiel Jonglieren, Rollschuh- und Schlittschuhlaufen, Skateboardfahren, Surfen, Wellenreiten etc.
- Gymnastik und Gleichgewichtsübungen
- Florettfechten
- Hatha-Yoga, Tai Chi-Ch'uan
- Hautbürstungen und Massagen, Wechselduschen,
- Atemübungen, die zentrieren und innere Balance (Waage auf Französisch!) und Ruhe bringen

|          |                                                                         |
|----------|-------------------------------------------------------------------------|
|          | – Künstlerische Tätigkeiten, malen, sich der Musik widmen oder sich in der Kunst des Bildhauens betätigen |
|          | – Die positive Kraft des Kupfers auf einfachem Wege zu nutzen, wäre das Tragen von Schmuck aus diesem Metall. Auch die Einnahme von kupferreicher Kost, worunter vor allem Aprikosen, Birnen, Bananen, Champignons, Kartoffeln zählen, um nur die Hauptlieferanten an Kupfer zu nennen, wäre vorteilhaft. |
| Geistig: | – Dichtung und Poesie |
| Seelisch: | – Kontemplation (Natur, Bilder, Plastiken) <br> – Ikebana <br> – Musik-Meditation |

Die Einnahme von Bachblüten-Essenzen, empfehlenswert sind hier insbesondere:

## Holly (Stechpalme), Olive (Olive), Scleranthus (Einjähriger Knäuel)

**Holly** schenkt Liebe, wenn wir nach Liebe dürsten, wenn wir selbst Mühe damit haben, Liebe weiterzuschenken, weil wir selbst Mangel leiden. Edward Bach meint: „Holly schützt uns vor allem, was nicht Liebe ist. Holly öffnet das Herz und verbindet uns mit der göttlichen Liebe." Holly kann uns in den idealen menschlichen Zustand schlechthin versetzen, den wir empfinden, wenn wir in Liebe schwelgen, wenn wir selbst lieben können und uns auch selbst geliebt wissen – Liebe schenkt uns innere, wohlige Geborgenheit mit uns selbst und der übrigen Welt. Liebe verbindet mit Schönheit: Wir können kaum etwas lieben, das wir hässlich finden, und wir verschönern alles, was wir mit Liebe umhegen. Liebe verbreitet Güte: Wir sind gut und überströmen all das an Güte, was wir mit dem Herzen lieben.

Wir lieben stets das, was unserer innersten Einstellung entspricht, das, wozu wir eine Zuneigung und eine Beziehung haben. An dieser Einstellung, die unserem innersten Wesen entspricht, können wir arbeiten. Da ist ein Kernpunkt für Arbeit an sich selbst, um Transformationsprozesse einzuleiten.

122

Angelus Silesius meinte dazu: *Mensch, was du liebst, in das wirst du verwandelt werden. Gott wirst du, liebst du Gott, und Erde, liebst du Erde.* – Mit Holly finden wir zum Zustand der inneren Harmonie zurück. Wir strahlen diese in Form von Liebe aus, weil wir uns selbst völlig geborgen fühlen, in der All-Liebe unseres inneren Selbst.

**Olive** lässt uns wieder ins Gleichgewicht kommen, bringt Ausgeglichenheit und Harmonie. Olive dient dem Energieausgleich zwischen Yin und Yang und kann uns helfen, das richtige Maß zu finden – es schenkt Ausgewogenheit zwischen Körper, Seele und Geist.

Auch **Scleranthus** bietet Hilfe an, um zur inneren Harmonie zurückzufinden, und bringt Klarheit in die Vielseitigkeit unseres Lebens. Scleranthus hilft, wenn wir unfähig sind, eine eindeutige Position einzunehmen, eine Entscheidung zu treffen, unsere Mitte zu finden, wenn wir labil und leicht aus dem Gleichgewicht zu bringen sind, wenn wir ständig hin und her pendeln und anderen dadurch als unzuverlässig erscheinen. Wenn wir aus dem Rhythmus geraten sind, uns in extreme Gegensätze verirren, kann Scleranthus wieder Ruhe und Ausgewogenheit in unser Leben bringen.

### Spezifische Berufe zu diesem Kapitel

Berufe, welche mit Harmonie und Kontaktfähigkeit besonders in Einklang stehen *oder* in welchen man diese Energie besonders gut selber leben kann, statt diese auf andere projizieren zu müssen:

- Kaffeehausbesitzer, Barmann und Bardame, Hostesse
- Diplomat und Vermittler, Berufe, welche Verhandlungsgeschick erfordern
- Eheberater und allgemeine Beratungsberufe (beispielsweise Astrologen)
- Freizeitberufe, Vergnügungsstätten als Arbeitsplatz
- Friseur
- Geselligkeitsberufe und Berufe der Unterhaltungsindustrie
- Berufe der Grafik, der Dekoration und des Designs
- Künstlerberufe allgemein, Kunstgewerbe und Kunsthandwerk
- Berufe der Modebranche
- Berufe der Schönheitspflege, der Kosmetikbranche, der Parfüm-Industrie, Maskenbildner

- Kunstkritiker
- Musiker, Schauspieler, Tänzer (speziell auch Seiltänzer)
- Public Relations
- Richter (speziell Friedensrichter), Ombudsmann, Anwalt

Das entsprechende Metall ist das Kupfer. Es dient auch im Alltag dazu, Verbindungen herzustellen. In der Elektrotechnik, für das alle Welt verbindende Telefon- und Telegrafennetz wird Kupfer verwendet. Im Zeitalter des Wassermanns und der neuen Kommunikationsmittel wird Kupfer immer mehr durch Glasfaser ersetzt. Das Interessante an diesem Zusammenhang ist die Botschaft, Neues zuzulassen und in Beziehungen einzubringen.

Es ist die esoterische Aufgabe unseres Zeitalters im Zeichen des Wassermanns und dürfte auf eine neue Art und Weise des Kommunizierens mit anderen deuten, vielleicht jedoch nicht mengenmäßig oder als wahlloses Informationsmonstrum – eine Tendenz im Umgang mit dem Internet bei sinnentfremdeter Anwendung, die ins Chaos führt, wenn sie außer Kontrolle gerät in der Verzerrung (Informationsflut). Vielmehr sollte diese neue Art der Kommunikation zur Verfeinerung der Qualität der Beziehungen zwischen den Menschen als real genutzte Energie dienen.

Dazu ein praktisches Beispiel einer qualitativ hochstehenden Nutzung von Energien in einer realen Form im Alltag angewendet: Computertechnikern ist es gelungen, ein Programm zu entwickeln („Speech-Viewer" oder „Sprechspiegel"), um die Sprache oder menschliche Stimme auf einem Bildschirm grafisch sichtbar zu machen. So können Hörgeschädigte Sprechfehler erkennen und korrigieren. Logopäden nutzen diese phantastische neue Einsatzmöglichkeit des Computers aber auch bei normal hörenden Kindern mit Aussprache- und Stimmstörungen oder Stottern. Hier ist also der Computer in seiner Anwendung ein therapeutisches Hilfsmittel (nur Hilfsmittel, weil auch psychisch-seelische und soziale Hintergründe Ursache von solchen Störungen sein können und behoben werden wollen), um auf eine neue, unkonventionelle, originelle und zeitgemäße Art ein qualitatives Verbessern des Kommunizierens zwischen Menschen zu erreichen. Es geht also nicht um Informationsüberschüttung, sondern um qualitative, gezielte, sinnvolle Anwendung von hochstehenden technischen Möglichkeiten. Der Computer dient als indirekter effizienter Vermittler zwischenmenschlicher Beziehungen. Dieses Beispiel dürfte zeigen, welch großartige Resultate im Zusammenwirken und der harmonischen Synthese der Kräfte erzielt werden können.

Wenn wir hingegen ohne Liebe, Kunst und Schönheit nur noch kommunizieren um der Kommunikation willen, danach süchtig werden, werden wir uns immer weniger verstehen und in der Kommunikationsflut untergehen. Ob wir uns an Dinge oder an Menschen binden, uns mit ihnen verbunden fühlen, Liebe gehört dazu. Liebe beruht auf Wertschätzung, Anerkennung und Ehrfurcht vor dem Andersartigen.

Bislang war es noch schwierig, die Forderungen unseres neuen Zeitalters anzugehen. Doch bereits jetzt dürfte die Tür dazu endgültig offen sein.

In letzter Zeit ist es üblich geworden, sich vor engerem Hautkontakt zurückzuhalten. Es wird versucht, den engeren Dialog aus einer gewissen Distanz zu führen, die Menschen entfremden sich voneinander. An nichts gebunden sein und sich jeder Verantwortung entziehen, heißt immer mehr die Devise. Teils sind die Gründe dazu aus äußeren Umständen zwingend (mehrere Generationen können heutzutage in den engen Stadtwohnungen kaum noch unter einem Dach zusammen wohnen), teils ist es der Trend der Zeit. Es wird immer schwieriger sich nahe zu kommen, trotz der immer schnelleren Kommunikationsmittel. Dies wird deutlich, wenn man Tanzpaare in Discos beobachtet, wo jeder mit sich selbst zu tanzen scheint und jeder Dialog durch die Lautstärke der Musik verunmöglicht wird. Durch die bedrohliche Krankheit Aids muss oft auf direkten, intimen Hautkontakt zwischen den Geschlechtern verzichtet werden, die Ansteckungsgefahr muss durch Präservative vermieden werden. Das Wort „Präservativ" wurde aus dem französischen „préserver" entlehnt, was bedeutet, sich vor etwas schützen, etwas vermeiden wollen. Außer Empfängnisverhütung oder einer Geschlechtskrankheit wird dadurch auch der Intimkontakt verhindert. Gefühle werden über die elektronischen Medien ausgetauscht (beispielsweise Telefonsex). Der Mensch sitzt isoliert, wie zigfache andere unbekannte Kontaktpersonen auch, vor seinem Bildschirm und sucht, verzweifelt über die Vielfalt, nach dem richtigen „Anschluss".

Dies sind nur einige Beispiele, um zu zeigen, wie wenig Platz der Liebe verbleibt, wenn wir uns weiterhin von ihr entfernen, nicht mehr dazu fähig sind, uns mit Leib und Seele für etwas zu engagieren, das Leben in seinen Tiefen nicht mehr ausloten können und dazu auch noch jede Verantwortung von uns weisen. Es wäre eine zu unseren Ungunsten verstandene Freiheit, wenn wir sie nur dazu nutzten, um uns von allem, was uns lieb ist, trennen zu müssen. Freiheit kann auch dazu genutzt werden, Bestehendes endlich erneuern zu können, frei von der Vergangenheit in die Zukunft schreiten zu dürfen, frei sein, das zu lieben, was wir von Herzen lieben, frei sein aus Begrenzungen der Liebe.

### Gedanken zum Schluss

Beziehungen mit Wachstumschancen, ob im kleinen, privaten Rahmen oder auf Völkerebene, bedingen immer ein Quantum beiderseitiger Selbstanstrengung. Eine Beziehung beinhaltet mindestens zwei Partner, eine tragfähige Partnerschaft bedingt ein gegenseitiges Sich-verbunden-Fühlen. Essentiell ist, in welchem Geiste eine Bindung stattfindet.

Nur der Geist der Liebe widersteht allem Schmerz dieser Welt!

\*   \*   \*

# Fülle, Überfluss und Maßlosigkeit
## Konzentrierte Energie und Einschränkung auf das Nötigste als Prüfstein zu grenzüberschreitenden Erfahrungen

Die Verbindung von Vergangenheit und Zukunft und ihre Synthese im Hier und Jetzt; Gegensätze und sich gegenseitig harmonisierende Auswirkungen

### Fülle, Überfluss und Maßlosigkeit

*Die Fülle an Möglichkeiten*
*erfordert Konzentration auf das Ziel.*
*Heißt es doch, wer die Wahl hat, hat die Qual –*
*doch sind auch übermäßige Beschränkungen*
*oft die Zügel des Erfolgs.*
*Und so gilt als Maßstab aller Dinge nur, was ich*
*auf mich selbst abstimme.*

*Aus der Fülle hab ich die Wahl, aus der*
*Beschränkung oft nur die Qual. Manche*
*Menschen machen aus ihrer Not eine Tugend.*
*Anderen werden ihre Tugenden zum Laster.*
*Ein Lebenskünstler ist derjenige, der in*
*jeder Situation das Positive zu nutzen weiß.*

Wir befinden uns jetzt symbolisch auf dem Weg, vom eigenen Wissen und von eigener Meinung zur individuellen Sinnfindung, zum Individuum auf der Suche nach seinem geistigen Selbst, dem geistigen Wert des Einzelnen im Rahmen der Gesellschaft zu gelangen.

Das angesammelte Wissen erfährt jetzt einen Filtrationsprozess. Man kommt zu der Erkenntnis, dass es wichtig wird, aus vielen Details das auszulesen, was tieferen menschlichen Sinn hat, und somit Prioritäten zu setzen. Das Ich in seiner sinnbezogenen Auseinandersetzung mit der Wirklichkeit ist nun ein Thema. Dabei stellt sich die Frage: Ist das unmittelbar Zweckmäßige auch langfristig sinnvoll? Die Dinge wollen in einem größeren Zusammenhang gesehen werden. Es besteht geistige Offenheit und Toleranz in der real gelebten Form. Es ist viel Energie vorhanden, Expansion und Höherstreben ist Trumpf, es besteht ein starkes Freiheitsbedürfnis und viel Optimismus. Die Gefahr liegt darin, den Boden unter seinen Füßen zu verlieren, abzuheben und alle Realität hinter sich zu lassen, sich zu entwurzeln. So wie der Baum gegen den Himmel streben darf, solange seine Wurzeln fest im Boden verankert bleiben, so ist es auch dem Menschen vergönnt, nach höherem Bewusstsein zu suchen, solange er den Quell seines materiellen Daseins in dieser Welt nicht aus den Augen verliert und solange er nur den Raum einzunehmen gedenkt, der ihm im Rahmen der kosmischen Gesetzmäßigkeit zusteht.

Es sollte allmählich eine gewisse Loslösung vom rein persönlichen Nutzen zu Gunsten des Ganzen, Universellen stattfinden, wollen wir weitere Möglichkeiten unserer Entwicklung ergründen. Es geht um die Suche nach der höheren Wahrheit, um Optimismus und Hoffnung, um das Vertrauen in etwas Höheres – wir suchen nach überpersönlichen Zusammenhängen. Wir wollen nicht mehr nur wissen, wie die Welt ist, sondern stellen uns nun die Frage nach dem Warum. Vorher wurde registriert, was es zu beobachten gibt, jetzt machen wir uns auf die Suche, die Sinnfrage zu beantworten. Dazu ist die Ausdehnung über das konkret erfassbare Wissen hinaus nötig und die Fähigkeit, differenziert und flexibel mit Einzelideen umzugehen. Hier geht es um Erweiterung im positiven Sinne, geistig auf der Bewusstseinsebene oder materiell und physisch – in der Kompensation – durch die Ausdehnung des Körpers selbst mittels seiner eigenen Fülle.

Bis anhin ging es um das angelernte Denken, das uns in der Schule vermittelt werden kann. Jetzt ist Erkenntnis wichtiger als Wissen. Das angelernte Denken wird überprüft, um zu einem eigenen, selbstständigen Denken zu gelangen. Jetzt sind wir dazu aufgerufen, die Hygiene des Denkens zu praktizieren, denn wir können die Art unseres Denkens steuern. Denken wir daran, wenn wir uns dabei ertappen, dass wir unser Denken in die Negativität und Sinnlosigkeit führen. Lernen wir positiv und großzügig zu denken, weil Gedanken die Tendenz haben, sich zu verwirklichen. Gedanken von heute sind der Samen der Zukunft. Sind diese lediglich mit Ängsten und Befürchtungen befrachtet, ist es nicht verwunderlich, wenn daraus eine schlechtere Gegenwart in der Zukunft wird, als wir sie heute noch haben. Bemühen wir uns um Weitblick (Wir sind zukunftsorientiert.) und Überblick (Wir erfassen das Wesentliche.), aber vernachlässigen wir dabei nicht wichtige Details.

Wir haben nun die Möglichkeit, zur Bildung einer eigenen Weltanschauung und Philosophie, intuitiv, zielstrebig und mit Begeisterung nach der eigenen Wahrheit zu suchen. Hier besteht die Gefahr zu meinen, die einzig gültige Wahrheit für alle zu kennen, sich zum Guru zu ernennen und mit Fanatismus missionarisch seine Umgebung bekehren zu wollen.

Wenn wir anderen unsere eigene Meinung als einzig richtige aufzwingen wollen, begehen wir eine grenzüberschreitende Machtausübung in Form einer geistigen Gewaltanwendung. Ein Missionar wird dann auch oft von anderen gemieden und ausgegrenzt aus Befürchtung, selbst missioniert zu werden.

Überheblichkeit, hochstaplerische Allüren, Besserwisserei oder der Hang zur Übertreibung und Selbstüberschätzung sind Schattenthemen der Energie, die in der Verzerrung gelebt wird. In der Hemmung sind es manchmal auch Scheinheiligkeit, Uneinsichtigkeit, mangelnde Bildung, eingeschränkter Horizont und mangelnde Toleranz. Aus den vielen Mängeln heraus werden wir des Lobs bedürftig und werden von anderen abhängig (beispielsweise von einem Mäzen).

In der Kompensationsform sind wir opportunistisch. (Wir kennen keine eigene Richtung). Unsere Bildung ist konventionell, wir geben uns tolerant, um nicht aufzufallen, wir loben diejenigen Menschen, welche von der Allgemeinheit schon gelobt werden. Auch ein überdimensionierter Reisedrang weist auf Kompensation oder das Mäzenatentum hin. Ferner verweisen auch Ausschweifungen beim Essen und Trinken auf eine gewisse Leere von seelischer und geistiger Fülle, welche durch die Fülle des Körpers und seiner Organe kompensiert wird. Wohlstand auf der konventionellen materiellen Ebene wird zum Daseinssinn erklärt. Das Lehren von Idealen ist oft ein Zeichen dafür, dass der Lehrer diese selbst gerne erreichen würde, und nicht, dass er dies bereits getan hat.

Real gelebte Qualität bietet uns die Chance zur persönlichen Weiterentwicklung, zu Wachstum und Bewusstseinserweiterung, zum Erkennen der großen Zusammenhänge und zu einem großzügigen, einsichtigen, menschlichen Verhalten. Wir können andere und uns selbst begeistern und überzeugen, beglücken und fördern. Wir sind dazu fähig, uns geistig auszudrücken, etwas zu verbessern und optimal zu gestalten. In Partnerschaften sind wir fähig, diese weiter aufzubauen und weiterzuentwickeln. Bewusstseinserweiterung können wir auch durch Reisen in entfernte Gegenden, durch die Bekanntschaft mit fremden Völkern und Kulturen erlangen. Das Fremde wirkt anziehend, wobei es nicht unbedingt dazu erforderlich ist, von zu Hause wegzureisen. Durch Filme und Reisebeschreibungen, zum Beispiel über fremde Länder, können wir ähnliche Erfahrungen machen. Wir können aber auch durch geistige Reisen, durch Reisen ins Innere unserer Seele zu unserem inneren Selbst die Bewusstseinserweiterung erleben.

Bei real gelebter Qualität finden wir auch zum positiven Denken, zur positiven geistigen Ausstrahlung und damit auch zur physischen Gesundheit, weil Körper und Geist sich gegenseitig beeinflussen und aufeinander reagieren. Wissen soll zur Einsicht führen.

Es ist die Einsicht über die Gesetze der kosmischen (oder göttlichen) Ordnung. Alles, was sich davon entfernt, wird sich dadurch selbst zugrunde richten. Beispiele sind unter anderem der Untergang vergangener Kulturen oder der Zerfall großer Reiche.

Die Entfaltung auf einer individuellen Stufe erlaubt es uns auch, die Expansion über das angestammte Milieu hinaus, über den vielleicht kleinlichen Horizont der eigenen Familie herauszuwachsen, einen Blick über die Grenzen zu werfen. Weil in der heutigen Zeit, im Gegensatz zu früher, durch die Medienvielfalt und die expansiven Reisemöglichkeiten der Zugang zum Andersartigen, Fremden zum Alltag wird, sucht der Mensch immer mehr auch esoterische Geheimnisse zu ergründen.

Wenn wir in unserer Haltung vertrauensvoll und offen sind, wird uns auch vieles zufallen. Wenn wir zur rechten Zeit am rechten Ort das richtige Verhalten zeigen, können wir aus einer gegebenen Situation das Bestmögliche machen.

Die Kooperation mit der Umwelt entzieht dem Rivalitätsdenken immer mehr Boden, denn am gleichen Strick zu ziehen, bringt für beide Beteiligten mehr. Andere fühlen sich einbezogen und berücksichtigt. Da gibt es kein Abseitsstehen mehr, es gedeiht auch kein Neid, sämtliche Kräfte dienen schlussendlich demselben Ziel. Wissen verwandelt sich im Stadium der Reife in Weisheit, das Leben erlangt Reichtum und Fülle auf der geistig-seelischen Ebene.

Empfinden wir unser Leben als unerfüllt und sinnlos, haben wir die Tendenz, diese Leere durch Essen und Trinken auszugleichen. Wir erleben dieses Manko dann in der verzerrten Form. Der Ausdruck von Fülle findet in der Fettleibigkeit des Körpers statt. Eine ähnliche Entsprechung finden wir in dem Kapitel „Materielle und geistige Werte", wo wir erstmals mit der Unterscheidung von quantitativen und qualitativen Werten konfrontiert wurden. Es geht hier um einen großen Lernschritt zwischen beiden Werten von Quantität und Qualität, welcher nun vollzogen werden sollte.

Sowohl in der Hemmung als auch in der Kompensation versucht der Körper durch übermäßiges Essen und Trinken das auszugleichen, was Seele und Geist fehlt. Fett und Alkohol erträgt aber die Leber schlecht, es kommt zu Leberschäden. Leberkrisen sind daher auch Sinnkrisen. Wie wir sehen, ist diese Art der Kompensation kein gleichwertiger Ersatz, geistiges Wachstum kann nicht durch materielle Fülle, Sein nicht durch Haben ersetzt werden. Die höchsten und zugleich auch unentbehrlichen Werte des Daseins bestehen in der *Sinnfindung*.

In den drei ersten Kapiteln besprachen wir physisch-materielle Bereiche, primäre Forderungen des Irdischen (Leibes). Das primäre Überleben stand im Vordergrund, wir befanden uns auf einer grobstofflichen Schwingungsebene. Die Belange von Seele und Geist erfordern eine andere Energiequalität und können nur auf einer feinstofflichen, höheren Schwingungsebene stattfinden. Dies erfordert die Bereitschaft zur Transformation der individuellen seelisch-geistigen Persönlichkeit.

## Entsprechungen des Körpers zur Energiesymbolik

**Organe**

Leber

### Physiologisches Prinzip und Körperfunktionen

Bewertung und Verwertung der assimilierten Stoffe sowie Entgiftung – Synthesestoffwechsel, Fettstoffwechsel

Aufbau und Wachstumsfunktionen, Produktion und Synthese

Die Leber als zentrales Laboratorium in ihrer beherrschenden Stellung im Zuckerstoffwechsel (Kohlenhydrate), ihre engen Beziehungen zu Fett- und Eiweißstoffwechsel, ihre entgiftende Wirkung auf die vom Darm aufgenommenen Substanzen als einige der wichtigen Funktionen.

### Krankheitsprinzipien

- Übergewicht (Dickenwachstum), Fettgewebserkrankungen (Fettansatz)
- Wachstumsstörungen
- Wucherungen (gutartige Tumore, Wucherungsaspekt bei Krebs, Tochtergeschwülste)

## Krankheitsdispositionen und mögliche Somatisierung

– Lähmungen (verhindern das Fort-Schreiten, den Fort-Schritt!)

– Leberkrankheiten (Gelbsucht, Fettleber), Selbstvergiftung (eventuell auch durch endogene Depressionen oder motivlose Gefühle der Sinnlosigkeit!)

– Ein Gefühl der Sinnlosigkeit kann in der Somatisierung zu Leberleiden beitragen. Sinnkrisen sind auch Leberthemen. Gerade durch die Krankheit wird der Leidende dazu aufgefordert, sich mit der Sinnfrage auseinander-zusetzen. Er wird sich dadurch gezwungenermaßen mit religiösen und weltanschaulichen Fragen beschäftigen, sich über den Weg der Krankheit weiterbilden und eventuell Reisen in andere, ferne Länder machen, um bestimmte Therapiezentren und Heiler aufzusuchen und fremde Heilme-thoden kennenzulernen.

– Fettleibigkeit kann im übertragenen Sinn darauf hinweisen, dass der Be-troffene kein Verständnis für die Wiederauflösung und Ausscheidung überholter Bilder und Ideologien besitzt.[8]

– Unser Fetthaushalt, vor allem im Zusammenhang mit dem Zuckerhaushalt, zeigt sich auf der Körperebene in seinen negativen, somatisierten Ent-sprechungen in Form von Gewichtszunahme und einer sichtbaren Aus-dehnung der Körpermasse als dessen visuellen Folgeerscheinung. Dies weist auf Überfluss im disharmonischen Sinne hin, und wenn dies in Form von Essen und Trinken geschieht, wird dieser Überfluss vor allem von der Leber, der Gallenblase und der Bauch-speicheldrüse aufgefangen werden müssen. Hoher Blutdruck und hoher Cholesterinspiegel sind weitere mög-liche Folgen.

– Ein abgeschwächtes Regenerationsvermögen

– Ein vermindertes Heilungsvermögen

## Unterstützende Formen

Folgende Sportarten können uns helfen, unsere Energie in einer realen Form auf einer körperbezogenen Ebene zu leben und weiterzuentwickeln:

- Bogenschießen, Diskus- und Speerwerfen, Golf,
- Reiten (außer Dressur), Sportfliegen,
- Weitsprung, Zehnkampf

Ferner sei auch hier die Einnahme von Bachblüten-Essenzen erwähnt. Empfehlenswert sind hier insbesondere:

### Beech (Rotbuche), Mustard (Wilder Senf)

**Beech** kann uns zu Toleranz verhelfen, zum näheren Hinschauen und Betrachten der Zusammenhänge, wenn wir aus lauter Arroganz von oben auf andere herabschauen, wenn wir ständig richten und immer Recht haben wollen, wenn wir mangels Einfühlungsvermögen an Kritiksucht leiden, wenn uns der geistige Weitblick fehlt.

**Mustard** hilft uns, auch an so genannten schwarzen Tagen Farbe einzubringen, aus düsteren Gedanken und Schwermut herauszufinden, wenn wir in ein schwarzes Loch zu versinken drohen und uns keine Vernunftsargumente zu trösten vermögen. Wenn wir an Antriebsschwäche leiden und durch einen unsichtbaren Sog in die verkehrte Richtung angezogen und herabgezogen werden in eine tiefere Schwingungsebene, die von unserem inneren Wesen als sehr unangenehm empfunden wird. Mustard kann als Begleiter Perioden tiefer Melancholie und Traurigkeit betrachtet werden, um auch einer dunklen Wolkenstimmung einen gewissen Charme abzugewinnen. Auch Regentage können beglücken, wenn wir sie entsprechend zu nutzen wissen!

### Ausgleichsmöglichkeiten auf der Berufsebene

- Im Vordergrund stehen hier selbstständige, repräsentative Berufe.
- Berufe, welche Spielraum für eigene Ideen bieten.
- Bankier
- Großunternehmer
- Jurist (für Wirtschafts-, Kirchen-, Wettbewerbs- und Zivilrecht),
  Richter und Staatsanwalt
- Lehrerberufe, insbesondere Hochschullehrer
- Manager, insbesondere im sportlichen Bereich
- Philosoph

- Flugzeugpilot, insbesondere für Langstreckenflüge
- Politiker
- Psychologe
- Reiseorganisator, Fernreiseleiter, Kultur- und Erlebnisreiseleiter
- Sportler, vorwiegend in den unter „unterstützende Formen" genannten Sportarten (siehe dort)
- Luxusartikelverkäufer
- Berufe in der Vortragstätigkeit
- Berufe der Werbebranche, insbesondere in der Werbung für Luxusartikel
- Berufe in internationalen, gemeinnützigen Organisationen, wie Rotes Kreuz oder Amnesty International

Als entsprechendes Metall gilt das Zinn. Es wird in der Homöopathie unter anderem als Mittel gegen körperliche Schwäche verabreicht, wenn der Patient geschwächte Regenerationskräfte oder ein vermindertes Heilungsvermögen vorweist, wenn ihn der Mut verlässt und jeder Sinn zu entfliehen scheint, wenn das Abwehrsystem geschwächt ist. Wenn Glaube und Vertrauen ins Wanken geraten und Mutlosigkeit an deren Stelle treten, dann kann Zinn (Stannum metallicum) homöopathisch hilfreich sein. Potenz und Anwendungsmodus (Dosierung) sind von Fall zu Fall verschieden und sollen, wie stets, von einem erfahrenen Homöopathen bestimmt werden.

Wahrhafter Glaube ist heilsamer als alle Medikamente. Aber auch Glaube und Vertrauen in den behandelnden Arzt, in seine Therapie, und vor allem auch in uns selbst, tragen maßgebend dazu bei, wieder „heil" zu werden, Heilung zu erlangen. Echter Glaube ist nicht mit Suggestion zu verwechseln, denn Suggestion kommt von außen, echter Glaube aber von innen. Glaube soll nicht doktrinär sein und man braucht dazu auch nicht fromm zu sein (fromm heißt ja auch in seiner Nebenbedeutung lt. Duden fügsam und artig sein), oder gar bigott (übertrieben fromm, scheinheilig), alles Entsprechungen in der Hemmung. Zinn soll Mittler sein zwischen einer allzu kritischen oder einer allzu idealistischen Geisteshaltung, Mittler zwischen Verstand und Herz, Mittler zwischen unserer Erdgebundenheit und Himmelsbezogenheit, Mittler zwischen den Welten und damit auch zwischen Mensch und Gott für den Gläubigen.

Wir sind hier aufgefordert, mit der Realität verbunden zu bleiben, nicht realitätsfremd mit unseren Ideen abzuheben, um dadurch der Wirklichkeit des irdischen Daseins und dessen Aufgaben zu entfliehen. Idealisten besitzen einen starken

Glauben an das, was ihnen vorschwebt, und die Sehnsucht nach dem großen Unbekannten.

Der Glaube an eine Sache oder Person bedingt, volles Vertrauen zu dieser Sache oder Person zu haben, welche jedoch nicht zwangsläufig positiv sein müssen (wie des Öfteren in der Politik). Gerade um des Glaubens willen kommt es ja auch immer wieder zu gewalttätigen Auseinandersetzungen in aller Welt. Glaube wird zum Vergewaltigen anstatt zum Erlösen eingesetzt, wodurch weiteres Karma aufgeladen statt abgetragen wird. Wir müssen den Mut haben, kritisch zu glauben, wollen wir die Energie spendende Kraft des Glaubens in realer Form nutzen.

Auf einer spirituellen Ebene bedeutet der Sinn des Lebens Auflösen von Karma. Lebensaufgaben werden zu dessen Lösung angeboten. Sie bestehen immer aus dem Entwickeln von *Eigenschaften*. Wenn der Einzelne zu ergründen versucht, *welche spezielle Aufgabe ihm jeweils zu lösen obliegt,* statt zu versuchen, dieser mit allen Kräften zu entgehen, *dann erst ist er bereit, aus der Vergangenheit einen Schritt in die Zukunft zu tun*, einen weiteren Schritt in die Unsterblichkeit!

### *Anregung*

*Manches, das dem einen nutzt, kann dem anderen zum Schaden gereichen. Dies gilt es zu beachten. Beanspruche nur den Teil aus der Fülle des Lebens, der zu deiner Selbstverwirklichung nötig ist. Überlasse anderen, was dir nicht zusteht und dich in deinem Fortschreiten nur unnötig belasten und behindern würde. Bitte um die Gnade, beides voneinander unterscheiden zu können. Vorwärtsschreiten wird nur derjenige, der Quantitatives zum Qualitativen zu reduzieren vermag.*

\*   \*   \*

# Konzentrierte Energie und Einschränkung auf das Nötigste als Prüfstein zu grenzüberschreitenden Erfahrungen

*Es ist wie beim Schilfrohr – man muss gelernt haben, sich dem Notwendigen zu beugen, um sich in Freiheit aufrichten zu können.*

Wir müssen auf das verzichten, was uns belastet, was unsere Weiterentwicklung behindern würde, was losgelassen werden muss, damit wir die Zukunft hier und jetzt angehen können. Es gilt Raum zu schaffen, indem wir uns von unnötig gewordenem Ballast befreien. Dadurch schenken wir uns konzentrierte Energie für das Lebensnotwendige: Ausdauer in der Tat, feste Werte, Sicherheit im Denken, eigene echte Geborgenheit, die konzentrierte Kraft zur Selbstverwirklichung, einen gesunden und gestählten Körper, stabile Beziehungen, den Willen und die Bereitschaft zur Transformation, das Sich-Verpflichten für sinngerechtes Streben und verantwortungsbewusstes Handeln in der Gesellschaft, das Sich-Bereitstellen für neue Erfahrungen und schlussendlich zur Transzendenz.

Die Erwartungen an gesellschaftliche Verwirklichung sind hier das zentrale Thema und es geht um inneres, qualitatives Wachstum. Letzteres verlangt nach Einschränkung in der Beziehung zum Materiellen. Maßlosigkeit in vielen Dingen manifestiert sich oft über Krankheit. Krankheit lenkt das Bewusstsein auf das betreffende Organ und weist dadurch symbolisch auf dringend notwendige Korrekturen hin. Rudolf Steiner (der Begründer der Anthroposophie) meinte, dass „Freuden die Geschenke des Schicksals seien, die ihren Wert in der Gegenwart erweisen, Leiden dagegen die Quellen der Erkenntnis, deren Bedeutung sich in der Zukunft zeigt".

Energieentsprechungen können uns also auf verschiedenen Bewusstseinsebenen in ihrer Qualität entweder an die Materie und alles Materielle weiterhin binden oder im Transformationsprozess von ihr lösen. Es bietet sich uns auf unserem Lebensweg ein Weg des Lernens an, ein Weg, auf dem wir ohne eine gewisse Mühe und Anstrengung, ohne die Bereitwilligkeit, mit Geduld mitzumachen und mitzugehen, keine Ernte erwarten dürfen. Zu Beginn dieser Wegstrecke werden wir meist eine traditionelle Rolle einnehmen, nach konventionellen Maßstäben zu leben versuchen, vieles, was wir tun, als so genanntes Alibi benützen (beispielsweise zur Erfüllung von Pflichten und Normen, von Ritualen und Traditionen). Wir setzen uns Lebensziele, glauben an Integrität, versuchen unserem Leben eine feste Form zu geben. Wir wollen mit dem eigenen Beispiel vorangehen und gewinnen dabei an Erfahrung und Reife. Allen Ernstes bewegen wir uns zu einer Art Elternrolle, einer Vorstufe zur Erwachsenenrolle, die nicht übergangen werden kann. Pessimismus auf der Strecke hindert uns am Fortschreiten und ist ein schlechter Wegbegleiter.

In der Elternrolle lernen wir Sachlichkeit und Kontinuität, etwas konkret zu realisieren, zu konsolidieren und stabilisieren. Wir versuchen, unsere Rolle zu beherrschen, und durch Sorgfalt und Genauigkeit Perfektion zu erreichen. Mit Ehrgeiz und viel Seriosität gilt es zu prüfen, überprüfen und realistisch zu ordnen.

Es können sich bereits Konsequenzen zeigen: Wir entdecken die Gesetze des Lebens, unser Bewusstsein wird zu neuen Erkenntnissen fähig, mit denen wir unsere Lebensziele, wenn nötig, nach den entdeckten, uns eigenen Gesetzen korrigieren können und so stimmiger sind. Wir entwerfen nun eigene Maßstäbe, die mit unserem Wesen harmonieren. Wir werden uns bewusst, dass es uns möglich und für uns wichtig ist, die eigenen Rechte durchzusetzen. Vielleicht merken wir bereits, dass kosmische Gesetze über denen der Menschen stehen.

Wichtig ist in diesem Entwicklungsstadium, nicht dem Konservatismus zu frönen, weil als Nächstes die Erwachsenenrolle bevorsteht. Und dazu müssen wir uns die Erlaubnis geben, den Direktiven unseres inneren Eltern-Ich nicht folgen zu *müssen,* da wir eine eigene Zielrichtung anstreben sollen. Vieles, was uns fälschlicherweise als zuverlässig gilt und an dem wir meinen, aus Angst vor Selbstständigkeit unbedingt festhalten zu müssen, muss losgelassen werden. Als Erwachsener müssen wir auf uns selbst zählen können. Endlich erkennen wir, dass wir im Rahmen der vom Kosmos gesetzten Begrenzung alles für uns selbst bewirken dürfen. Viele Gefahren lauern auf dem Weg der Erfahrungen. Prüfungen sind zu bestehen in Form von Verzögerungen und Hemmnissen, Widerstände zu überwinden. In verzerrter Form gelebte Energie, wie Intoleranz und Kälte, Zwänge, Nörgelei, ewige Kritik und Bemängelungen führen zu Einsamkeit und Isolation. Perfektionsansprüche schränken ein, ebenso wie die Angst zu versagen. Statt froh und hoffnungsvoll, werden wir deprimiert.

Durch verstärkte Bewusstwerdung erhalten wir die Chance und Aufforderung, uns durch Einsicht von einem alten Muster, von einer Fixierung zu befreien, sei dies eine Fixierung an das Materielle, an das Alte oder an das Bisherige. Mit dem Intellekt können wir dann verstehen, was passiert, wenn wir uns bereitstellen für neue Erfahrungen, welche auf die Liebe zu den Gesetzmäßigkeiten statt meist nur zu den materiellen Formen setzen. Die von uns anvisierten Lebensziele, unser Funktionieren in der Gesellschaft, unser Streben nach Ruhm und Anerkennung, was wir erreichen wollen in unserem Leben, dies alles hängt sehr stark davon ab, in welcher Form wir bereit sind, die Möglichkeiten unserer angeborenen Anlagen zu nutzen. Den größten Erfolg wird zudem der haben, der ein sich einmal gesetztes Ziel mit äußerster Zähigkeit unermüdlich verfolgt, der ein unbeugsames Müssen zur Tat verspürt, der alle verfügbaren Kräfte für das Erreichen seines Zieles mobilisiert und alles andere hintenanstellt, bis das anvisierte Ziel erreicht ist. Dazu braucht es auch Erfahrung in praktischer Lebensklugheit und das Wissen zur klugen Abschätzung unserer eigenen verfügbaren Kräfte. Oft sind wir dazu gezwungen, Umwege einzuschlagen, um dennoch auf kürzestem Weg unser Ziel, oder das, was uns als wichtigste Aufgabe erscheint, zu erreichen.

Es heißt, im Laufe des Lebens aus seiner Familie herauszuwachsen, erwachsen zu werden und autonom. Nach eigener Rechtsordnung und eigenen Gesetzmäßigkeiten zu leben und dafür Verantwortung zu übernehmen; endlich beweisen, was man alles selber (und besser als alle anderen) kann. Es kann Mühe bereiten, in dieser Lebensphase jemanden neben sich zu dulden, der verdächtigt werden kann, etwas besser zu machen, als man es selber kann. Man ist gerne an der Spitze und Herr seiner Unternehmungen, in denen man durch sein Wirken auch als Diener zum Nutzen anderer zu funktionieren bereit ist (durch Herrschen dienen, beispielsweise als Staatsmann, um so seiner Liebe zur öffentlichen Wertschätzung zu genügen). Dies ergibt oft die Figur des Patriarchen, des Stammesältesten, des Familien- oder Firmenvaters, je nach Zeitepoche oder Gesellschaftsstruktur.

Im Lebenskampf bräuchte es oft eine Art „elastischer" Beharrlichkeit und Widerstandsfähigkeit, wo Gefühlsmomente in Form von Stimmungen und Launen kontrolliert und zurückgehalten werden müssen, und das ist nicht jedermanns Sache. In extrem verzerrter Form kann dies zur Teilnahmslosigkeit, Kälte und Hartherzigkeit führen, zu kaltem Ehrgeiz und einem unersättlichen Geltungsbedürfnis, zu einer nie ruhenden Geschäftigkeit und schlussendlich zu einem freudlosen Leben.

Im Erwachsenenzustand kann das Bedürfnis bestehen, die höheren Gesetze in eine Form zu bringen. Man stellt sich als graue Eminenz oder ungekrönter König in den Dienst einer höheren Sache und hält die Fäden der Macht fest in der Hand. Bis weit in die erste Lebenshälfte hinein jedoch erlebt man diese Energie meist in Form von Zwängen, Frauen noch vermehrt als Männer (Gesellschaftsform, Patriarchat), die Eltern, Lehrer und unmittelbaren Bezugspersonen bestimmen; später, zumindest eine Zeit lang, aber nicht so selten auch bis ans Lebensende (sofern keine Erkenntnis stattfindet), werden wir vom Partner oder der Partnerin fremdbestimmt, von Chefs und Gesellschaftsstrukturen, werden abhängig von Traditionen, von bestimmten Milieus oder politisch-staatlichen Systemen.

Dies alles geschieht, um uns den Widerstand zu bieten, den wir brauchen, um unsere Kraft zu erproben, um Kraft zu gewinnen, um all unsere Energie zu mobilisieren, damit wir selbst eines Tages die Führung übernehmen können, über uns selbst und über andere, die unserer Führung bedürfen.

Je rascher wir uns bewusst werden, dass wir uns von den von außen angelegten Fesseln befreien können, dürfen und müssen, desto früher wird man auch bereit sein, uns dies zuzugestehen, und umso seltener werden wir äußeren Zwängen begegnen, weil wir für diese keine Anziehungsfrequenz mehr entwickeln. Doch wird es für manche stets mehr oder weniger undenkbar bleiben, das Leben leicht zu nehmen. Selbst dann, wenn sie in Überfluss und Reichtum geboren wurden, fühlen sie sich dazu berufen, zu wirken. Man kann schlimmstenfalls dadurch zum Sklaven seiner selbst werden, dass man nach beständiger Ausdehnung und Intensivierung seines Wirkungskreises trachtet und bereitwillig immer mehr ungeteilte Verantwortung für sein Tun übernimmt, um so seine Selbstachtung und sein Selbstwertbewusstsein zu steigern, welches man nur durch beständiges Wirken zu sättigen vermag.

Diese extrem kompensatorische Form finden wir oft bei Menschen, welche ausschließlich aus eigener Kraft ein Imperium als Selfmademan oder -woman aufgebaut haben. Diese finden es erniedrigend oder peinlich, etwas delegieren zu müssen oder einen Teil ihres Wirkens anderen zu überlassen. Sie werden schließlich, die Last ihres eigenen Wesens tragend, zusammenbrechen (Manager: Stress- und Herzinfarkte). Sie führten im Grunde genommen ein freudloses Leben und standen als Fronarbeiter in ihren eigenen Diensten. Liebe zu öffentlicher Wertschätzung kann zur Sucht werden, mit all ihren Folgen. Oft spielt dabei auch der Sinn nach hundertfünfzigprozentiger Perfektion eine Rolle, wenn man sich exponiert fühlt und meint, alles auch noch selber machen zu müssen, weil es sowieso niemand besser kann. Der innere Druck, für alles und überall selbst Verantwortung übernehmen zu müssen, kann zu einer untragbaren Last werden, die dann in Form von Krankheiten und Beschwerden zum Aufgeben zwingen kann. Eine äußerst unbeliebte Situation für diese Menschen, welche sich gerne ihre Grenzen selber setzen, selbst bestimmen wollen, auf was sie sich beschränken und verzichten wollen (in der Regel niemals auf ihre höchste Zielsetzung) und die plötzlich aus gesundheitlichen Gründen an einem weiteren Höhenstieg behindert werden.

In der Kompensation sind wir sehr ehrgeizig, streben unermüdlich nach Anerkennung, nach idealen Formen. Es besteht die Gefahr der Überorganisation oder

Überbetonung einer festgelegten Form. Der individuellen Kreativität verbleibt kein Raum, wo doch dies wichtig wäre. Wenn wir dazu neigen, ständig zu maßregeln, zu richten und zu strafen, gefühllos, kaltherzig und berechnend werden und nur noch das Ziel der eigenen Macht im Auge haben, könnten wir in einer äußerst verzerrten kompensatorischen Form unsere Energie missbrauchen, wofür eine spätere Quittung nicht ausbleiben dürfte. Verantwortung übernehmen wir als Kompensatoren im Rahmen der Normen, der Moral, der Konventionen. Unsere Ziele stehen innerhalb all dessen, was man allgemein als Ziele anerkennt (angesehene Stellung in der Öffentlichkeit, großes oder luxuriöses Auto, schönes Haus oder Vorzeigefrau). Es besteht die Idealisierung von Treu und Tradition, wir sind sehr vergangenheitsbezogen und konservativ. Der Elternrollenspieler, ernst und belehrend, hat ein patriarchales Bewusstsein. Er wünscht sich nichts sehnlicher, als im Mittelpunkt zu stehen und Karriere zu machen.

Wollen wir uns im positiven Sinne weiterentwickeln, müssen wir Zuverlässigkeit, Selbstbeherrschung und Verantwortungsbewusstsein üben. Dazu gehören gute Planung, Geduld und Konsequenz, die Fähigkeit, eigene Ziele zu entwickeln und die vorhandenen Mittel so einzuteilen, dass gesetzte Ziele damit auch erreicht werden können. Es braucht die Liebe zur Kontinuität und Stabilität, Zähigkeit und eine gewisse Bescheidenheit, um durch Beschränkung Vollkommenheit zu erreichen. Dazu meinte Goethe, dass in der Beschränkung sich erst der Meister zeige.

In der verzerrten Form kann Unbeweglichkeit, ein Verharren-Wollen in der Vergangenheit, ein ewiges Verhaftet-Bleiben mit Vergangenem, seien es Situationen oder materielle Dinge, das Leben dermaßen verhärten, dass es schließlich zum Stillstand kommt. Eine Gefahr besteht darin, sich selbst alle Schuld aufzuladen, für alles Verantwortung tragen zu wollen, sich zu überfordern.

In der gehemmten Form (wenn wir zu Hemmungen neigen) ist die Autoritätsthematik oft eine der großen Angstschwellen. Die große Aufgabe eines Menschen besteht ja auch in der Arbeit an der Individualität und darin, zum erwachsenen Menschen zu werden, selbst Entscheidungen zu treffen, sich dazu die Freiheit zuzugestehen, seine eigene Autorität zu sein, Eigenverantwortung zu übernehmen. Zu erkennen, dass wir nur für uns selbst verantwortlich sind.

Wir müssen es anderen überlassen, wie sie auf uns *reagieren*, darauf dürfen wir keinen Anspruch erheben, wollen wir uns nicht ständig überfordern oder unberechtigt herabsetzen. Menschen voller Hemmungen erweisen sich oft auch ohne jeden Ehrgeiz, stufen sich selbst als unwichtig ein und haben ein schwaches Mittelpunktstreben. In Gesellschaft versuchen sie stets, die möglichst beste Stellung abseits vom Geschehen einzunehmen, und wundern sich dann, wenn sie nicht anerkannt werden. Hemmungen können uns daran hindern, uns auf das Wesentliche zu konzentrieren, unsere wahre Berufung wahrzunehmen, nach unseren eigenen Lebensgesetzen zu leben. Aus lauter Keuschheits- und Anstandsgefühlen entwickeln Menschen mit starken Hemmungen eine Art Abwehr gegenüber jedwelcher Lebenslust und Lebensfreude und ziehen dadurch erwartungsgemäß Maßregler und Strafvollzieher bei geringsten Übertretungen sofort an.

Die Gefahr besteht darin, dass exzessives Karriere- und Statusstreben als einziges Lebensziel zu Lasten von Heim, Familie und allem anderen geht. Dass sogar diese zu solchen Zielsetzungen benutzt und diesen unterworfen werden; dass aus Machtgelüsten die hohe Position dazu benutzt wird, Schwächere und Abhängige auszunützen und zu Dienern zu machen. Man kann ja entweder andere erniedrigen, um sich selbst zu erhöhen, andere mit seiner eigenen Last belästigen, um sie sich zu Dienern zu machen, oder zum freiwilligen Lastenträger aller werden, um andere mit sich aufwärtszureißen. So heißt es doch in der Bibel:

*„Welcher will groß werden unter euch, der soll euer Diener sein;*
*und welcher unter euch will der Vornehmste werden, der soll aller Knecht sein."*

Markus 10, 42 – 45

Hier scheint es besonders wichtig, dazu fähig zu sein, in der Gruppe von Menschen, denen man vorsteht, nicht nur anonyme Personen, sondern einzelne Individuen aus Fleisch und Blut zu sehen. Ein guter Herrscher hat letztlich immer erster Diener seines Volkes zu sein, und welch schöner Entwicklungsschritt für die Menschheit wäre es doch, wenn dieser Satz mehr Berücksichtigung fände! Die große Persönlichkeit zeigt sich auch darin, einen einmal eingeschlagenen Weg nicht stur weiterzuverfolgen, nur um vergangenen Fehlern treu zu bleiben, sondern in der stetigen Bereitschaft, sich persönlich zu erneuern, indem man sich auch Fehler der Vergangenheit eingestehen kann, die nun korrigierbar werden.

Wenn Freude und Trauer immer unterdrückt werden müssen, droht das innere Kind im Eltern-Ich zu ersticken und kann so nie zum Erwachsenen-Ich werden. Dies kann dann später dazu führen, dass wir unser Bedürfnis nach Kind-sein-Dürfen, nach Fürsorge und Nähe, nach Zuneigung und Wärme, nach Liebe und Schutz nachholen wollen, welche wir zu Gunsten falsch gesetzter höherer Zielsetzungen vermissen mussten, weil sie uns nichts bedeuteten und wir sie außer Acht ließen. In verzerrter, somatischer Form wird uns dann endlich all das zuteil, was wir bis anhin vermeinten entbehren zu können. Die verkümmerte spontane Seite unseres vernachlässigten inneren Kindes hat wieder Zulass, wir dürfen unsere Verletzlichkeit (physisch und seelisch) zeigen, wir dürfen zeigen, dass wir außer dem physischen, materiellen Anteil auch gefühlsmäßig und seelisch noch am Leben sind: Im Zustand der Krankheit und des Krankseins dürfen wir endlich menschlich sein. (Leider gibt es Menschen, die selbst diese Art des Menschseins erst auf ihrem Sterbebett entdecken!) Jetzt erst wird uns die ganze Fülle des Lebens bewusst, wenn wir merken, dass gerade das, was wir unterdrückten und uns nicht zu zeigen getrauten, das, woran andere nicht teilnehmen durften, das, was wir vielleicht als Gefühlsduselei betrachteten, unseren wertvollsten Anteil am Menschsein für uns selbst und andere bedeutet. Nur damit können wir auf höchster Stufe wirken: mit Gefühl, Herz, Seele und Verstand. Gefühle dürfen wieder fließen (der alchemistische Prozess der Tränen) und werden zum Gold der Erlösung (Leid und Misstrauen erhalten die balsamische Waschung, es verbleibt die gereinigte Kraft des Vertrauens an uns selbst).

Unser Gedächtnis ist die Schatzkammer der Vergangenheit. Ebenso das Gewissen, welches auf eine bestimmte Art daraus erwächst (Gewissen, vom lateinischen Mitwissen, Bewusstsein). Und man kann sagen, dass ohne Gedächtnis auch kein Gewissen vorhanden ist. Das Gewissen bedingt Einsicht und Weisheit und lässt uns selbst Grenzen setzen, dadurch brauchen wir die Einschränkungen von außen nicht mehr. Wenn wir bereit sind, freiwillig das zu tun, was wir ohnehin tun müssen, werden wir an den Forderungen des Lebens nicht zerbrechen (siehe eingangs das Zitat vom Schilfrohr). Das echte Gewissen hat damit nichts zu tun, etwas nur aus Angst vor Strafe zu unterlassen, sondern Einsicht und Weisheit lassen uns die Freiheit, uns für das einzig Richtige entscheiden zu dürfen.

Wenn wir mit der konkreten Realität konfrontiert werden, ist es unvermeidbar, dass wir, je mehr wir uns täuschen ließen, je mehr wir uns von der Wirklichkeit dieses irdischen Daseins mit seinen kosmischen Gesetzen entfernten, umso stärker die Enttäuschungen bei Bewusstwerdung empfinden. Enttäuschung heißt nun aber, endlich frei zu sein von Täuschungen, in die wir uns mangels besseren Wissens einließen. Von nun an haben wir die Möglichkeit, es anders zu machen, für uns selbst einsichtig zu werden, zu unseren eigenen Schwächen, zu unserer eigenen Unvollkommenheit, zu all dem, worüber wir uns selbst bislang täuschen ließen. Dann wird Enttäuschung, statt zu weiterem Leiden zu werden, zu einer Früchte tragenden Erkenntnis führen. Von nun an können wir die äußere Realität in unser inneres Bewusstsein integrieren und müssen diese nicht mehr als Projektion in Form von Auseinandersetzungen mit der äußeren Welt erleben. Wir sind dann auch bereit, das Leben so zu akzeptieren, wie es ist, und verhalten uns dadurch nicht gegen die kosmischen Gesetzmäßigkeiten, sondern erfreuen uns unserer Freiheit innerhalb deren Grenzen.

Wie steht es um unsere Ängste? *Was* macht uns besonders Angst und *wie* reagieren wir darauf? Da, wo wir Ängste haben, verspüren wir auch Schwäche und es wird für uns eine dominante Lebensthematik sein, diese Schwäche auf irgendeine Art in Stärke umwandeln zu können, weil wir uns von diesen Ängsten befreien wollen. Angst erzeugt Druck und Druck verhindert freiheitliche persönliche Entwicklung. Deshalb werden wir versuchen, uns gegen das, wovor wir Angst haben, abzusichern. Damit verhindern wir zugleich auch oft das freie Fließen unserer besten eigenen Möglichkeiten.

In dem Bereich, in dem wir Angst haben, werden wir weniger spontan und sehr misstrauisch sein, sei dies in Bezug auf Entscheidungen, in finanziellen oder materiellen Bereichen oder etwa in Beziehungen. Wir werden dadurch immer mehr Gefangene unseres Selbst, unfrei, das zu tun, wozu wir Lust hätten, was uns Freude machen würde, weil wir uns immer stärker absichern wollen und dadurch uns auch immer mehr isolieren. Wir merken, dass äußere Absicherungen, wie zum Beispiel materieller Besitz und Autoritätsstellung, uns von Ängsten nicht endgültig befreien können und im Gegenteil immer neue Ängste heraufbeschwören.

Dieses Geschehen möchte uns darauf hinweisen, dass wir Stärke von innen entwickeln müssen, damit uns von außen nichts mehr zu ängstigen vermag. Ein erstarktes Selbst braucht nicht den Kopf in den Sand zu stecken und weiß mit der Lebensrealität umzugehen. Stärke von innen heißt, Stärke des Geistes und Befreiung von den Zwängen der Materie.

Ängste erwachsen oft aus dem Boden falscher Erwartungen an uns selbst, welche uns von anderen Menschen oder unseren direkten Bezugspersonen, unserer sozialen Umwelt, aufgedrängt wurden. Es sind dann Wünsche von anderen, die wir für sie zu erfüllen versuchen, weil wir nicht erkennen, dass wir nur für unsere eigenen Erwartungen zuständig sind. Damit geraten wir in gegenseitige Abhängigkeiten, weil die Erfüllung aller Erwartungen schließlich stets von anderen als uns selbst abhängig wird, und das *muss* Angst machen. Es ist die beste Methode, um sich selbst unzulänglich zu fühlen, unfrei und stets in der Schuld anderer zu stehen.

Meist sind es innerhalb des bestehenden Gesellschaftssystems Dinge von materiellem Belang, die man uns oft suggeriert, besitzen zu müssen, um als akzeptiert, geliebt oder anerkannt zu gelten. Wenn die Schwelle dieser Erwartungen gegenüber unseren Möglichkeiten als unüberwindbar erscheint und unser geistig-seelisches Bewusstsein nicht auf festem Boden steht, werden wir von lauter Ängsten weggeschwemmt, unfähig, unsere tatsächlichen Werte für uns selbst einzusetzen. Selbstverständlich können es auch Mängel an geistigen oder gar seelischen Qualitäten sein, deren Ausgleich Außenstehende versuchen von uns ungerechtfertigterweise einzufordern, weil sie selbst darüber im Mangel sind. (Wie oft besteht die Forderung an die Kinder, stellvertretend die unerfüllten Sehnsüchte ihrer Eltern zu erfüllen!)

Angst entsteht auch immer dann, wenn einem die Möglichkeit der Freiheit verschlossen scheint, wenn man von scheinbar unüberwindlichen Grenzen eingeengt wird. Ängstlichkeit lässt uns zögern, wenn wir uns für oder gegen etwas entscheiden müssten. Bei einem sehr geringen Mangel an Angst allerdings besteht die Gefahr, dass damit auch der Mangel an Erkennung von Grenzen und Begrenzungen verbunden ist. Und so mahnt uns oft ein gesundes Maß an Ängsten zu einer gewissen Vorsicht, womit wir dann auch bestimmte Risiken einschränken können. Immerwährende Angstgefühle hingegen hemmen die Lebensfunktionen und blockieren die Zirkulation des Energiestroms im Körper. Blockaden können die vielfältigsten Formen annehmen: zum Beispiel beim Blutkreislauf als Arterienverkalkung, beim Nervenleitsystem als Verkrampfungen oder beim Nahrungsmitteldurchgang als Obstipation.

Wir sollten uns bewusst werden, dass wir Teil eines übergeordneten Ganzen sind, eingebettet in kosmische Gesetzmäßigkeiten, welchen sich auch die Weltordnung in ihrer Strukturierung unterzuordnen hat. Lernen wir, das zu tun, was getan werden soll nach den Gesetzen der Natur, und lernen wir, Grenzen zu akzeptieren.

Auf allgemeine Machtausübungsversuche durch kleinliche, eigensinnige oder engstirnige Reglementierungen, wobei man sich auf eine von einer höheren Instanz gegebenen Gesetzes- und Rechtmäßigkeit beruft, soll man lieber nicht eingehen. Dazu gehören häufige Redewendungen als Rechtfertigung: „Das gehört sich nicht so!", „Das war schon immer so!", „Ich befolge nur gegebene Richtlinien oder handle im Namen des Gesetzes", „Sei kein Egoist", „Die Wünsche der Allgemeinheit haben Vorrang", „Der Staat ist wichtiger als deine eigene Existenz", „Bleibe sachlich und lasse die Gefühle aus dem Spiel", „Vertrauen ist gut – Kontrolle ist besser" und vieles mehr. Schlussendlich wird der so Bevormundete merken, dass er wie die Fliege, in den Spinnfäden einer Spinne umwickelt, immer bewegungs- und lebensunfähiger geworden ist. Er wird Zuschauer einer ihn umgebenden Geschäftigkeit, an der er nicht mehr teilnehmen kann, weil er nicht bemerkt hat, dass andere seine eigenen Grenzen längst überschritten haben. Es ist wichtig, sich einmal selbst zu fragen, mit welchen Normen man sich selbst oder andere einschränkt, von welchen Pflichterfüllungen die eigenen Werte oder die anderer abhängig sind. In welchen Situationen hat man Angst, die Kontrolle zu verlieren? Was könnte schlimmstenfalls passieren, wenn man von diesen Einschränkungen abkehren würde, persönliche Werte nicht mehr nach Pflichterfüllungen bewertete? Und ist es nicht so, dass man die Kontrolle über die Ganzheit des Lebens nicht beanspruchen kann, weil man nur ein Teil dieser Ganzheit ist und ein Teil niemals größer oder mächtiger sein kann als das Ganze? Somit wäre Angst meist nicht nur unnütz oder kontraproduktiv, sondern auch noch unbegründet.

Gebote und Verbote, Einschränkungen unserer Gesellschaft, das Sollen und Müssen, das uns von anderen aufgetragen wird, dies alles muss sorgfältig auf Eigentauglichkeit überprüft werden. Dadurch können wir vermeiden, dass wir Gesetze, meist ohne sie zu überprüfen, zu unserem Nachteil übernehmen und sie später selbst doktrinär an unsere Umgebung weiterreichen. Bis zu dem Zeitpunkt, an dem wir unserer eigenen Lebensrechte bewusst werden und dazu bereit sind, diese auch zu beanspruchen, zu verteidigen und durchzusetzen, werden wir den ungerechtfertigten und uns unangepassten fremden Ansprüchen nie zu genügen vermögen und uns dabei recht elend fühlen. Da unsere eigenen Ziele ignoriert werden, befinden wir uns in einer gehemmten Position, in der wir es niemandem, am wenigsten uns selbst, recht machen können. Der Mangel an Anerkennung von außen wird uns in unseren Schuldgefühlen bestätigen, der Mangel an eigenen Maßstäben und Wertvorstellungen lässt uns zum ewig Gemaßregelten werden. Wir finden uns bedeutungslos und unwichtig. Der Mangel an eigenen Rechten führt zur Selbstbestrafung nach dem Recht der anderen, ohne eigene Ziele werden wir zum Vollstrecker der Ziele der anderen. Auf Schritt und Tritt verfolgen uns Maßregler, Kontrolleure und Elternrollenspieler, Richter, Ehrgeizige und Machtbesessene, Demütiger und „Gerechte".

Jetzt ist es höchste Zeit, sich seiner eigenen Verantwortung bewusst zu werden, sich mit seinen innewohnenden Fähigkeiten vertraut zu machen und diese Anlagen weiter auszubauen, um endlich den eigenen grundlegenden menschlichen Bedürfnissen gerecht werden zu können und um in seiner körperlich-seelisch-geistigen Eigenart nicht zu zerbrechen. Statt dessen ist es Zeit, zu einem selbstständigen, erwachsenen Individuum zu werden, das sein Leben selber zu steuern vermag. Wir stehen an einem Scheideweg. Wollen wir durch Eigendisziplin störende Gewohnheiten ablegen, überholte Einstellungen überprüfen, allen möglichen Ballast abwerfen, um auf unserem Entwicklungsweg weiterzukommen und neue, bislang ungeahnte Möglichkeiten kennenlernen, oder verbleiben wir in der Materie verhafteten Vergangenheit stehen, weil wir nicht dazu bereit sind, über unseren eigenen Schatten zu springen? Dies verlangt eigenes Dazutun, Vorleistungen, die aber im Nachhinein überreichlich belohnt werden. Dazu gehört Bereitschaft zur Flexibilität. So müssen beispielsweise Gewissenhaftigkeit, Pflichtbewusstsein, Ordnung und Gerechtigkeit auch Flexibilität miteinbeziehen, wollen sie nicht zur versteinerten Moral führen. Ferner wird Konzentration auf das Wichtigste, Unerlässliche, Unumgängliche, Unentbehrliche in der Zielsetzung verlangt und Kontinuität in der Verfolgung dieser Ziele. Allererste Bedingung zu Verhaltensänderungen ist die Bereitschaft zu nötigen Kursänderungen in allen Bereichen (physisch, geistig und seelisch). Dann werden wir anhand unserer Fähigkeiten aus unserer bedingten Rechtlosigkeit herausfinden und uns gegen fremde Eingriffe in die eigene Persönlichkeit zur Wehr setzen können.

Nach dem Funken der Idee gilt es, der Welt zu beweisen, was wir können und unser Können in eine feste Form zu bringen. In der Projektionsform werden wir uns einen Arbeitgeber suchen, der uns Sicherheiten verspricht, und wir werden dafür, unter streng vorgegebenen Richtlinien, bemüht sein, all seinen Anforderungen zu genügen. Die Begrenzung unserer Verantwortung überlassen wir gerne Vorgesetzten.

In der real gelebten Form suchen wir Selbstständigkeit und übernehmen dafür volle Verantwortung. Dies verlangt Selbstdisziplinierung als Preis für unsere Unabhängigkeit. Ob im Berufsleben oder in sonstigen Beziehungen und Partnerschaften, wir werden stets die Erfahrung machen, dass von außen erfahrene Begrenzungen und Einschränkungen gegenüber unserer eigenen Freiheit erst dann wegfallen werden, wenn wir dazu bereit sind, volle Verantwortung zu übernehmen, und nicht mehr versuchen, die Schuld für unsere Unzufriedenheit anderen zuzuschieben. Wir werden dann auch nicht mehr von äußeren Sicherheiten abhängig sein, weil wir die innere Sicherheit in uns tragen, stets auf uns selbst in jeder Situation zählen zu können.

Die Autoritätsfiguren, denen wir im Laufe unseres Lebens begegnen, erinnern uns sehr oft entweder an unsere eigenen Eltern oder deren Stellvertreter – oder an die Autorität, die wir bei diesen vermissten und die wir jetzt in der Kompensation erfahren wollen. Dies wird so lange dauern, bis wir zur eigenen Autorität über uns selbst geworden sind und dazu fähig sind, unsere eigene, uns innewohnende Identität zu verwirklichen. Es ist ein langer Weg, und der führt vorerst über das Erlangen von gesellschaftlicher Macht, Ansehen und Anerkennung durch außerordentliche Leistung und Pflichterfüllung, äußerliche Anpassungsfähigkeit und persönliche Distanzierung. Durch strenge Selbstkontrolle und Disziplin gelingt es uns schließlich auch, unsere Außenwelt unter Kontrolle zu wahren und von dieser unabhängig zu werden. Manchmal gilt es, unmittelbare Bedürfnisse zugunsten längerfristiger Ziele zurückzustellen. Die erreichbare Stufe der Vervollkommnung werden wir erst dann erreichen, wenn unsere Zielsetzung überpersönlichen Zielen zugeordnet wird, wenn unser Einsatz dem Wohle der Gesellschaft als Ganzes zu dienen vermag. Dann bewegen wir uns zu der Stufe zur freiwilligen Beschränkung des Egos durch das Selbst und zur Weiterentwicklung, dorthin, wo andere uns ebenso wichtig werden, wie wir uns selbst sind, und wo Freiheit für alle Allgemeingut wird und nicht mehr verängstigen kann. Nur Macht, welche nicht dem Ausgleich von Ängsten dient, kann der Weiterentwicklung des Menschen wirklich nützen. Davon mehr im nächsten Kapitel.

Es ist wohl möglich, einen liebevollen Bezug zur Substanz von Menschen oder auch Dingen zu entwickeln, über die wir gewisse Verantwortung übertragen bekommen oder zu verwalten haben. Menschen jedoch als Leibeigene zu betrachten oder Sparsamkeit und Genügsamkeit, die zu Habgier und Geiz führen, sind extreme Zerrformen pervertierter Energie. So kann eine Tugend zum Übel werden: Wie hart ist doch beispielsweise dann das Schicksal des Wohlhabenden, wenn sein Geiz ihn sogar daran hindert, sich selbst etwas von seinem Besitz zu gönnen!

Wenn wir die Energie in der Projektionsform erfahren und diese nicht zu überwinden vermögen, werden wir unsere Existenz als unbefriedigend erleben. Dann werden wir ohne eigene Autorität stets die Unterlegenen sein, die außerordentlichen Geschenke dieser Energie werden uns versagt bleiben und stattdessen in verzerrter Form von außen auf unser Leben als Schuldgefühle einwirken. Sobald wir Schuldgefühle entwickeln und in uns tragen, ziehen wir automatisch Strafe an, wir steigen in ein Circulus vitiosus ein.

Der Zeitfaktor spielt eine essentielle Rolle in unserem Leben. Ebenso wichtig aber ist die *Zeitqualität*:

*Zeitqualität als Quelle des Erfolgs!*

Unsere Ahnen und Vorfahren wussten bereits um die Qualität der Zeit und um den Rhythmus der Gezeiten. So richteten sie sich nach dem Lauf von Sonne und Mond, die großen Lichter am Himmel, um das zu säen, was sie später zu ernten gedachten.

Heute denken wir kaum daran, dass auch unsere gesamte wissenschaftliche Erkenntnis nur dadurch möglich war, dass wir aus den Himmelskonstellationen erkannten, dass alles Geschehen einem gesetzmäßigen kosmischen Rhythmus untergeordnet sein muss und dass wir danach unsere Uhrwerke schufen. Wo wäre der Stand des heutigen Wissens von Chemie und Physik, wenn wir nur Maß für Raum, Volumen, für Fläche und Gewicht hätten, dessen Ursprünge aus Vergleichen hier unten festgelegt werden konnten, das Maß für Zeit, das uns der Lauf der Sterne weit oben am Himmel über uns geschenkt hat, aber vermissen müssten? Ohne Zeitfaktor endet alle Bewegung und damit alles Leben im Chaos! Der Himmel ist wie ein überdimensionales Uhrwerk zur Messung von Zeit. Der Faktor Zeit ist zu jedem Moment unseres Lebens präsent. Leider haben wir fast vergessen, wie *variabel,* aber wichtig seine *Qualität* für uns sein kann. Dadurch ist es oft entscheidend, *zu welchem Zeitpunkt* wir etwas tun oder lieber lassen sollten. Manche Menschen haben oft Probleme mit der Zeit, Schwierigkeiten, Zeit einzuhalten oder damit umzugehen.

Alles braucht eine gewisse Zeit, einen gewissen Raum, um zu gedeihen und Formen anzunehmen, und jedes Werden ist bereits bei seinem Entstehen in seinem Sein an die Beschränkung in der Zeit gebunden. So erleben wir den Faktor Zeit als Weg für form- und grenzenverleihende Kräfte aller Seinsformen. Es gilt also, mit dem Faktor Zeit zu rechnen, ihn ernst und wichtig zu nehmen, seine Zeit nicht zu verschwenden!

Bei allen Energieentsprechungen gibt es drei Nutzungsformen: In der Hemmung nehmen wir zu wenig davon in Anspruch, um auch nur den geringsten Effekt daraus ziehen zu können, andere werden es für uns tun. In der Kompensationsform reagieren wir energetisch im Übermaß. Nur in realer Form steht uns die Eigensubstanz reiner Energie voll zur Verfügung, um frei zu entscheiden, was wir erhalten wollen und wo wir mit Gewinn Neues integrieren können, um uns auf den erhaltenen Werten weiterzuentwickeln. Der Mensch muss selbst seine Persönlichkeit verfestigt haben, um frei die Richtung wählen zu können, in die er weiterwachsen will. Wie wir sehen, ist ein Zuviel so hinderlich wie ein Zuwenig, und nur die Ausgewogenheit unseres Wesens wird uns auf unserem Entwicklungsweg weiterbringen. Die Tendenz, alles Entstehende sofort wieder zu entwerten, wäre gerade so fatal, wie sich allem Neuen zu verschließen. Wir müssen wieder lernen, auf festem Grund Neues aufzubauen, und das kann nur auf der Basis der kosmischen Gesetzmäßigkeiten geschehen. Ich glaube nicht, dass der Mensch dazu bestimmt ist, diese zu verändern!

Jede Angelegenheit, bei welcher wir gelegentlich „anecken", ist eine vom Schicksal geschickte Gelegenheit, eine im Moment anstehende Lernaufgabe zu lösen. Egal wie wir dazu gekommen sind, wir können uns ihrer nur wieder entledigen, indem wir dazu bereit sind, frontal die Thematik anzugehen und raschmöglichst hinter uns zu bringen. Je mehr wir uns dagegen wehren werden, umso härter werden wir die Dringlichkeit des eigenen Zutuns zu verspüren bekommen. Alle menschlichen Bemühungen, kosmische Gesetze auszutricksen, müssen im Endeffekt scheitern. Darum ist auch der Nutzen nicht von Dauer, wenn wir versuchen, eine momentane körperliche Unpässlichkeit alleine durch physisch-biologische Maßnahmen zu korrigieren, eine unangenehme Partnerschaft durch Partnertausch zu sanieren, dem ärgerlichen Chef durch Stellenwechsel zu entgehen, wenn wir nicht versuchen zu verstehen und nach möglichen Ursachen zu suchen, *warum* gerade uns all dies begegnet und *welche* Eigenschaften wir *an uns selbst* dadurch als dringend veränderungswürdig betrachten müssen. Erst dann lassen uns die Prüfungen des Lebens zum Lebenskünstler und Meister werden. Jede noch so unliebsame und unbequeme Erfahrung oder auch Krankheit will uns etwas Wichtiges mitteilen, das, wenn wir versuchen dahinterzukommen, uns ein Geschenk für unsere Mühe, damit umzugehen, sein wird.

### Die Entsprechungen des Körpers zur Thematik

| Organe | Thematik |
| --- | --- |
| Bänder (Ligamentum) | – Gehemmte Bewegungsfreiheit im erweiterten Sinne |
| Gleichgewichtsorgan | – Zerstreutes Denken, Unkonzentriertheit |
| Haut als Abgrenzungsorgan | – Unfähigkeit, seine Individualität zu schützen |
| Haare | – Versuch, alles unter Kontrolle zu halten, Angst |
| Milz | – Verminderte Abwehrfunktionen |

### Knochen

Sämtliche Knochen und Gelenke (Skelett, Zähne), insbesondere aber die Kniescheibe (Patella) und die Kniegelenkknochen

### Muskeln

(Muskeln stehen für unsere Fähigkeit, uns im Leben fortzubewegen)

Der zur Kniekehle gehörende und auf das Kniegelenk wirkende Musculus popliteus

Die Rückenmuskulatur

## Physiologisches Prinzip und Körperfunktionen

– Gleichgewicht des Körpers

– Die Haut als Abgrenzung gegenüber allem Körperfremden

– Zahnschmelz als härteste Körpersubstanz und Schutz der Zähne

– Speicherungsfunktionen (Milz), Fähigkeit zur Bildung von Lymphozyten und anderer zur Bekämpfung von Infekten dienenden Zellen, Produktion verschiedener Schutzstoffe, die von der Milz aus direkt in den Kreislauf gehen

– Steuerung des Knochenauf- und -abbaus

– Stütz- und Haltefunktionen (Knochen und Bandapparat), Bewegungsfunktionen (unter anderem aufrechter Gang)

## Krankheitsprinzipien

– Allgemein chronische Krankheiten

– Gleichgewichtsstörungen

– Hautkrankheiten

– Entwicklungsverzögerungen

– Mangelkrankheiten (Vitamin-, Mineral-, Eiweißmangel, Haarausfall, Depressionen), Rachitis, auch englische Krankheit genannt, ist als eine der früher berüchtigten Knochenverformung im Säuglings- und Kleinkindesalter bekannt und wird unter anderem unter bestimmten Umständen hervorgerufen durch einen Mangel an Vitamin D. Eine Spätrachitis (Rachitis tarda) bei älteren Kindern kann zusätzlich auf Lichtmangel weisen. Zu erwähnen wäre auch der mangelnde Widerstand gegen physische oder psychische Kälte (Der daraus entstehende Wärmemangel ist ein großes Hindernis, beweglich und entwicklungsfähig sein Leben zu gestalten, weil in der Kälte alles Leben erstarrt.) und die daraus resultierende Kälteempfindlichkeit in der gehemmten (zusammenziehenden) Form und Wirkung. Kälte ist einer der größten Feinde unserer Muskeln und Gelenke. Dies wird uns insbesondere bewusst bei Sportverletzungen, bei rheumatischen Erkrankungen oder anderen Muskelschmerzen, wodurch dann unser Bewegungssystem erheblichen Störungen unterliegen kann.

– Schrumpfungs- und Alterungsprozesse

– Sklerosen (krankhafte Verhärtung von Organen)

– Steinleiden (Blase, Galle, Nieren)

– Verschlusskrankheiten (Magen-, Darmverschluss, Thrombosen)

**Krankheitsdispositionen und mögliche Somatisierung**

– Erkältungen
– Gelenkrheuma (Arthritis, Arthrose)
– Gicht
– Hauterkrankungen und -allergien
– Kniebeschwerden
– Knochenerkrankungen
– Rückenbeschwerden
– Sehnenentzündungen
– Steinbildung
– Unterkühlungen
– Verhärtungen, Versteifung der Gelenke (besonders des Kniegelenks)
– Verhornende und trockene Hauterkrankungen (Ekzeme, Verhornung, Warzen, Schuppenflechte)
– Verspannungen der Rückenmuskulatur
– Verstopfungsprozesse
– Wirbelsäulenleiden (Verkrümmungen, Bandscheibenvorfall)

Unsere Individualität muss lernen, sich abzugrenzen und sich dadurch gegen unerwünschte Einflüsse zu wehren. Dementsprechend lernt unser Körper auch die Andersartigkeit von Erregern zu erkennen und sich gegen sie zur Wehr zu setzen (zum Beispiel die Milzfunktion). Der Ablauf dieser Lernprozesse von Abgrenzung und Abwehr zeigt sich unter anderem oft durch Fieber, und es ist auch deshalb nicht immer empfehlenswert, Fieber sofort zu unterdrücken und zu bekämpfen. Dies könnte später zu mangelnder Reaktionsfähigkeit des menschlichen Organismus führen (wie beispielsweise bei Erkältungen). Dr. med. Kaspar H. Jaggi unterstreicht in seinem Artikel der Weleda Nachrichten[9] die Bedeutung von durchgemachtem Fieber als Tumorprophylaxe. Therapeutisch wurden meines Wissens schon Versuche unternommen, mittels künstlich erzeugten hohen Fiebers das Wachsen von bestehenden Tumoren einzudämmen. Wiederholtes Üben von Reaktionen auf Angriffe, körperliche oder geistig-seelische, ist von enormer Bedeutung. Unser Immun- oder Abwehrsystem kann nur mit Effizienz arbeiten, wenn es durch eine äußerst differenzierte Erkenntnis von „selbst" und „fremd" zu funktionieren bereit ist. Dies bedingt einen Lernprozess. Unangepasste Aktionen könnten zu gefährlichen Reaktionen führen, sei dies nun auf den Umgang mit unserem Körper bezogen oder auf das Leben ganz allgemein. Auf das richtige Maß in allen Dingen kommt es an, und dies war schon eine Lebensregel in dem alttestamentlichen Buch von Jesus Sirach um 190 vor Christus (33,30).

Psychosomatische Kriterien als Krankheitsursache sind hier insbesondere Ängste, Hemmungen, Normzwang, Blockaden, Versteifungen, aufgezwungene Maßregelungen, wesensfremde Belehrungen und jede Art unzeitgemäßer Belastungen.

Das Knie, als somatische Entsprechung in der Verzerrung, steht auch symbolhaft im Zusammenhang mit Demut (auf die Knie fallen, um sich dadurch als Niedriger zu zeigen), Demütigen-Lassen (sich in die Knie zwingen lassen), falsch verstandenes Dienen (Die Last der auf sich genommenen Schuld zwingt jemanden in die Knie.). Im Knie sind auch jene Muskeln, die den Menschen höher tragen können, wenn er dazu gewillt und fähig ist, sich abwechselnd zu beugen und zu strecken (das Schilfrohr!). Durch die Erniedrigung und das Erlernen der Fähigkeit, sich darauf wieder aufrichten zu können, entwickelt sich die Kraft, den Anforderungen des Lebens gerecht zu werden und dadurch zu wachsen (an Höhe gewinnen, erwachsen werden, im Französischen gibt es den schönen Ausdruck „la grandeur de l'âme").

Hautkrankheiten entwickeln sich oft unter äußeren oder inneren physischen oder geistig-seelischen Einwirkungen, als Folge von uns fremdem, unbefugtem oder unerwünschtem Grenzüberschreiten, als uns ungeeignetes Eindringen in unseren Individualbereich.

Rückenbeschwerden und Wirbelsäulenleiden finden wir im Volksmund in Entsprechungen wie mangelndes Rückgrat, mangelnde Rückendeckung, mangelndes

Selbstbewusstsein haben (als Form von Mängel), was sich im Alltag unter Umständen in Form einer gebeugten Körperhaltung äußert, die möglicherweise zu den erwähnten Beschwerden beitragen kann. Oder bei Kreuzschmerzen: „das Kreuz auf sich nehmen", sich aus Schuldgefühlen oder infolge von Hemmungen dazu gezwungen zu fühlen, zu viel Last tragen zu müssen. Wirbelsäulenleiden können auch in psychosomatischer Form Ausdruck dafür sein, zu meinen, für alles und jeden den „Buckel (Rücken) hinhalten" zu müssen. Die Wechselwirkungen zwischen Seele und Körper sind recht vielfältig. So kann beispielsweise ein Niedergeschlagensein aus einer psychisch oder seelisch bedingten Ursache eine deprimierte, ungünstige und falsche Körperhaltung hervorrufen. Dadurch wiederum entsteht eine einseitige Belastung der Wirbelsäule, welche einen Bandscheibenvorfall begünstigt und uns Rückenschmerzen verursacht. Diese Schmerzen wirken sich ihrerseits wieder auf die Psyche aus. Wir befinden uns in einem negativen Regelkreis und werden mit dem Gesetz der negativen Verstärkung konfrontiert. Hier wird recht offensichtlich, dass ein körperliches Leiden meist nicht nur rein körperlich behandelt werden kann und darf, sondern dass es, um das Leiden an seiner Wurzel zu packen und dessen wahre Ursache zu beheben, ebenso auch das Ergründen der defizitären Kräfte im geistig-seelischen Bereich bedarf. Es geht darum, Besserung und definitive Heilung zu erreichen und die Mängel zu beseitigen.

Bei so genannter Steinbildung haben wir folgende Unterscheidungen: Bei Gallensteinen fixiert oder speichert der Körper im übertragenen Sinne den Ärger in den Steinen. Nierensteine hingegen sind die Ansammlung nicht geäußerter Gefühle oder auch nicht verwirklichter Bindungsbegehren.

Verstopfungsprozesse weisen auf ein Nicht-mehr-hergeben-Wollen hin.

Wenn wir bis anhin keine eigenen Ziele hatten und nur im Sinne von fremden Zielen funktioniert haben, kann Krankheit durchaus zu einem willkommenen Ersatzziel werden: Wieder gesund zu werden wird endlich zur Zielsetzung, mit welcher wir uns nun Tag und Nacht beschäftigen können. Um dann wirklich auch noch gesund zu werden und das gesetzte Ziel einlösen zu können, muss der Betreffende allerdings etwas dafür tun, nämlich ein auf seine eigenen Bedürfnisse aufgestelltes Gesundheitsprogramm realisieren. Es ist oft nicht leicht, sich eigene Ziele zu stellen und diese auch noch durchzusetzen.

Andauernde Überlastungen, ständige Verzichte, Askese und weltentrückte Geißelungen können sich durchaus in Form von Depressionen oder chronischen Krankheiten äußern und so somatisch die Schwächung unserer Person anzeigen. Oft können Gicht und Rheuma darauf hinweisen, dass sich die Psyche dieser Menschen auf diese Weise zu wehren sucht, um Workaholics ruhigzustellen, um allerlei Überbelastungen abzubremsen. Haltungsschäden (beispielsweise bei Rücken- oder Wirbelsäulenleiden) können mit mangelnder Stabilität in Beruf, Familie oder Partnerschaft in Zusammenhang gebracht werden.

## Unterstützende Formen, um seine Energie real zu nutzen

Physisch:              Als Sportarten gelten insbesondere:

– Bergsteigen
– Dressurreiten
– Eiskunstlauf (Pflicht)
– Hochsprung
– Langstrecken, oder Marathonlauf,
– Qigong
– Skilanglauf
– Sämtliche Sportarten, welche eine Dauerleistung fordern

Ferner die Ausübung einer Arbeit als Berufung und die Pflege erdverbundener Hobbys (beispielsweise als Schrebergärtner).

Als Therapieformen, die insbesondere hier zu exzellenten Ergebnissen führen können, gelten je nach Indizierung:

– die Chiropraktik
– das Fasten
– die Hautreflexzonenmassage
– das Trockenschröpfen
– gute Resultate kann eventuell auch die Edelstein- therapie erzielen.

Geistig:              – Konzentrationsübungen und -spiele, wie zum Beispiel Schach
– sich mit den kosmischen Gesetzmäßigkeiten befassen

Seelisch:              – Meditation über eigene Stärken und Schwächen

Die Einnahme von Bachblüten-Essenzen. Empfehlenswert sind hier insbesondere:

154

## Oak (Eiche), Water Violet (Sumpfwasserfeder), Willow (Gelbe Weide)

**Oak** sorgt für Kraft und Ausdauer in der Hemmung und kann vor einem dauernden Leistungszwang schützen in der Kompensation. Wenn wir das Leben als ständigen Kampf betrachten, in dem es nur Sieger und Besiegte gibt, oder wenn wir aus lauter Pflichttreue uns selber untreu werden. Wenn wir es verlernt haben, das Leben auch in seinen spielerischen oder gefühlvollen Momenten zu genießen, und nur noch auf Leistung aus sind. Wenn wir aus dem Herzen heraus bereits tot sind und nur noch durchhalten, um das einmal gesteckte Ziel zu erreichen. Der Mensch als funktionierende Maschine und Roboter mit einprogrammierten Maßstäben. Wenn das Maß totaler Unflexibilität erreicht ist und wir daran definitiv zugrunde gehen. Wenn wir meinen, dass das Annehmen eines Geschenkes ein Zeichen der Schwäche sei und zu Abhängigkeit führe. Wenn wir uns krank zu sein nicht zugestehen wollen, wenn wir meinen, unser Leben durch Hochleistung verdienen zu müssen, wenn wir meinen, auch die Bürde aller anderen tragen zu müssen, wenn wir uns verpflichtet fühlen, nie etwas aufgeben zu dürfen.

Oak hilft, blockierte Energie wieder zum Fließen zu bringen. Wiedergewonnene Flexibilität bringt neue Vitalität und Lebensfreude – es entsteht Kraft durch Lebensfreude. Wenn wir vollkommen erschöpft noch weitermachen wollen, uns keine Ruhepausen mehr gönnen und uns wie verbissen vor lauter Pflichten in die Knie zwingen, dann ist Oak angezeigt.

Denken wir auch daran, dass der Ausgleich zu allen Pflichten des Lebens die wohlverdiente Entspannung ist, bei der wir wieder frische Kräfte für neue Taten sammeln können.

Eine andere Therapieform bei einer verspannten Wesensart bietet manchmal auch der lockere und spielerische Umgang mit Kindern, wobei wir durch eine verantwortungsvolle Beziehung viel Liebe und Anerkennung ernten können.

**Water Violet**, wenn man sich von anderen zurückzieht, bei innerer Reserviertheit und isoliertem Überlegenheitsgefühl, wenn man alles mit sich selbst abmachen will. Wenn wir damit Mühe haben, auf andere Menschen zuzugehen, obwohl wir das so sehr wünschen. Wenn wir durch unsere Zurückhaltung viele Gelegenheiten verpassen und dann unter eigenen Schuldzuweisungen leiden. Wenn wir Mühe bekunden, uns anderen emotional mitzuteilen, irgendeine Schwäche zu zeigen und uns daher kaum zu entspannen getrauen.

**Willow**, wenn unsere Gedanken in Negativität abgleiten. Wenn wir nicht mehr erkennen können, dass das Leben es gut mit uns meint, und wir nur noch die trüben Farben um uns herum sehen und glauben, Opfer einer Verschwörung des Schicksals zu sein, ohne dass wir in Eigenverantwortung etwas daran ändern könnten. Wenn wir anderen all unser Verschulden zuschieben wollen. Wenn wir Wut und Groll in uns herumtragen und diese nicht herauslassen können. Wenn wir zu verdrängen versuchen und nicht nur selbst darunter leiden, sondern durch unterschwellige Aktionen auch noch unsere direkte Umgebung vergiften.

Willow hilft, die eigene Verbitterung zu bewältigen. Am ehesten können wir uns selbst helfen, indem wir es unterlassen, unsere Gedanken in Negativität zu baden, und dadurch auf einer niedrigen Energieebene den Grundstein für sich selbst erfüllende Prophezeiungen legen. Erleben können wir immer nur das, was wir uns selbst einmal erdacht und (in Gedanken) erschaffen haben, und deshalb ist es äußerst wichtig, sich bereits in Gedanken die erwünschte Zukunft zu gestalten. Statt Opfer zu sein, werden wir zum selbstbestimmenden Baumeister einer lebenswerten Zukunft. Statt zu zerstören, bauen wir auf, weil wir die Gesetze der gegenseitigen positiven, aber auch negativen Anziehungskräfte begriffen haben.

### Ausgleichsmöglichkeiten auf der Berufsebene

Es fällt oft nicht leicht, den richtigen Beruf zu finden, die eigene Berufung wahrzunehmen – oder es gibt Probleme im Beruf.

Zu erwähnen sind hier:

- Architekt, Bauhandwerker
- Archäologe
- Beamtete Berufe
- Berufe im Bergbau
- Berufe in der Haltbarmachung von Lebensmitteln
- Berufe in der Rechtspflege
- Bildhauer
- Diplomat
- Erzieherische Berufe
- Geologe
- Historiker
- Kontrolleur
- Lehrer

- Manager
- Mathematiker
- Naturwissenschaftler
- Paläontologe
- Politiker
- Polizist
- Repräsentationsrollen im Allgemeinen
- Richter
- Staatsmann
- Staatsrechtler
- Steinmetz
- Uhrmacher
- Unternehmensberater
- Verfassungsrichter
- Verwalter
- Wächter

Zu guter Letzt, die Ausübung einer Arbeit als Berufung. Berufung bezieht sich meistens auf eine soziale, künstlerische, humanitäre oder religiöse Tätigkeit. Das, was wir tun, soll uns ein Gefühl von Befriedigung und Anerkennung durch die Umwelt vermitteln.

Oft erfüllen wir am Anfang unserer beruflichen Karriere ein Script, das wir uns in jungen Jahren (nicht freiwillig, sondern unter starker Beeinflussung unserer Bezugspersonen) zugelegt haben, um uns dadurch dem Druck der Vergangenheit zu entledigen. Danach können wir meist viel freier Neuentscheidungen für unsere weitere Zukunft treffen, die dann besser unserer eigenen Persönlichkeit und Individualität entsprechen, weil wir das Gefühl haben, die an uns gestellten Aufgaben mit Erfolg gelöst zu haben und neue Entscheidungen mit viel mehr Selbstsicherheit und persönlicher Erfahrung angehen zu können, diesmal aus der Sicht des Erwachsenen. Somit bewältigen wir eigentlich zwei Verwirklichungsformen: eine erste gesellschaftliche – aus unserer Kindheit stammend –, die, erlöst, eine zweite hervorbringt, deren Ziele diesmal rein individuellen Charakter haben und zu deren Verwirklichung es das Bewusstsein und die Möglichkeiten des erwachsenen Menschen bedarf: Zu Wissen kann sich Weisheit gesellen. Dann erst verlieren auch Status, Amt und Würden, äußere Anerkennung ihre oft zwanghafte Anziehungskraft, und wir sind vollkommen frei, nur noch das zu tun, was uns wirklich Freude macht. Wir haben wieder Raum für Spontaneität.

Beide Entwicklungsstufen sind wertvolle Lebensetappen, deren es bedarf, um sein Leben von Grund auf zu strukturieren. Es kommt nicht nur darauf an, solide

Wurzeln zu entwickeln, erst wenn das Werden zur Blüte und Frucht wird, ist dem eigentlichen Sinn Genüge getan.

Für dieses Energieprofil ist das Blei das entsprechende Metall. Mit der Entsprechung zu Zinn haben wir gesehen, wie Ideen verbreitet werden konnten, das Wort in die Welt hinausgetragen wurde. Die Entsprechung zu Blei dient dem Gedanken oder der Idee zur Fixierung, zum Festhalten und zur Konservierung (Blei-Stifte sind jedermann ein Begriff). Festhalten und Verbreiten von geistigen Gütern, wie dies etwa bei einem Buch der Fall ist, geschah also bis anhin insbesondere mit Hilfe von Blei und Zinn. Auch Akkumulatoren enthalten meistens Blei. Sie dienen der Aufbewahrung oder Speicherung von Elektrizität (elektrische Spannung wird dadurch festgehalten oder konserviert). Strom ermöglicht es uns, uns mit Hilfe neuer Kommunikationsmittel (Internet, Fax, TV) praktisch an jedem Punkt der Erde zu repräsentieren.

Blei hat auch eine abschirmende, schützende Funktion. So schützen Bleischürzen vor Röntgenstrahlen, radioaktiver Abfall wird in Bleibehältern versorgt, die Mennige (Bleirot = Rostschutzfarbe) schützt Eisenkonstruktionen gegen zersetzende Einflüsse von außen. Zum Schutz vor Feinden laden wir Kanonen und Gewehre mit einer Ladung Blei und anderes mehr. Blei wird auch Saturnus genannt und Bleivergiftungen Saturnismus. (Hier ist wiederum der Planet Saturn – im Griechischen als Chronos, der Gott der Zeit bekannt – und damit die Zeitqualität ein Thema dieses Kapitels.)

Unter den Bleikrankheiten kennen wir unter anderem auch die Bleiosteosklerose (krankhafte Knochenverhärtung) sowie verschiedene Arten von Berufskrankheiten durch Bleivergiftungen, welche aber durch neue Verarbeitungstechniken und Ersatzstoffe im Schwinden sind. Blei kann demnach schützen und Blei kann zerstören. Für das Blei gilt also: Nur wenn wir es weise verwenden, wird es uns nutzen. Und in seiner Entsprechung gilt: Nur wenn wir uns vor schädlichen äußeren Einflüssen zu schützen wissen und uns ansonsten allem anderen zu öffnen vermögen, werden wir die formgebenden Kräfte segensreich verwerten können. Auch bei plötzlichem starkem Abmagern wird homöopathisch Plumbum verwendet. Jaap Huibers[4] schreibt zum Blei unter anderem: „Gelegentlich hat sich bei rheumatischen Erkrankungen mit Plumbum metallicum eine Stagnation, wenn nicht sogar Besserung des Leidens erzielen lassen. Vor allem trifft dies für die Fälle zu, die – kausal gedacht – auf Kälte und Feuchtigkeit zurückzuführen sind."

Wenn wir in depressiver oder schwermütiger Stimmung sind, hat dies einen starken Einfluss auf unser Sexualverhalten, das dadurch immens beeinträchtigt werden kann. Beim Versiegen sexueller Regungen wird es ja auch verunmöglicht, neues Leben in eine lebensfähige Form zu bringen. In der realen Form dient Schöpfungskraft zum Aufbau, Schutz und zur Erhaltung der Form, in diesem Sinne auch der Gestaltgebung, dem Schutz und der Erhaltung der menschlichen Spezies als eine Formgebung der kosmischen Kräfte. Die Spermienmobilität, also deren Bewegungsfähigkeit, und die Lebensdauer der Spermien, eine weitere Energieentsprechung unserer Schöpfungskraft, sind Hauptkriterium für die Befruchtungsfähigkeit des Spermas. Diese Motilität wiederum ist unter anderem auch vom Wärmefaktor abhängig. Es wäre sicher interessant, die in letzter Zeit bekannt gewordene zunehmende Befruchtungsunfähigkeit des männlichen Samens unter dem Aspekt der Entsprechungen, welche in diesem Buch erörtert wurden, näher zu betrachten und darüber nachzudenken.

Konzentrierte Energie, real genutzt, wird hier also zur konstruktiven, formgebenden Kraft aller Lebensformen. Negative Erfahrungen oder gespeichertes Wissen aus der Vergangenheit (das Gedächtnis, das Gewissen und das konservierte Wissen), und somit das in einer alten Formgebung erhaltene Wissen, wird in eine neue, dem heutigen eigenen Bewusstsein angepasste und angemessene Form gebracht, das heißt, durch Umpolung werden Negativwerte in positive, kreative und konstruktive Kraft umgewandelt und nutzbar gemacht. Durch Ausbildung, Durchsetzung und Verwirklichung aller uns zur Verfügung stehenden positiven Kräfte befreien und erlösen wir uns von bis anhin vorhandener Negativität. Das heißt dann auch, sich der Blockaden und Einschränkungen in der Hemmung bewusst zu werden und sich davon zu befreien.

Hemmungen entstehen oft auch aus unberechtigten Scham- und Schuldgefühlen, die meist aus dem Unterbewusstsein gehoben werden müssen, um in der Bewusstwerdung beiseitegelegt zu werden. In der Hemmung ziehen wir immer Menschen, Dinge und Ereignisse in der Kompensationsform an. Wir haben dann die unangenehme Eigenart, eine Hemmung immer mit einem Ideal auszugleichen. Der Kompensator als Gegenspieler des Gehemmten ist ständig mit seinem Ehrgeiz und seinen Elternspielen, mit seinen Idealvorstellungen, seinen Normen beschäftigt und verbraucht seine Energien in Rechthabereien als Richter und Strafender, als Kontrolleur und Maßregler. Dadurch versäumt auch er es, die Kräfte der konstruktiven Energie zu nutzen, nämlich seine eigene Berufung wahrzunehmen, seine eigenen Rechte zu verwirklichen, Verantwortung für sich selbst zu übernehmen, eigene Ziele anzugehen und sein eigener Richter zu sein, für alles, was *er* tut.

Die erwachsene oder umgepolte Form erlaubt es uns, den gesamten Energiekreislauf zu deblockieren und sämtliche Kräfte selbst zu nutzen. Die Umpolung des Gewissens befreit uns von Handicaps, die einem bewussten Sein im Wege stehen und in unsere Psyche installiert wurden. Jetzt können wir uns im Rahmen *unserer* Möglichkeiten entfalten, sämtliche Energien werden endlich auf einer völlig anderen, für uns stimmigen Frequenz erlebt.

## Anregung

*Hier besteht die Aufgabe, Strukturen zu schaffen, damit wir dazu fähig werden, im Sein bewusst zu sein. Dazu braucht es die exakte Erkenntnis unserer eigenen Individualität. Wir müssen wissen, zu was wir fähig sind und wo unsere eigenen Grenzen liegen – dann können wir Verantwortung übernehmen, dann werden wir zu der Einmaligkeit des menschlichen Wesens, zu dem wir geboren wurden, dann haben wir die Andersartigkeit als unser Erbe angetreten.*

\*     \*     \*

# Sich für neue Erfahrungen öffnen

*Die geistige Beweglichkeit führt uns da weiter,*
*wo wir rein physisch nicht mehr weiterkommen.*

*Geist und Körper sind die Vehikel,*
*die unsere Seele durch die irdische Selbst-*
*Erfahrungsreise unseres Da-Seins führen.*

Hierarchien und Autoritäten werden auf dieser Stufe unserer Entwicklung weniger wichtig. Jetzt geht es um Freiheit für alle Menschen, die guten Willens sind, unter gegenseitiger Respektierung von Eigenart und Rechten, zur Entwicklung des Menschen ihren Beitrag zu leisten und nicht zur Vergrößerung der Macht des Einzelnen, zur eigenen Profitgier und zu Lasten anderer. Die Kraft zur Erneuerung veralteter Strukturen wird uns nun abverlangt!

Wenn es bis anhin um rationales Denken ging und darum, uns Wissen jedweder Art anzueignen, geht es nun darum, auch die Intuition und das intuitive Denken zu nutzen, um selektives Wissen: um geistiges Wissen. Im Gegensatz dazu, dass Informationen einfach registriert werden, geht es nun darum, verschiedene Informationsinhalte und komplexe Informationsgebilde miteinander zu verknüpfen, um sie besser zu verstehen und blitzschnell verwerten zu können. Wenn man so will, ging es bis anhin um das Speichern von Daten, und nun werden wir zum Computerspezialisten, welcher diese Daten mit der dazu passenden Software verarbeitet. Er alleine kann durch seine Intuition (Software) aus diesem Vorgehen ganz neue Möglichkeiten entwickeln und dadurch in der Praxis die Wirklichkeit radikal verändern. Man denke da beispielsweise an die vielen neuen Errungenschaften auf dem Gebiet der Raumfahrt, der (Strahlen-)Medizin oder Atomphysik, die allesamt ohne intuitive Kraft oder Energie undenkbar wären.

Das höhere Ziel heißt jetzt, unserem Leben eine individuelle, geistige Bedeutung zu geben, damit wir später auf ein erfülltes Leben zurückblicken können. Intuition gibt uns die Fähigkeit, die Dinge zu durchschauen, die Wahrheit zu enthüllen und die Sensibilität für kosmische Schwingungen. Es geht um überpersönliche Dinge, bei denen wir Energien nicht für rein persönliche Interessen einspannen können, sondern denen wir uns nur öffnen können und bei denen wir mit Wollen alleine von nun an nicht mehr weiterkommen!

## Qualitäten, welche hier im Vordergrund stehen

Charakteristiken: Schnelligkeit, Freiheit, etwas Rebellisches, Spezielles. Dazu gehören der Reformer, der Individualist und der Freidenker im erweiterten Sinne. Auch die Öffnung für das absolut Neue ist wichtig, für Originalität und Originelles, für die Suche nach neuen Horizonten. Als zeitgemäße Instrumente gelten Roboter und Computer. Doch Vorsicht: Die starke Tendenz, sich allem Neuen zu unterwerfen, kann dazu führen, kaltherzig zu werden, weil alle Energie im Kopf verbleibt und das Herz kalt bleibt, wenn das intuitive Denken im (menschlichen) Computer mit schlecht entwickelter Software verarbeitet wird und die Gefühle außer Acht lässt. Das kann isolieren, Herz und Verstand sind dann wie in Glaskästen voneinander getrennt.

Neben der Blutsverwandtschaft kennen wir die Wahlverwandtschaft, Freunde, welche man sich selber auserwählt, im Gegensatz zu Menschen, welche uns zur Geburt als karmische Ausgangsstellung verhaftet sind. Neben der Selbstverwirklichung, welche wir in einem vorherigen Kapitel besprochen haben, geht es nun auch darum, Kreativität mit anderen, uns gleichgesinnten Freunden zu erleben (dadurch entwickeln wir Gruppenbewusstsein, Vereinsgeist).

Wenn wir nun versuchen, die größeren Zusammenhänge des Lebens zu verstehen, dürfen wir aber den alltäglichen Dingen nicht aus dem Wege gehen. Dieses Sich-Abheben aus der Masse könnte uns zum Einzelgänger machen, der sich isoliert und unverstanden fühlen kann. Und wenn wir mit utopischen Phantasien in der Zukunft weilen, werden wir auf unsere Fragen im Hier und Jetzt kaum Antworten finden. Um sich für neue Erfahrungen zu öffnen, wird sich unser Verhalten jedoch oft auch durch ein Abweichen von der Norm charakterisieren. Die Fähigkeit zu raschem und plötzlichem Richtungswechsel wird uns abverlangt, im Speziellen bei allem Neuen oder auch Grenzensprengendem – Überraschungen müssen dabei eingeplant werden. Der Lohn für all dies wird sein, dass wir uns in einem stetig wechselnden Umfeld rasch und unkonventionell reorientieren können und dadurch von allem Herkömmlichen unabhängig werden, mit originellen Ideen experimentieren und Reformen angehen, die in die Zukunft weisen.

Besonders Begabte werden Sicherheit als langweilig empfinden. Sie vertrauen ihrer Fähigkeit zu Flexibilität und raschen Positionswechseln. Der übermäßige Wunsch nach Freiheit kann oft dazu führen, die „soziale Gefangenschaft", wie beispielsweise die Ehe, zu meiden und meist auch ein unsentimentales Vorgehen mit anderen zu bezeugen (in verzerrter Form: andere als Schachbrettfiguren zu seinen Zielen zu benutzen).

162

Intuition ist die Quelle der Geistesblitze und Evolutionssprünge, der plötzlichen Erkenntnis, die Befreiung von rein logischem, kausalem, linearem Denken. Wir befinden uns auf einer geistigen Ebene, auf der es um Weiterentwicklung in höherem Sinne geht. Es braucht Menschen, welche die Gabe der Vorstellung von der Zukunft haben, um anderen Menschen neue Möglichkeiten aufzuschließen, Menschen, denen die Freiheit zu Zukunftsvisionen gehört. Der Begriff „Zeit" erhält eine kreative Qualität, die zukunftsgestaltend wirken kann.

Wenn wir die Begrenzungen von der Materie durchschritten haben, wenn wir die Schwelle übertreten durften und zu übertreten wagten, begegnen wir einer Welt grenzüberschreitender Erfahrungen, in der alle bisherigen Begriffe ganz anderen Gesetzmäßigkeiten unterstehen. Es ist wie mit der Schwerkraft der Erde, die im All für den Astronauten ihre Wirkung zu verlieren scheint. In völlig veränderten Relationen (siehe auch Relativitätstheorie von Einstein) werden andere Kräfteverhältnisse anderen Regeln unterstellt. Nach dem kausalen Denken, bei dem wir nach *exakten Werten und deren Bestätigung suchten,* müssen wir nun *analoges Denken üben, um anhand von Wahrscheinlichkeitstheorien näher an die tatsächliche Wirklichkeit zu gelangen* – ein Verfahren, das übrigens unter anderem in der Wirtschaft und der Wissenschaft seit längerem angewandt wird. Wenn wir nämlich mit der Wahrscheinlichkeitstheorie arbeiten, bei welcher dem Unbekannten auch eine mögliche Mitbestimmung beim Geschehen eingeräumt wird, liegen wir oft näher an der Wirklichkeit als mit anerkannt wissenschaftlichen Erfahrenswerten und Methoden, die immer aus der Vergangenheit stammen müssen. Bedenken wir dabei auch, dass die Welt, wie wir sie zu erkennen vermögen, jeweils unserer eigenen Bewusstseinsstufe entspricht, die ganze Wirklichkeit wird sich davon konsequenterweise immer unterscheiden!

Immanuel Kant versuchte schon in seinem 1781 veröffentlichten Werk „Die Kritik der reinen Vernunft" klarzumachen, dass Raum und Zeit subjektive Begriffe sind, die von unserer Wahrnehmung abhängen. Außer messbaren Komponenten, wie etwa Raum und Zeit, enthält das Leben etwas viel Wichtigeres, nämlich das *qualitative* Wahrnehmen, mit welchem wir gegebene Situationen durch unser eigenes Qualitätsempfinden ganz individuell erleben dürfen – und darauf können wir Einfluss nehmen, dafür sind wir verantwortlich, da können wir mitwirken. Aus rein subjektiven Wahrnehmungen ziehen wir aus unseren Erfahrungen auch individuell-subjektive Schlussfolgerungen und leben somit jeder in einer von uns selbst gestalteten Welt. Auf dieser Grundlage, ohne intuitiv-qualitative Bewusstwerdung, können wir überpersönliche Themen, die das geistige Bewusstsein in seiner Höherentwicklung betreffen, nicht angehen. Einstein in der Physik und Kant in der Philosophie zeigten uns jeder auf seine Art die Relativität unseres Wahrnehmungsempfindens. Aber auch C. G. Jung zeigt uns, wie archetypische

Prägungen des kollektiven Unbewussten unser unbewusstes Selbstbeeinflussen können.

Wir beschäftigen uns hier mit einer Energie, die plötzliche, sprunghafte Änderungen herbeiführen kann. Dazu müssen wir jedoch ehrlich bereit sein, Intuition zu unterstützen und mit dem Energiefluss zu schwimmen. Immer dann, wenn wir die plötzliche Lösung eines Problems erblicken, wenn wir etwas uns Altbekanntes unverhofft in einem neuen Licht sehen, wenn wir keinen Ausweg mehr sehen und mit einem Mal eine neue Perspektive entdecken, ist Intuitionsenergie im Spiel. (Perspektive heißt ja auch Ausblick oder Zukunftsaussicht – das zugrunde liegende spätlateinische Adjektiv „perspectius" heißt soviel wie „durchblickend" – und kommt der intuitiven Vision gleich.) Wenn die Angst vor Neuem uns lähmt, wenn wir gegen diesen Energiestrom „bocken" oder versuchen, gegen den Strom zu schwimmen, wenn wir versuchen aufgrund rationaler Überlegungen das Neue zu bekämpfen, weil wir darin einen Feind sehen, der mit Vergangenem radikal aufzuräumen versucht, um Platz für Erneuerung zu schaffen, dann wird uns Intuitionsenergie in verzerrter Form in ungeahntem Ausmaß trotzen. Je öfter wir allerdings auf Intuitionen eingehen, umso öfter werden wir Intuition erfahren. Die heutige Zeit, in der ein rascher Wandel praktisch zum Alltag gehört, bietet vielfältige Möglichkeiten, dieses Energiepotential positiv zu leben.

In realer Form seine Potentiale zu nutzen, heißt unter anderem auch:

- den Fortschritt und progressive Entwicklungen zu begrüßen und als Chance zu neuen Möglichkeiten zu erkennen

- Aktionen initiativ und innovativ zu unterstützen

- auch zu Außergewöhnlichem bereit zu sein

- veränderungs- und erneuerungsfähig zu sein

- dazu bereit zu sein, Freundschaften zu pflegen

- sich für gemeinsame Unternehmungen einzusetzen

- neue Trends frühzeitig zu erkennen und aufmerksam zu verfolgen, um sie vor allen anderen nutzen zu können

- aus freier Entscheidung persönliche Verantwortung zu übernehmen

– die Fähigkeit zur Selbsterkenntnis zu üben

– mitbestimmen zu wollen

– sich gleichberechtigt zu fühlen

– echte Objektivität zu üben, Strukturen und Zusammenhänge zu erkennen

– sich für die Erhaltung und Evolution des globalen Gesamt organismus einzusetzen (Weltverbundenheit anzuerkennen)

– für die soziale Transformation einzutreten

– die spirituelle Metamorphose anzuvisieren.

Das Ausleben von Spontaneität kann Menschen, bei denen die Umgebung stets versuchte, dieses zu verhindern, recht schwerfallen und hängt auch hier zu einem gewissen Teil von der sie umgebenden Gesellschaftsstruktur oder den momentanen Gesellschaftsgepflogenheiten ab. Diese Menschen erfahren dann vorerst einmal diese Qualitäten in der Hemmung und begegnen auch hier, wie schon bei anderen Energien, den Kräften in der Projektionsform. Oft ist es dann auch eine Verzerrform, sie kommen in Kontakt mit unvorhersehbaren Reaktionen ihrer Umwelt, mit abenteuerlichen Situationen und werden dadurch gezwungen, ihre eigene spontane Energie zu entwickeln und einzusetzen. Im Leben gibt es nicht selten vermeintliche Entweder-oder-Situationen, und dann können Spontaneität und Intuition dazu verhelfen, zahlreiche Alternativen wahrzunehmen (manchmal sogar die Sowohl-als-auch-Lösung), wenn wir bereit sind, auf unser Intuitionsvermögen zu achten.

In der Hemmung gelebte Energie zeigt sich unter anderem dann:

– wenn wir Krisen erleiden müssen
– wenn wir durch plötzliche Ereignisse aufgerüttelt werden müssen
– wenn wir in Konflikte mit Vorgesetzten verwickelt sind
– wenn wir Probleme mit Autoritäten haben
– wenn wir bevormundet werden
– wenn wir uns in unserem Individuationsprozess blockiert fühlen
– wenn wir uns unfrei fühlen
– wenn wir Freizeitkonflikte erleiden
– wenn wir Probleme haben, unsere Freizeit sinnvoll zu gestalten

– wenn wir Probleme mit Freunden und Freundschaften  haben
– wenn wir Probleme haben, uns von etwas zu befreien
– wenn wir der Zukunft als Problem statt als Chance entgegengehen

Auf einer trivialen Ebene kann Spontaneität und Intuition in Form von Begeisterungsfähigkeit und zukunftsorientierten Ideen auf Beschützer und Mäzene anziehend wirken. Daraus kann sich eine ausgewogene Partnerschaft entwickeln. Davon werden beide Teile profitieren und das Motiv wird auf gemeinsamem, freizügigem Austausch gegenseitiger Freude beruhen.

Auf einer geistigen Ebene ziehen wir nunmehr unseren Austausch mit Gleichgesinnten vor, bei denen wir eine gewisse Übereinstimmung mit unseren ideellen Konzepten, Zielen und Interessen voraussetzen. Dabei freut man sich darüber, dass jeder er selbst ist und sein darf und über die Individualität und Kreativität jedes Einzelnen und die neuen Impulse, die daraus entspringen können. Um all diese Qualitäten bei anderen zuzulassen, müssen wir jedoch vorerst unsere eigenen Grundbedürfnisse nach Anerkennung, Macht und Geborgenheit befriedigt haben, um uns nicht dadurch gefährdet zu fühlen.

Intuition kann auch als sogenannte Systemalarmierung funktionieren und zeigt dann an und ruft auf, wann es an der Zeit für einen Umschwung und interne Revolutionen ist.

Eine Entsprechung in verzerrter Form zu der Thematik Sich-dem-Neuen-Öffnen besteht darin, in die Struktur des Lebens einzugreifen und zu versuchen, künstliches Leben zu schaffen – Entsprechungen, die an Aktualität kaum zu überbieten sind! Die Gefahr besteht dabei, die in diesem Kapitel erörterten negativen Entsprechungen falsch eingesetzter Energie nicht ernst zu nehmen und zu ignorieren und unter anderem Verantwortungslosigkeit zu betreiben, Überheblichkeit an den Tag zu legen, Freiheitsübertritte zu begehen, sich in die höheren kosmischen Gesetze einmischen zu wollen, das Leben zu seinen eigenen, egoistischen Zwecken missbrauchen zu wollen, die Schöpfung als ein Spiel zu betrachten, bei welchem wir zum Selbstzweck sämtliche Spielregeln missachten.

Entscheidend ist, in welchem Geiste wir mit Wissen und Macht umgehen. Werden wir zum Zauberlehrling oder gar zum Prometheus, der die Götter herausfordert? Vielleicht auch zum Frankenstein, der ein Monster erschafft, welches seinen Erzeuger schließlich tötet. (Vergleichbar wäre das Heranzüchten bisher unbekannter Viren!) Schlussendlich wird es von der Motivation abhängen, welche Entsprechung wir wählen werden. Wird die Anwendung des Wissens von Liebe gelenkt, dann wird das Wissen im Dienste der Mitmenschen eingesetzt. Dienen können wir nur durch das Einbeziehen der Dimension der Liebe. Bei allem, was wir tun, vergessen wir nicht, Harmonie und Ausgewogenheit in unser Leben zu bringen, ökologisches Bewusstsein zu erlangen. Dazu aufgerufen sind wir auch, alles Wissen unter die Menschen zu bringen und mit unseren Mitmenschen auszutauschen, damit es weiter fruchtbar für die gesamte Menschheit wirken kann. (Eine Möglichkeit zur globalen geistigen Verknüpfung bietet uns das Internet.)

Menschen mit überstarken geistigen Ansprüchen können eine gewisse Verachtung gegenüber allem Körperlichem, allem Materiellen zeigen, weil all dies Abhängigkeiten mit sich erbringen kann, dem das Geistige nicht untersteht. Ferner sind mir Fälle bekannt, in welchen Kindern zuweilen die Nahrungsaufnahme verweigern, um auf diese Weise in einer Kompensationsform – und unbewusst – Abhängigkeit von den Eltern von sich zu weisen und so ein gewisses Maß an Freiheit und Befreiung zu erlangen. In der Hemmung besteht die Möglichkeit, durch Nahrungsverweigerung zu rebellieren, um Aufmerksamkeit zu erregen und so darauf hinzuweisen, dass man etwas ganz anderes braucht als das, was man erhält. In jedem Fall aber etwas Besonderes, sei dies nun Zuneigung, Verständnis, Toleranz oder was auch immer, das demjenigen bislang nicht zugestanden wurde.

Im Weiteren ist alles, was im Zusammenhang mit Suizid steht, eine Verzerrform. Damit wird die Verachtung gegenüber dem Leben zum Ausdruck gebracht oder es soll eine vermeintliche Freiheit erzwungen werden. Ein weiterer Fluchtweg, diesmal in eine vermeintliche Freizeit, kann das Sich-Zurückziehen in die künstliche Welt von Fernsehen und Computer(-Spielen) sein. Dies ist eine Flucht aus den eigenen Realitäts- und immer wieder neuen Verantwortungsanforderungen des Daseins. Dadurch ist man nicht mehr Teilnehmer am aktiven Leben, sondern nur noch Zuschauer oder Beteiligter an Spielen, bei denen jede Verantwortung wegfällt.

Kompensiert können Schattenseiten dieses Energiepotentials oft als Überheblichkeit, Elitedenken bis zu Arroganz, Dogmatismus, große Distanziertheit oder als extreme Kühle und Unnahbarkeit hervortreten. Die Palette der Kompensationsformen ist weit gefächert. Dazu zählen unter anderem auch: seine Freiheit und Freizeit in genormter Form zu erleben oder – als kompensatorische oder symbolische Befreiung, wie beispielsweise beim Fliegen (Drachenfliegen) und bei Flugreisen – im Geschwindigkeitsrausch bei Auto- und Motorradrennen mitzumachen. Die genormte Originalität zu leben, wäre beispielsweise Oldtimer zu fahren. Aber auch als Demonstrant, Rebell oder Revolutionär sämtliche Konventionen sprengen zu wollen, eine Trotzhaltung einzunehmen gegenüber allem, insbesondere Neuem, Widerstand leisten zu wollen, Skandale auszulösen, ein extravagantes Leben zu führen, sich exzentrisch zu benehmen, doppelbödige Informationen weiterzugeben um Verwirrung zu stiften, Aufsehen zu erregen oder andere irritieren zu wollen, ein unbeständiges Verhalten an den Tag zu legen, Individualismus als Selbstzweck zu üben, elitäre Ansprüche zu haben, sein Leben als Trendanpassung zu gestalten, oberflächliche und oft wechselnde Freundschaften zu haben oder der Hang zu Seitensprüngen sind weitere Formen der Kompensation. Ständiges Rebellieren, Provozieren, wechselhaftes Benehmen, Überlegenheitskomplexe, Snobismus, Elfenbeinturm-Szenarien, all dies weist auf Zerrformen der Energie hin. Negative Entsprechungen sind auch Fanatismus, fanatische Emanzipation, Intoleranz, Ungeduld, aggressives, schockierendes oder zerstörerisches Verhalten.

## Thematische Entsprechungen des Körpers

### Organe

(Fort-)Bewegungssystem                 Geistige Beweglichkeit

### Physiologisches Prinzip und Körperfunktionen

- Elektrische Impulserweiterung der Nerven
- Reflexe
- Sprungfähigkeit und die Fähigkeit schnell zu laufen, ein schwungvoller und rhythmischer Gang
- Stoffwechsel

### Krankheitsprinzipien und -symptomatik, Krankheitsdispositionen und mögliche Somatisierung

- Assimilisierungs- und Verdauungsprobleme, zu hastiges Essen
- Nervös bedingtes Asthma (Atemrhythmusstörungen)
- Erkrankung in Schüben
- Gleichgewichtsstörungen
- Große Unruhe, innen wie außen
- Herzkrankheiten (Herzrhythmik, Herzrhythmusstörungen, Herzschrittmacher)

- Hyperkinese (übermäßige Bewegungstätigkeit, unwillkürliche automatische Bewegungsabläufe des Körpers, einzelner Körperteile oder Gliedmaßen; in vielen Erscheinungsformen möglich)
- Knochenbrüche                 :Abneigung gegen Bewegung, Veränderung?
- Koliken (Wehen)             :Mühe, etwas loszulassen?
- Krämpfe (bes. der Waden)    :Ängste, festhalten am Alten, nicht entspannen können?
- Neurasthenie                   :Nervenüberlastung?
- Operationen                    :Veränderungen finden physisch statt
- Schlafstörungen            :Überaktivität?
- Polyneuritis (Entzündung vieler Nerven, krankhaft gesteigerte Erregbarkeit)
- Sprachprobleme (Gedanken sind schneller als Worte, das Motorische hinkt hinter dem Intuitiven hinterher), Stottern
- Stoffwechselanomalien       :Angst vor Wechsel und Neuem?
- Stress                        :Überreiztheit, nicht in sich ruhen können?
- Umknicken im Knöchel       :Hastigkeit, Hektik, Rastlosigkeit?
- Unfälle und Verletzungen      :Unkonzentriertheit?
- Zentralnervöse Erkrankungen (wie zum Beispiel Tics und sonstige Nervenleiden)      :Selbstüberforderung, Erregungs- und Bewegungszwang?

## Psychosomatische Kriterien als Krankheitsursache
(als Folge der Hemmung oder der Energie im Minuspol)

- Unverstandensein kann zu Depressionen führen.

- Hektik und Stress können zu Unfällen oder Nervenleiden führen.

- Aufregungs- und Nervositätsgefühle, innere Unruhe oder Spannungsgefühle erfolgen oft aus einem Defizit an Freiheit und Unabhängigkeit (nicht man selbst sein können). Statt sich aufzuregen gilt es hier, sich zu verändern und zu befreien.

- Unfälle und krankhafte Symptome, die im Zusammenhang mit dem Zentralnervensystem stehen, stehen oft in Korrelation mit einem oder mehreren der folgenden Mängel:

     Mangel an Abwechslung

Mangel an Freiheit

Mangel an Freizeit

Mangel an Gleichgewicht (Zerrissenheit, Spaltung, Zersplit-
terung der Persönlichkeit)

Mangel an Mitbestimmung

Mangel an Unabhängigkeit

Ferner kann auch das Erleiden von Übertritten des anderen als Krankheitsursache
in Betracht gezogen werden.

Wenn wir uns allzu leicht irritieren lassen.

Wir kennen auch Krankheit als Ersatzbefreiung beispielsweise bei beruflichem
Stress und bei Überforderung (Ersatzurlaub) oder um sich dadurch aus einer Part-
nerbeziehung zu befreien (das Unbewusste inszeniert eine Krankheit, um eine
Loslösung zu bewirken, die auf andere Weise nicht bewusst zu vollziehen wäre).
Krankheit kann auch dazu benutzt werden, andere Menschen auf Distanz zu halten (beispielsweise als Schutz vor ungewolltem Geschlechtsverkehr oder etwa
Hautausschläge als Schutz vor unerwünschten körperlichen Berührungen und Nähe). Manchmal kann Krankheit auch davor bewahren, aktive Hilfeleistung gegenüber nahestehenden Verwandten und Bekannten leisten zu müssen.

Als weitere Äußerungsformen oder auch Somatisierungen verzerrter Energie gelten sämtliche Zwangsneurosen. Beispielsweise wenn wir keine Zwänge ertragen,
weil diese immer in irgendeiner Weise zu einem gewissen Zeitpunkt unsere Freiheit ersticken werden. Unter den Zwangsneurosen haben wir die Klaustrophobie
oder Angst vor dem Alleinsein – insbesondere in Räumen oder Liften – und das
unbewusste Gefühl der Freiheitsberaubung infolge von Isolierung von der übrigen
Welt. Bei Zwangsneurosen beherrschen Zwangsphänomene wie Zwangsideen
oder auch Zwangsantriebe aus unbewussten Ängsten meist das Leben der Betrof-
fenen. Die Agoraphobie, die Furcht, auf die Straße zu gehen, sich vor öffentlichen
Plätzen zu scheuen, ist (meist) ein weiteres Symptom von Neurosen oder auch
Psychosen. Es ist die Befürchtung, in der Öffentlichkeit unter vielen anderen
Menschen die Freiheit zum Rückzug in seinen Elfenbeinturm zu verlieren. In der
Verzerrungsform besteht manchmal auch eine Art Abscheu vor körperlichem
Kontakt (sich durch Nähe und Kontakt mit anderen Menschen gefangen oder er-
stickt zu fühlen).

Jede Art von Zwangsangst oder Phobie (Furcht), also ein an bestimmte Vorstellungen oder Lebenssituationen gebundenes, inhaltlich grundloses Angstgefühl, das oft zu bestimmten Handlungen und Unterlassungen zwingt, ist dadurch auch mit Freiheitsentzug, zumindest auf einem bestimmten Sektor, verbunden. Die Nyktophobie (Angst vor der Dunkelheit) und die Phobophobie (Angst vor Angstanfällen) sind weitere solcher Formen der Energie in der Verzerrung. Angst ist ja, im Gegensatz zu Furcht, ein gegenstandsloses, qualvolles Gefühl. Wir kennen auch die vitale Angst oder Lebensangst, die Prüfungsangst, die uns allen die Freiheit entziehen, unsere uns innewohnenden Fähigkeiten einsetzen zu können. Auch der sogenannte Anankasmus, der Zwang zum Zählen oder Putzen, fällt unter diese Art von Zwangsneurosen, bei denen Ängste und manchmal zwanghafte Gewissenhaftigkeit eine wesentliche Rolle spielen. Ferner bleibt auch die Angina (aus dem griech. „verengere", daher Lehnwort „Angst") zu erwähnen, und viele von uns kennen wahrscheinlich auch die Art Angstgefühle, die die Kehle zuzuschnüren drohen und uns der Freiheit des Sprechens berauben.

„Neurosen sind Formen abnormer Erlebnisreaktionen im Sinne einer neurotischen Entwicklung mit Komplexverselbstständigung bei Vorliegen eines inneren Konfliktes. Dieses innerlich widersprüchliche Reagieren führt zu einem Leidenszustand der Persönlichkeit, der sich in der neurotischen Symptomatik äußert."[7] Ein Komplex steht hier im Sinne einer affektgeladenen Vorstellung. Er ist meist ein mit negativen Gefühlsqualitäten verbundener Vorstellungskomplex, dessen auslösender Affekt oft verdrängt wird. Zum Beispiel Minderwertigkeitskomplex (die Furcht, minderbegabt, weniger leistungsfähig und anerkannt zu sein als andere). Die mangelhafte Entspannung führt oft zu (meist vegetativen, unbewussten) Symptomen.

Auf einer höheren geistigen Ebene liegt die Zielsetzung im besseren, umfassenderen Verständnis der kosmischen, unumstößlichen Gesetzmäßigkeiten, sozusagen um eine Ganzheitsübersicht aus höherer Warte zu erlangen. Nur dadurch können wir wirklich frei werden, frei von der Materie, von Körper und Besitz, frei, um das Ideelle endlich zu begreifen, das, was dahintersteht, die Idee zu erfassen, die Materie zu Leben formt.

### Unterstützende Formen, um seine Energie real zu nutzen

Physisch:            Exzentrische Sportarten
                     Drachenfliegen
                     Sportfliegen

Sämtliche Sprungsportarten wie etwa:
Fallschirmspringen
Skispringen
Stabhochsprung
Turmspringen
Weitsprung
Tischtennis
Tägliche Übung der Fünf Tibeter[10]


## Integrationsübungen

– Kleine Revolutionen im Alltag realisieren: beispielsweise
bei Wohnungseinrichtung, Kleidung und Aussehen alte
Gewohnheiten auf den Kopf stellen

– Teamspiele

– Sich beruflich erneuern

*Je nach Indikation, speziell zur Thematik harmonisierende Therapieformen*

– Atemtherapie
Insbesondere hier ist es wichtig, sich oberflächliches
Atmen abzugewöhnen und auf tiefes, rhythmisches
Atmen zu achten.

– Ozontherapie
Zur Stabilisierung der Persönlichkeit ist es hier auch
besonders wichtig, für genügend erholsamen Schlaf zu
sorgen.

Die Einnahme von Bachblüten-Essenzen. Empfehlenswert sind hier insbesondere:


### Impatiens (Drüsentragendes Springkraut) und Walnut (Walnuss)


Wenn wir vor Ungeduld strotzen, wenn alles uns viel zu langsam vor sich geht
und uns das langsamere Vorgehen anderer nervt und enorm Kraft im Erdulden
kostet, ist **Impatiens** angesagt (Ungeduld heißt auf Französisch „impatience").

172

Impatiens-Typen sind oft von starker innerer Unruhe geprägt, ungestüm, heftig und schnell aufbrausend, unbeherrscht und hitzköpfig, manchmal jähzornig oder tobend und werden von anderen Menschen als barsch und schroff abgestempelt.

Eine der Aufgaben des Impatiens-Typs besteht darin, etwas an Aktivität zurückzunehmen und dafür die Dinge etwas mehr auch einmal geschehen zu lassen, auch auf die Geschicke höherer Kräfte zu vertrauen und sich in Geduld zu üben. Manchmal kann ein plötzlicher Hautausschlag, Juckreiz, Fieberblasen (Herpes) und Ähnliches auf einen Impatiens-Zustand nach außen hinweisen.

Der Impatiens-typische Mensch steht unter stetiger innerer Spannung durch nervöse Frustration, weil ihm alles zu langsam zu gehen scheint. Innerlich stets leicht gereizt, ist bei ihm jederzeit mit plötzlichen überschießenden Reaktionen zu rechnen. Sein hohes inneres Tempo erträgt es schlecht, wenn in seinen Vorhaben plötzlich erscheinende zeitraubende Hindernisse auftreten. Langsamere Mitmenschen irritieren ihn, worauf er schroff und undiplomatisch reagieren kann. Manchmal erfolgen bei ihm Hals über Kopf Entscheidungen, die er im Nachhinein selbst nicht mehr begreifen kann. Das Gute am Ganzen ist, dass diese Hochspannungsmomente so rasch wieder abklingen, wie sie in Erscheinung treten können. Dann tritt eine Erschöpfungsphase ein, in der wieder Ruhe und Erholung einkehren kann.

**Walnut** ist dazu geeignet, uns den Neubeginn oder Neustart jedwelcher Art zu erleichtern; wenn wir damit Mühe haben, versetzt sie uns den letzten entscheidenden „Kick", wenn essentielle Veränderungen des Lebens anstehen (Berufswechsel, Partnerwechsel). Um etwas Neues zu beginnen, müssen wir unbedingt Altes loslassen, und dies bereitet oft große Mühe und Anstrengung (Energien). Hierzu kann Walnut als Überbrückungshilfe Unterstützung bieten. Die vom Erneuerungsdrang betonten Menschen stehen ja unter dem Druck einer ständigen Außenseiterposition. Sie sind meist die Erneuerer, die geistigen Vorantreiber von Innovationen und sie müssen sich von den trägen Massen, die noch in überholten konventionellen oder traditionell überlieferten Lebensgewohnheiten, Bräuchen, Vorschriften, Maßstäben und Gesetzen verhaftet sind, rasch abnabeln, um nicht letztlich doch noch in alte Gewohnheiten zurückzufallen oder zurückgezogen zu werden. Träge Massen fürchten sich vor Erneuerern. Letztere wissen sehr wohl um den Aufwand an Mühe, um vom Zustand routinemäßiger, überholter Lebensgewohnheiten in eine neue, noch ungewisse, aber notwendige, der Zeit gemäße Lebensrichtung zu finden und Schritt zu fassen.

Walnut macht frei und ungezwungen für neue Lebenshorizonte, frei für neue Lebenserfahrungen und Herausforderungen. Neues verlangt von uns Unbefangenheit, Anerkennung der Gesetzmäßigkeit, sich im Leben führen zu lassen, im stetigen Strom der transformierenden Veränderungen mitzugehen mit dem intuitiven Bewusstsein, welches der Symbolik dieser Energie untersteht.

### Ausgleichsmöglichkeiten auf der Berufsebene

Berufe, welche mit dieser Energie besonders in Einklang stehen *oder* in welchen man diese Energie besonders gut selber leben kann, statt diese auf andere projizieren zu müssen:

- Astrologe
- Astronaut
- Balletttänzer
- Broker (Wertschriftenmakler)
- Computerspezialist, Informatiker
- Elektrotechniker
- Erfinder und Ingenieur
- Flugzeugtechniker
- Gentechniker
- Literaturkritiker
- Neurologe
- Ornithologe
- Patentwesen (Patentierungen)
- Philosoph
- Pilot (von Flugzeugen und allen anderen Luftfahrtvehikeln)
- Psychiater
- Psychologe (befasst sich mit dem Individuellen des Menschen)
- Reformpolitiker
- Rennwagenfahrer
- Spezialeffekte bei Film und Zirkus
- Sprengmeister
- Steward(esse)
- Stuntman
- Wirtschaftsreformer

Sämtliche neue technische Berufe (zum Beispiel Elektronik und Kommunikationstechnik, insbesondere auch in der Luftfahrt- oder Raumfahrttechnik).

Eigenständige Berufe, ausgefallene, unübliche Berufe. Berufe, welche soziale Kontakte erfordern.

Beruflich besteht hier oft die Gefahr, zu viel Ungeduld walten zu lassen. Von erfahreneren Kollegen, von Eltern oder Lehrern lässt man sich ungern Anweisungen erteilen. Der sogenannte zweite Bildungsweg ist oft erfolgreicher, weil dann schon ein gewisses Maß an Lebensdisziplin die vorhandenen originellen Ideen unterstützen kann.

Das entsprechende Metall ist hier Zink (Zincum metallicum). Jaap Huibers[4] schreibt zum Zink unter anderem: „Ferner ist die Verabreichung von Zink bei solchen Menschen erfolgversprechend, die von ungewöhnlich starker Unruhe, vor allem der Arme und Beine, befallen werden." Eine andauernde Bewegung von Händen und Füßen zeichnet diesen Menschentyp aus. Der negative Zinktypus ist stets in Eile, steht unter Erregungs- und Bewegungszwang und ist durch Unregelmäßigkeit und Unausgewogenheit gezeichnet. Jaap Huiber schreibt zum Zink weiter: „Ein weiteres wichtiges Leitsymptom ist die Alkoholempfindlichkeit. Ein klein wenig Wein bringt solche Leute schon in Erregung und löst motorische Reaktionen aus." Auch hier sollte Dosierung und Verabreichungsmodus von homöopathischem Zincum dem erfahrenen Homöopathen überlassen werden.

Die Suche nach einer sinnvollen Beziehung zu den Dingen und Menschen ist die esoterische Aufgabe. Hier haben wir die Chance, plötzliche Entwicklungssprünge in der Zeit zu machen und durch plötzliche Gedankenblitze die Möglichkeit, uns innerhalb eines Augenblicks von einer karmischen Thematik zu befreien. Normalerweise geht dem etwas voraus, das heißt, ein Punkt wird überschritten, das Maß ist voll, wir haben genug von etwas und sind bereit, etwas zu ändern. Es muss eine Krise vorausgegangen sein und wir sind bereit, das Alte, Vertraute, aber Unbefriedigende hinter uns zu lassen, auch wenn das Neue, Unbekannte Gefahren in sich tragen könnte. Gerade jetzt kann es uns gelingen, unser Leben in einem Moment zu ändern, und wir wissen plötzlich intuitiv: Das ist die Lösung! Ohne bereits den Weg zu kennen, wie wir dort hinkommen, sehen wir jedoch deutlich, *was* wir erreichen wollen. Zudem gesellt sich meist noch das Visionäre in Form von Ideen dazu. Im dritten Kapitel ging es um das Schritt-für-Schritt-Denken, welches relativ langsam vor sich geht. Hier wollen wir uns sprunghaft aus einer alten Verkettung befreien, um uns auf eine andere Ebene zu begeben.

Der Moment, der alles im Positiven wie im Negativen (beispielsweise bei einem Unfall) entscheidet, ist von Intuition, raschem Erfassungsvermögen und Reaktionsfähigkeit abhängig. Bevor wir Intuition jedoch zur Verfügung gestellt bekommen, müssen wir uns mit Wissen eingehend angefreundet haben, denn Intuition basiert auf Wissen.

Menschen, die nicht bereit sind, Schritte in eine neue Richtung zu tun, erleben die gehemmte Erneuerungsenergie von außen – meist auf unangenehme Art. Es könnte sein, dass der Partner einen plötzlich verlässt, dass man seine Stelle verliert oder dass zum Beispiel die Wohnung durch ständigen Lärm unbewohnbar wird. Dadurch fühlt man sich dann in eine Opferrolle gedrängt und wird so dazu gezwungen, etwas Neues zu beginnen. In Partnerschaften ist es bei Trennungen immer derjenige, der zurückgelassen wird, der eine negative, verzerrte Einstellung vertritt. Er ist es, der die dringende und längst fällige Notwendigkeit einer Trennung nicht erkennen wollte und bis anhin alles verdrängt hat. Nun erhält er die Chance, sich durch die entstandene, ihm aufgezwungene Situation selbst etwas Neues einfallen zu lassen. Damit kann er seine Lage endlich in etwas Positives zurückführen und meistern, selbst wieder die Führung für einen neuen Lebensabschnitt in die Hand nehmen.

Es bieten sich immer zwei Möglichkeiten an: die leidende Form, in der ich jede Mitbeteiligung verweigere, und die aktive, gewinnbringende Form, in der ich bereit bin mitzumachen. Schließlich heißt es auch, dankbar zu sein für die vielfältigen Erfahrungen, die wir machen dürfen; dankbar dafür, nicht die Vergangenheit ständig wiederholen zu müssen, sondern die Gegenwart neu erfinden zu dürfen. Nur dem Menschen, der sich ständig erneuert, ist seine Zukunft nicht prognostizierbar! Jetzt können wir uns jenseits des Materiellen und auch jenseits von Zeit und Raum begeben (siehe Raumfahrt!), uns über alle Vernunft hinauswagen und in neue Dimensionen greifen. Überragende schöpferische Geisteskraft weist das Genie aus.

### *Gedanken zum Schluss*

*Wenn es an einem heißen, schwülen Sommerabend plötzlich blitzt und donnert und der Gewitterregen sich in Strömen über die gluterhitzte Erde ergießt und wenn kurz danach das Wasser über der Erde wieder zum Himmel verdampft, scheint sich der Zorn der Götter über die Erde ergossen zu haben, um an menschliche Schuld und den Willen zur Sühne zu gemahnen. Danach herrscht plötzlich Friede, es überkommt uns das befreiende Gefühl von Hoffnung und Zuversicht. Ein neues Bewusstsein ist dem Menschen guten Willens intuitiv überbracht worden: Wir dürfen uns neuen Erfahrungen öffnen, wir müssen es nur wollen. Wie die reinigende Kraft des Wassers, so kann auch unsere Einstimmung, alle neuen Erkenntnisse mit Herz und Verstand von nun an mit vollem Bewusstsein einzusetzen, eine Wende in unser Leben bringen. Im Jetzt beginnt die Zukunft. Begehen wir das Neue mit Zuversicht und Verantwortung, mit Freude und Elan, und die Belohnung dafür wird nicht ausbleiben!*

\*    \*    \*

# Sich bereitstellen zur Transzendenz

Das Überschreiten der Grenzen der Erfahrung, des Bewusstseins

*Freude herrscht,*
*wenn Mühsal und Ringen erstanden*
*und wir unserem Selbst, dem Göttlichen,*
*einen Schritt näher gekommen sind.*
*Nur die Brücke des Todes*
*führt uns zur Auferstehung.*

*Es ist wie bei einem Regenbogen, der uns eine Brücke zu den Himmelssphären baut. In den Alltag übersetzt, könnte das auch heißen, es ist der unerklärbare Moment, da zwei Menschen zum ersten Mal zusammenkommen, um danach miteinander aus diesem Augenblick die Transzendenz der Liebe zu erfahren.*

Vom Denken – über die Intuition – kommen wir zur Meditation. Das rational nicht Erfassbare, das Unendliche, das Göttliche, das Zurücktreten aller persönlichen Ansprüche wird zum Sinn. Hier geht es um unsere innere Existenz, um seelische Bedürfnisse. Wir kommen in Kontakt mit weichen, fließenden und labilen Konturen, und durch das Grenzenauflösende können wir rasch aus dem Gleichgewicht geraten.

### Welche Qualitäten werden diesem neuen Energiepotential zugeordnet?

Wir kommen in Kontakt mit der unendlichen Vorstellungskraft, mit dem Seher, dem Menschen mit starker gefühlsmäßiger Wahrnehmung (Antennen-Typ) und großer Einfühlungsgabe. Hier geht es auch darum, sich voll und ganz hinzugeben, um eine gewisse Sehnsucht nach Auflösung des Selbst, um dadurch im Ganzen aufzugehen und damit zu verschmelzen. Hier treffen wir auch auf die Menschen, die gerne anderen helfen wollen. In einer Verzerrungsform kann dies zur totalen Selbstopferung führen, oder durch Passivität, in der Hemmung, kann jemand schließlich selbst zum Opfer werden (beispielsweise bei einer Krankenbetreuung, bei der wir uns selbst vergessen und schließlich selber krank werden). Zu dieser Thematik gehören auch unsere Träume (und der Träumer). Wenn ich Traum und Wirklichkeit nicht mehr voneinander unterscheiden kann, bewege ich mich auf einer weltfremden und gefährlichen Ebene (irreale Hoffnungen und Wünsche hegen). Menschen, denen oft der Boden unter den Füßen fehlt, können sich leicht verlieren. Grenzen aufzulösen kann andere verletzen, zum Beispiel wenn ich meine Gefühle und die der anderen voneinander nicht mehr trennen kann.

Positiv gesehen geht es hier um den Sinn des Lebens und die Sinnsuche. Haben wir in dieser Beziehung ein Manko, kann es sein, dass wir ein Bedürfnis nach Selbstauslöschung verspüren und gleichzeitig aber auch Angst vor dem Tod haben. Ein Mangel an Sinnfindung kann auch zur Flucht in Illusionen, in die Einsamkeit und Krankheit führen. Oder man versucht sich jeder Verantwortung zu entziehen, man verweigert das Erwachsenwerden. Vielleicht hat man große Erwartungen, die man aber nicht ausspricht, was natürlich zu vielen Enttäuschungen führen kann. Wenn man meist erfühlt oder erraten werden möchte und man oft selbst nicht einsehen kann, was vernünftig machbar ist, wird das Erwartete selten in Erfüllung gehen. Dies wird auf partnerschaftlicher Ebene manchmal als schwierig empfunden. Verliebtheit wird dann oft mit Liebe verwechselt. Der euphorische Zustand des Verliebtseins erlaubt uns jedoch oft, über unsere eigenen Grenzen und Begrenzungen hinauszuwachsen und Dinge anzugehen, die uns ansonsten unmöglich erscheinen würden oder vor denen wir im Normalzustand viel zu große Angst hätten. Es sind von daher in Beziehungen natürlicherweise Enttäuschungen vorprogrammiert, weil den oft grenzenlosen Ansprüchen bei realer Sichtweise kein menschliches Wesen vollkommen entsprechen kann. In einer solchen Situation haben wir lediglich alle unsere Wünsche und Sehnsüchte in die Person des anderen hineinprojiziert. Im Alltagsgeschehen, wenn man sich in der oft rauen materiellen Wirklichkeit näherkommt, fallen wir dann auf den harten Boden der Realität zurück und reiben uns die Augen. Verliebtsein ist oft wie die Essenz der Düfte eines Frühlingsspaziergangs durch Feld und Wiese, die in ihrer „Momentaufnahme" nicht in den Winter hinübergetragen werden kann, weil sie sich bis dahin verflüchtigt haben wird. Es gilt daher, sich am Schönen zu erfreuen, ohne es festhalten zu wollen, in dem Wissen, dass wir es nie auf ewig werden entbehren müssen. Liebe und Glückseligkeit kommen von göttlichen Gnaden und können von den Menschen nicht eingefangen werden. Wir sollten lernen, etwas lieben zu können, ohne es auch gleichzeitig festhalten und besitzen zu wollen (krankhafte Eifersucht ist eine Verzerrungsform dieser Energie).

Gewisse Beziehungen haben oft eine Helfer-, Opferrollen-Thematik, in der beide aufeinander angewiesen sind und voneinander abhängig werden. Sobald einer der beiden das Spiel erkannt hat und aussteigt, sieht sich der andere dazu gezwungen, sich einen anderen Partner zu suchen, sei dies als Helfer oder als Opfer, um das Spiel weiterspielen zu können. (Das ist oft bei Frauen zu beobachten, deren Mann zum Beispiel alkoholsüchtig ist. Sie suchen sich unbewusst nach einer Trennung immer wieder einen neuen Partner aus, welcher sich ebenfalls als Alkoholiker erweist und so wieder ihrer Hilfe bedarf.) Reale Qualitäten einer Partnerschaft können sich erst dann entfalten, wenn wir den Partner nicht mehr dazu brauchen (und missbrauchen), um unsere Mängel auszugleichen, sondern wenn wir uns ganz einfach daran erfreuen, dass er da ist.

Auf höchster Ebene ist darauf hinzuweisen, dass nicht die materiellen Verwirklichungen am Ende unseres Lebens zählen, sondern unsere geistig-seelischen Erfahrungen und das daraus entstehende Wachstumspotential. Um das zu akzeptieren, müssen vorerst unsere grundlegenden irdischen Bedürfnisse befriedigt werden können, das heißt für unsere grundlegenden Bedürfnisse als Organismus und als Mensch selbst sorgen zu können. Denn wer hört schon gerne Geschichten vom Schlaraffenland, wenn er dabei ist zu verhungern und zu verdursten und noch nie in seinem Leben satt geworden ist? Und so geben wir uns oft mit Ersatz zufrieden (zum Beispiel mit Drogen), um unseren momentanen Zustand zu benebeln und uns selbst zu täuschen (zum Beispiel rauchen statt essen) – wo wir doch gerade nach dem Höchsten strebten. Aber um dies zu erreichen, unterlagen wir Täuschungen und gaben uns Ersatzbefriedigungen hin, anstatt unsere uns innewohnenden Anlagen auszubilden. Unter Transzendenz versteht man das Überschreiten der Grenzen der Erfahrung, des Bewusstseins. Dies kann auch den Versuch über sich selbst hinauszuwachsen bedeuten. Ist man darauf geistig-seelisch nicht vorbereitet, kann man sich verirren und befindet sich plötzlich im Niemandsland, ungewappnet gegen alles Negative von außen.

Die in der Hemmung gelebte Energie, zum Beispiel in Form von Suchtverhalten, kann sich in vielfältigen Verzerrungsformen offenbaren: durch Einsamkeit oder Ausgestoßensein und Isolation (beispielsweise im Krankenhaus, in Nervenheilanstalten oder sonstigen geschlossenen Anstalten wie Gefängnissen). Die gehemmte Energie erscheint als „Erleiden von Karma", was nichts mit Schuld und Sühne zu tun hat, sondern als Lernmethode gedeutet werden muss. (Karma kann dadurch aufgelöst werden, dass sein Zweck erfüllt wird oder die damit an uns gestellte Aufgabe gemeistert wurde.) So ist es Karma, wenn wir es mit Intrigen und versteckten Feindschaften zu tun haben, wenn wir Unklarheiten und Heimlichkeiten erleiden, Täuschungen und Illusionen erliegen. Das Suchtverhalten in der Hemmung ist gewissermaßen ein Fluchtverhalten (beispielsweise vor der Realität oder dem Alltag). Verdrängungen (etwa verdrängte Triebe und Wünsche) werden sich in einer verzerrten Ausdrucksweise manifestieren. Irreale Wünsche und Ziele, mangelnde Durchsetzung, Passivität (sich fallen oder gehen lassen) oder Anpassung, Eifersucht, Schwäche, Hilflosigkeit, Unsicherheit und Beeinflussbarkeit – all dies kann die Quelle sein für die scheinbar zu „kurz" Gekommenen oder auch für die Ausgesteuerten und Sozialfälle. Wir haben bis anhin erfahren, welche positiven Eigenschaften uns ein zufriedenes, erfülltes Leben ermöglichen können.

Dabei ist stets unsere Mitwirkung gefragt. Auch wenn wir durch Vermeidung und Unterlassung ausweichen wollen, wenn wir nicht hinsehen wollen, uns der Verantwortung entziehen wollen, wenn wir Missverständnisse herbeiführen, uns nicht klar genug ausdrücken und uns nicht so geben, wie wir in Wirklichkeit sind, haben wir mitgewirkt – aber dann meist in negativer Form. Ebenso wirken unklare Absprachen, unstrukturierte Kommunikation, der Hang zur Maßlosigkeit, Schwebezustände (Weder-noch-Zustand), Heimlichkeiten und Verrat: insgesamt alles Mängelzustände unserer Persönlichkeit, die uns in ihren verschiedenen entsprechenden Leidensformen darauf hinweisen werden, dass wir die an uns gestellte Lernaufgabe falsch angegangen sind. Das gilt ferner, wenn wir abhängig von Rauschmitteln oder auf andere Art süchtig sind, wenn wir uns verirren oder uns auf Irrwege begeben, wenn wir Verführungen unterliegen oder wenn wir uns Ersatzbefriedigungen hingeben.

Der Gehemmte weist sich oft auch durch eine schwache Muskulatur oder schlaffe Haut aus. Sein Auftreten zeigt Haltungsschwächen, sein Erscheinen kann vom Tragen undefinierbarer Kleider bis zu Verwahrlosung reichen. Das Temperament ist träge (man gibt rasch auf), man leidet unter Abhängigkeiten und kann sich kaum Grenzen setzen (an Maßlosigkeit leiden); dabei ist darauf zu achten, dass, wer Grenzen überschreiten will, zuerst Grenzen erkennen muss. Der Bezug zur Welt im Allgemeinen ist irreal, oft erleidet man Fremdbestimmung durch Gemeinschaften (insbesondere durch religiöse Gemeinschaften, wie zum Beispiel Sekten), scheitert an banalen alltäglichen Lebenserfordernissen oder ist vom Helfersyndrom besessen. Der in der Hemmung lebende, labile und energielose Mensch lebt an seinem eigenen Leben vorbei, übersieht das Wesentliche seines Lebens, kennt oft keine Grenzen zwischen dem Selbst und den anderen. So können Kinder die Ansichten ihrer Familie übernehmen und haben dann später Mühe, sich eine eigene Meinung zu bilden. Selbstzerstörerische Versuche, aus vermeintlich aussichtslosen Situationen zu fliehen (sich aus dem „Staub" machen) sind oft Drogenkonsum oder ausweichende Methoden wie Apathie und Depression, emotionaler Zusammenbruch, krankhafte Ichbezogenheit, Kontaktunfähigkeit, Masochismus. Psychologische Extreme verzerrter Energie sind Fälle von multipler Persönlichkeit, gravierende Süchte und extreme Formen religiösen Wahns. Diese krankhaften Symptome sind oft zumindest teilweise eine Reaktionsform auf einen Mangel an Grenzen oder auf einen konstanten Angriff auf persönliche Grenzen.

Hemmungen ziehen die Kompensationsformen an. Angst bewirkt oft Flucht, Unsicherheit kann zu Heimlichkeit und Lüge führen, Schwäche zu Sucht. Aussichtslosigkeit zieht irreale Hoffnungsträger, Hilflosigkeit oft Scheinhelfer an.

In der Kompensation können wir die Durchsetzung materieller Ziele überbewerten, um dann von anderen hintergangen und betrogen zu werden (woran wir vor allem seelisch leiden werden), weil das Feingefühl für die verborgenen Werte des Lebens abhanden gekommen ist. Oder wir führen ein Scheinleben, wir wollen mehr scheinen als sein. Wir verfallen dem Hang zur Verschwendung (beispielsweise der Kaufsucht und dem Konsumrausch) oder zur Selbstüberschätzung, wir schrecken auch vor illegalen Aktionen nicht zurück, um unser Gesicht zu wahren. Zur Kompensationsform gehören auch das Helfersyndrom und die Alternativszene sowie das Schema der Workaholics. Ferner ist in der Kompensation meist alles im Übermaß vorhanden, sowohl im Positiven wie im Negativen (in Form von Mängeln). So haben wir in der Überkompensation, bei welcher die Persönlichkeit von fremden, negativen Kräften beherrscht wird, folgende Entsprechungsthemen:

– Exzessives Fernsehen: Was uns nahe ist, was uns direkt betrifft, wollen wir nicht mehr sehen.

– Ohrenbetäubende Musik: um endlich nichts mehr hören zu müssen.

– Ecstasy: um den erschöpften Körper nicht mehr wahrnehmen zu müssen.

– Exzessiver Sex: um den Verlust von echter Liebe wettzumachen.

– Weltweite, indirekte Kommunikation, gepaart mit Informationsüberflutung: Das individuelle, direkte Gespräch von Mensch zu Mensch haben wir verlernt, der kultivierte Umgang mit der Sprache geht verloren und damit auch die Liebe im verbalen Wortwechsel.

Der Sinn, lateinisch „Sensus", als Fähigkeit des Organismus, bestimmte Reize der Außenwelt (exogene Reize) oder des Körperinneren (endogene Reize) aufzunehmen, in Erregungen zu verwandeln sowie bei Menschen und höheren Tieren diese über bestimmte Nervenbahnen (Sinnesnerven) den zugehörigen Zentren des Gehirns (Sinneszentren) zuzuleiten, wird in seinen normalen Funktionen erheblich gestört. Wir sind von Sinnen (wir kennen den Ausdruck „außer sich sein"), das heißt, die Sinne (ein Hauptmerkmal aller höherentwickelten Wesen), kommen uns allmählich abhanden, wir entfernen uns immer mehr von uns selbst und sind am Ende nur noch ein Schatten unseres Selbst. Sinn bedeutet auch Ziel und Zweck, und wir sind so auf bestem Wege, uns von dem Lebenssinn, dem wir unser Leben widmen wollten, sei dies nun die Weiterentwicklung oder Verwirklichung gewisser Seelenkonzepte, Energiepotentiale oder Tugenden, immer weiter zu entfernen. Die entsprechenden Somatisierungen werden folgen, wir erleben Energie in der Verzerrungsform als Umkehrreaktionen, aus dem Zuviel wird ein Zuwenig, das zum Nichts führen kann, zur Auflösung.

In real gelebter Form wird das Vorangegangene mehr als wettgemacht. Dazu gehören die Inspiration, die Phantasie, die Vision, die aller Kreativität vorausgehen, die Wahrnehmungs- und Ahnungsfähigkeit, die Fähigkeit, seinen Mitmenschen altruistische Hilfe zu leisten, die Liebesfähigkeit zur Natur und allen Lebewesen (die allumfassende Liebe), die Fähigkeit, Alternativen zu finden, die Fähigkeit, zu entlarven, Zweifel zu hegen, Hintergründe aufzudecken und Zugang zu haben zum Unkontrollierbaren, Bewusstseinserweiterung zu betreiben. Die Fähigkeit, auch von irdischen Bindungen frei zu werden, mediale Fähigkeiten und Zugang zur Mystik zu haben. Es heißt auch, irreale Ideale auflösen zu können, die Gefühle des anderen wahrnehmen zu können (Einfühlungsvermögen).

Zieht man sich dagegen oft von der Außenwelt zurück, kehrt den Menschen sozusagen den Rücken, ist es schwierig, wieder aus sich herauszugehen, den Anschluss wiederzufinden! Das Jenseits, der Traum, die Spiritualität sind Teile der Welt solcher Menschen. Sie haben eine tiefe Sehnsucht nach Einkehr und Heimkehr ins kosmische oder göttliche Ganze, nach Läuterung und Auflösung. Auf der Suche nach der totalen Synthese, meist im Besitze eines Urvertrauens hingabefähig, gilt ihr Streben nach der geistigen All-Liebe.

### Die Entsprechungen des Körpers zur Thematik

**Organe**
Füße                                   (Fußprobleme können auf Schwierigkeiten mit der Auflösung eines eingenommenen Standpunktes hindeuten)

### Physiologisches Prinzip und Körperfunktionen

Träumen als Anpassung des Bewusstseins an das Unbewusste

## Krankheitsprinzipien und -symptomatik, Krankheitsdispositionen und mögliche Somatisierung

- Alkoholabhängigkeit
- Apathie
- Ängste (vor allem unbewusste oder undefinierbare)
- Bewusstlosigkeit, Bewusstseinsstörungen (Benommenheit, Delirium)
- Burn-out-Syndrom[11] (der ausgebrannte Mensch)
- Degenerations- und Verschleißprozesse, langsamer Zerfall
- Depressionen
- Drüsen (Störungen der innersekretorischen Drüsen); eventuell durch Somatisierung emotionaler Belastung
- Erschlaffung von Organen
- Gleichgewichtsstörungen
- Hepatitis (Leberentzündung)
- Infektionen (Seuchen)
- Körperlich-seelischer Zerfall
- Krankhafte Eifersucht
- Krebstumor (Infiltration, Grenzenlosigkeit)
- Lähmungen
- Masochismus
- Mykosen (Krankheiten, die durch Pilze hervorgerufen werden)
- Nervenzusammenbruch
- Pilzerkrankungen (siehe auch Mykosen)
- Prothesenbedarf als Ersatz (etwa Fußprothesen oder Zahnprothesen)
- Psychische Krankheiten
- Schizophrenie
- Schwächezustände
- Schweißausbrüche
- Schwer definierbare und diagnostizierbare eigenartige Erkrankungen
- Sehvermögen (eingeschränktes)
- Selbstmord
- Sensibilitätsstörungen (beispielsweise an Übersensibilisierung leiden), Empfindungslähmungen
- Sepsis (Blutvergiftung)
- Sexuelle Ausschweifungen und Exzesse und der Hang zu irrealen sexuellen Vorstellungen, sexuelle Verirrungen jedweder Art

- Süchte (Alkohol, Drogen, Esssucht, Rauchen, Medikamente, Arbeitssucht)
- Tuberkulose
- Vergiftungen (insbesondere auch Gas- und Pilzvergiftungen)
- Verunreinigungen
- Wahnvorstellungen
- Weinkrämpfe

Dieses Energieprinzip in seinen geschwächten Formen weist uns, wie wir sehen, oft auf die Thematik „Krankheit" als Ersatzalternative hin. Diese programmiert das Unbewusste dann, wenn wir selbst keinen anderen Ausweg mehr zu erkennen vermögen. Zugleich ist die Somatisierung meist ein Schlüssel zu einer Erkenntnis, die es zu erschließen gilt, um einem Fehlverhalten auf die Spur zu kommen. So können Fußprobleme auf Schwierigkeiten mit der Auflösung eines eingenommenen Standpunktes hindeuten, Süchte als Ersatz für die Verwirklichung von Träumen und Idealen gelten, Veränderungen in den innersekretorischen Drüsen die Somatisierung von emotionaler Belastung, wie Furcht, Ekel, Ärger, Zorn und anderem sein.

Wenn ich vor mir selber fliehe und nicht dazu bereit bin, Verantwortung für mein geistiges Wachstum zu übernehmen, ziehe ich Leiden an oder komme in Kontakt mit Menschen, die leiden (Karma-Gesetz). Wenn ich gegenüber den kosmischen Gesetzen und dem Wesen des kosmischen Ganzen Unverständnis bekunde, begegne ich Intrige und Täuschung, Isolation und Einsamkeit. Wenn ich hingegen dazu bereit bin, mich mit diesen Begebenheiten zu beschäftigen und sie zu erkunden versuche, finde ich Alternativen, um mir selbst helfen zu können.

**Unterstützende Formen, um die Energie real zu nutzen**

Physisch:            Als Sportarten gelten:
                     Tanzsport
                     Wassergymnastik
                     Yoga

Geistig-seelisch:    Meditation
                     Musik
                     Yoga

Als speziell entsprechende Therapieformen gelten unter anderem je nach Krankheitssymptom und zur ärztlich empfohlenen therapeutischen Indikation:

- Bachblüten-Therapie

- Fußbäder (ansteigende)

- Fußreflexzonenmassage

- Güsse (Kneippsche)

- Homöopathie

- Kinesiologie (Bewegungstherapie, wie Atemgymnastik, Heilgymnastik oder etwa Bewegungsspiele)

- Meditation

- Musiktherapie

- Tautreten (kurzes)

Vorsicht ist hier ganz speziell vor überdosierter Sonnenbestrahlung geboten, vor Alkohol, vor Brutalität und Horror in Medien wie TV, Literatur und Film, vor jeder Art von Süchten. Hingegen kann uns viel Licht und gemäßigte Sonnenwärme (zum Beispiel in dosierter Form zu bestimmten Tages- und Jahreszeiten unter dem wohltuenden Blattgrün von Bäumen genossen) dazu verhelfen, unsere Stimmung und unser Wohlbefinden zu steigern.

Die Einnahme von Bachblüten-Essenzen spricht insbesondere hier außerordentlich gut an. Empfehlenswert sind im Speziellen:

**Aspen (Zitterpappel), Clematis (Weiße Waldrebe),
Sweet Chestnut (Edelkastanie), Wild Rose (Heckenrose)**

Wenn wir eine zu „dünne Haut" haben, wenn uns alles „unter die Haut" geht, wenn wir Mühe haben, mit der materiellen Welt umzugehen, dann können wir **Aspen** brauchen. Das irdische Dasein macht uns Mühe, wir haben zu viel Bezug zu dem Überpersönlichen, Transzendentalen, der Alltag bereitet uns Ängste, die wir nirgendwo ansiedeln können, aber uns ständig begleiten. Es sind vielfach Menschen, die nachts oft auch Alpträume haben, oder Kinder, die sich beim Schlafengehen vor der Dunkelheit und bösen Geistern unter dem Bett fürchten. Vielleicht sind sie mehr als andere von dunklen Erfahrungen aus vergangenen Leben karmisch belastet oder bringen ein Wissen in die derzeitige Existenz herüber, das, unbewusst und rational nicht fassbar, tiefe Ängste auslöst. Da diese Menschen eine extreme Sensitivität aufweisen, ist die Espe oder Zitterpappel bestens dazu geeignet, ihnen Unterstützung anzubieten. Menschen, die meistens wie Seismographen die geringsten negativen Schwingungen ihrer Umgebung registrieren, die kleinsten disharmonischen energetischen Schwankungen ihres Umfeldes, diese Menschen fühlen sich dadurch total entkräftet, weil sie die Störungen, die vage, unbestimmt und undefinierbar sind, nicht angehen können.

Aspen verleiht innere Zuversicht und Geborgenheit in etwas viel Größeres und Mächtigeres, als man selbst ist – ob wir darunter die kosmischen ewigen Gesetze oder die göttliche Kraft der Liebe verstehen (der Glaube an unsere Schutzengel), ist irrelevant. Jedenfalls verlieren wir dadurch unsere unfassbaren Ängste und gewinnen an Vertrauen.

Wenn wir in Phantasiewelten schweben und unseren Idealismus nicht schöpferisch zu zeigen vermögen, ist es wirkungsvoll, nach **Clematis** zu greifen. Wenn wir uns wie abwesend verhalten und in Wirklichkeit ganz woanders schweben, als da zu sein, wo wir gerade sind. Wenn wir uns der Realität zu entrücken versuchen, wenn wir kraftlos dahinzuvegetieren scheinen und uns nur noch treiben lassen. Körperlich kann sich dies in Form einer auffallenden Blässe und Blutleere äußern. Wer stets alles übersieht, kann zu Sehstörungen neigen, wer alles überhört, zu Hörstörungen. Konzentrationsstörungen oder ein halbwacher Zustand können weitere Symptome sein. Das Durchsetzungsvermögen ist herabgesetzt bis nicht vorhanden, Indifferenz und Apathie herrschen vor. Clematis ist auch dann angebracht, wenn wir Suizidgedanken hegen, wenn wir in Idealvorstellungen schweben oder die Welt zum Untergang verdammen, damit danach das Goldene Zeitalter Einzug halten kann. Oft kann die meist vorhandene große kreative Begabung durch einen Berufswechsel in eine künstlerische oder eine andere entsprechende Tätigkeit (siehe unter „geeignete Berufe") Wunder wirken. Essentiell ist es, wieder im Leben mitmachen zu wollen, dabei sein zu wollen.

**Sweet Chestnut** kann uns dann Hilfe anbieten, wenn wir in tiefster Verzweiflung sind und in einer ohnmächtigen Negativität stecken. Wenn wir uns völlig hilflos und schutzlos gegenüber dem Schicksal ausgeliefert fühlen, wenn wir meinen, verlassen worden zu sein, und nirgendwo mehr einen Lichtpunkt zu entdecken vermögen, wenn alles in der Dunkelheit der Nacht versunken ist und wir nicht mehr daran glauben, dass gerade danach ein neuer Tag anbricht. Dass ist oft der Moment, in welchem wir uns in einer großen Wandlungsphase zu neuen Bewusstseinsdimensionen befinden. In diesem Stadium sind wir unbeschreiblich verletzbar und empfindlich. Sweet Chestnut kann uns dazu verhelfen, einen entscheidenden Entwicklungsschritt aus einer hoffnungslosen Lage zu tun, sei dies nun in einer verfahrenen Partnerschaft oder einer unglücklichen Berufssituation. Im Sweet-Chestnut-Zustand merken wir vielleicht, dass wir sämtliche irdischen Güter eines Tages wieder werden abgeben müssen, um frei zu werden. Wenn alles verloren scheint, sind Wunder am nächsten, solange wir die Hoffnung nicht aufgeben und dazu bereit sind, um Hilfe zu bitten, und uns für unsere Schwachstellen nicht schämen, sondern uns dazu bekennen und Bereitschaft zeigen, diese zu beheben.

**Wild Rose,** wenn wir resignieren und in unserem Inneren bereit sind zu kapitulieren. Wenn wir nicht mehr „mitmachen" wollen und die Dinge nur noch geschehen lassen, dann ist Wild Rose angesagt, um uns zu helfen, unsere innere Motivation zu stimulieren und unsere negative Einstellung aufzulösen. Wild Rose fördert Eigeninitiative und führt uns aus einer apathischen Resignationsstimmung heraus. Bei chronischen Krankheiten haben wir oft die Tendenz, in einen negativen Wild-Rose-Zustand zu geraten, und da kann Wild Rose zu neuen inneren Kräften und Energiepotentialen verhelfen und berechtigte neue Hoffnung anbieten, damit wir aus innerer Kraft aus einer vermeintlich ausweglosen Situation wieder herausfinden. Diese kann selbstverständlich auch auf der Ebene des Berufs, der Partnerschaft oder Familie angesiedelt sein. Wild Rose schenkt Zuversicht, gilt als Transformator und Verstärker kosmischer Lebensenergie in der an uns angepassten harmonischen Schwingungsebene, Freude und Interesse am Leben kommen wieder zurück. Wir erkennen die Möglichkeit und die Dringlichkeit, von nun an negative Mentalprogramme (Scripts) bewusst und entscheidend zu ändern, um an deren Stelle positive Lebensprogramme zu entwickeln und einzusetzen!

## Unterstützende Möglichkeiten auf der Berufsebene

Berufe, welche mit dieser Energie besonders im Einklang stehen *oder* in welchen man diese Energie besonders gut selber leben kann, statt diese auf andere projizieren zu müssen:

Arbeit als Dienst an der Sache, bei welcher das Ego immer mehr in den Hintergrund tritt, ist die realste Entsprechungsform.

Außerdem folgende Berufe:

- Apotheker
- Arzt
- Berater (Drogen-, Lebens- und Personalberater)
- Berufe der Filmbranche und des Theaters (Schein-wirklichkeit, im Scheinwerferlicht stehen)
- Florist
- Berufe in der Forschung (speziell medizinische)
- Fürsorgeberufe
- Grafiker
- Heilerberufe, Therapeut
- Helferberufe
- Homöopath
- Krankenpfleger
- Künstlerberufe (Maler, Musiker, Poet usw.)
- Berufe der Modebranche
- Pfleger (auch Tier- und Naturpfleger)
- Fotoindustrie und angestammte Berufe
- Psychologe und Psychotherapeut
- Sanitäter
- Schauspieler
- Schriftsteller (Belletristik)
- soziale Berufe
- Tänzer
- Yogalehrer

Viele Unterlassungshandlungen, die häufig das Berufsleben (aber selbstverständlich auch das Privatleben) stark belasten, beruhen auf Entsprechungen in der Verzerrung in Form von Mängeln oder unausgebildeten Anlagen:

- Mangel an Ehrlichkeit
- Mangel an Eigenständigkeit
- Mangel an Glaubwürdigkeit
- Mangel an Initiative
- Mangel an ökonomischer Einstellung (Verschwendung)
- Hang zur Passivität
- Mangel an Ordnungssinn, chaotische Veranlagung
- Mangel an Pünktlichkeit

- Mangel an Reserven (sowohl physisch als auch organisatorisch und materiell)
- Mangel an Takt
- Hang zur Untätigkeit
- Flucht vor Verantwortung
- Mangel an Vertrauenswürdigkeit und Verlässlichkeit

Die Energien im Mangelzustand oder in der Verzerrungsform bewirken zum Ausgleich ein Zuviel an leider ebenfalls verzerrter Energie beim Gegenpol (Elternrollenspieler, Chefs und Vorgesetzte, Partner) und führen zu einem negativen, aggressiven Reaktionsmuster. Mangel an Einsatz vieler unserer Fähigkeiten und vor allem der mangelnde Wille, unsere uns innewohnenden Fähigkeiten weiterzuentwickeln, statt sie ungenutzt brachliegen zu lassen, sind, wie wir sehen, oft Ursachen für Misserfolg, sowohl im Berufsleben als auch in sonstigen Beziehungen und Partnerschaften. Wenn wir es an Energieeinsatz mangeln lassen, nützt es uns wenig, über ein ungerechtes Schicksal zu lamentieren, wenn sich Partner oder Arbeitgeber von uns distanzieren (es werden dadurch nur weitere Mängel offenbart, wie Mangel an Gerechtigkeitsgefühl und Mangel an Ausgleich). Hier geht es erstmals darum, unser Defizit im Aufdecken von Hintergründen auszugleichen und danach das Defizit an Eigenleistung aufzufüllen.

Homöopathisch kann dieser Energie das Metall Aluminium (Alumina – Aluminium metallicum) zugeordnet werden. Unstete Menschen, die, kaum irgendwo angekommen, wieder den Drang empfinden, aufzubrechen und weiterzugehen, entsprechen dem Alumina-Typus. Sie lassen sich nur mit Mühe in ein Gemeinschaftsleben, wie beispielsweise die Ehe oder Partnerschaft, eingliedern und gehen oft materiellen Vereinbarungen und festen Planungen aus dem Wege. Sexualverkehr wird meist nicht als Mittel zur Fortpflanzung angesehen, sondern ausschließlich als Möglichkeit zu raffiniertem Liebesspiel. Was dabei vor allem zählt, ist das Vermögen des Partners, dabei so viel Illusion als nur möglich vorzuzaubern.

Die esoterische Aufgabe heißt hier, den Mut zu haben hinzuschauen, der Konfrontation nicht auszuweichen, in das Chaos hineinzugehen, nicht zu resignieren, die Kraft zur Umwandlung aufzubringen. Das Leitbild ist der Mystiker, der Heiler, der große Helfer. Der Mystiker ist der Weise, der Abgeklärte und Erhabene, in dessen Inneren sich Göttliches entwickelt, und der einmal erlangte Weisheit nur Eingeweihten mitteilt, damit sie nicht verloren gehe. Mystik kann von jedem Menschen empfunden und erlebt werden, der sie mit seinem ganzen Sein sucht.

Um das ganze Spektrum unserer Möglichkeiten im Leben zu erfassen, dürfen wir die Gnade nicht vergessen, die Chance, angesammeltes Karma aufzulösen. Durch sie können wir zum Seher werden, wenn wir damit versuchen, uns auf die Suche nach dem Sinn unserer Lebenserfahrungen, ob positive oder nach unserer Sicht vermeintlich negative, zu begeben und uns fragen, was uns die jeweiligen Ereignisse vermitteln wollen, welche Aufforderung gerade diese Situation an uns stellt. Was gilt gerade zu diesem Zeitpunkt an unserem Verhalten zu verändern? Alles Geschehen, das uns betrifft, enthält Informationen und eine Möglichkeit zur Bewusstseinserweiterung. Wenn wir diese Hilfe ergreifen und begreifen, werden auch weniger angenehme Lebenssituationen sich zu einem fruchtbaren, reichen Segen transformieren. Nehmen wir aber unangenehme Lebenssituationen zum Anlass, uns dagegen aufzulehnen, verpassen wir die Chance oder Gnade, und statt Karma-Auflösung kommt unter Umständen neues Karma hinzu (so, wenn wir, als einfaches Beispiel, in einer misslichen Situation fluchen und damit sozusagen den Fluch über uns erbitten, statt gerade darin Gnade und Segen zu erblicken).

Um die Energie der Grenzen überschreitenden Erfahrungen positiv erleben zu können, müssen wir die Verankerung im Alltag entwickelt haben. Nur derjenige kann sich auf Höhenflüge begeben, der weiß, wie man sicher und ohne Schaden jederzeit wieder herunterkommt (in den Alltag). Da wir es hier mit dem Prinzip der Auflösung zu tun haben, wobei ich auf etwas verzichten und ein Opfer bringen muss, um weiterzukommen, ist es klar, dass ich nur etwas aufgeben kann, das ich zuvor besessen habe. Wenn ich mein Bewusstsein für die materielle Welt bis dahin entwickelt habe, kann ich loslassen und mich anderen Dingen öffnen, um ein transzendentes Bewusstsein zu erlangen, in dem das Geistig-Seelische viel wichtiger wird. Wie zu Beginn dieses Kapitels bereits erwähnt, kann man mit Wünschen und Wunschdenken nicht viel erreichen, außer Enttäuschungen. Dieser Energieform können wir uns nur öffnen und uns über den Augenblick freuen, in dem wir ihre wohltuende Wirkung verspüren, ohne sie festhalten zu können. *Paradiesische Einblicke* werden uns im diesseitigen Leben nur als Momentaufnahmen gewährt, unsere konkreten Aufgaben müssen wir in unserer *irdischen Existenz* zu lösen versuchen.

Was das Thema der Liebe anbelangt, sprechen wir hier von der selbstlosen Liebe, davon, andere Lebewesen zu lieben, ohne etwas von ihnen zu erwarten. Erwartungen an andere daran zu knüpfen, kann zu höchst negativen Erfahrungen führen. Wenn wir alles im Leben im Griff haben wollen, wenn wir meinen, selbst mit unserem Wissen und Wollen alles managen zu können, wenn wir kein Ohr mehr haben wollen für die Belange der übrigen Schöpfung, können wir energetische Kräfte von ihren unangenehmsten Seiten erfahren. Da kann uns nur noch helfen, uns umgehend danach die Frage zu stellen, was die Ereignisse uns mitteilen wollen und was die Dinge, die in dieser Zeit passieren, für einen tieferen Sinn haben könnten. Vielleicht zeigt es uns dann an, dass wir das Leben mit viel zu viel Strenge angegangen sind, dass wir bis anhin falsche Prioritäten haben gelten lassen, dass wir alle Kraft und Zeit ausschließlich materiellen Zielen opferten und der Liebe und Phantasie keinen Platz boten. Jetzt müssen wir plötzlich mit chaotischen Zuständen fertig werden, alles scheint sich auflösen zu wollen, wir stehen vor einem Scherbenhaufen. Oder wir führten ein bis ins letzte Detail geplantes und durchorganisiertes Leben. Alles schien abgesichert und ein plötzlicher, sogenannter Schicksalsschlag bringt alle Pläne durcheinander und lässt alles wie ein Kartenhaus zusammenstürzen. Dadurch will das Leben uns darauf hinweisen, dass unsere Existenz einseitige Routine geworden ist, in welcher Essentielles immer mehr in Vergessenheit gerät und es an der Zeit ist, aufzuwachen, neue Aspekte zuzulassen und neue Impulse einzuleiten, bereit zu sein zur geistigen Erneuerung. Oft finden wir auf beruflicher Ebene eine Ausgleichsmöglichkeit. Dafür kommen sämtliche der erwähnten beruflichen Aktivitäten in Frage.

Die Herausforderung heißt „mutig sein", sich von der Vergangenheit endlich zu lösen, sich von der bisherigen Form zu lösen, damit etwas Neues zustande kommen kann, und dazu ist immer ein Opfer notwendig und der Glaube an die Zukunft. Ausdauer ist gefragt, auch in einer grenzenlosen Flexibilität man selbst bleiben zu können, selbst wenn sich alles um einem herum aufzulösen scheint. Dies ist auch nötig, um in einem ständigen Zustand der Keimung leben zu können, in dem Realität ein relativer und vorübergehender Zustand ist.

Ein spirituelles Heimweh nährt unsere Sehnsucht nach Überschreitung menschlicher und individueller Begrenztheit, hin zur All-Einheitserfahrung. Durch die Transzendierung unseres Bewusstseins können wir ein Einssein mit der gesamten Schöpfung erleben, was einem erleuchteten Zustand gleichkommt. Der Weg der Spiritualität ist jedoch kein Ausweg, welcher dafür da ist und uns offen steht, wenn wir bis anhin überall sonst versagt haben. Nein, er ist die Krönung aller Bewährungen. Wenn wir im Gegenteil alles bestanden haben, erprobt haben und gestählt sind, dann dürfen wir diese letzte Prüfung eingehen, um zu beweisen, dass wir dazu bereit sind, das Göttliche in uns erstrahlen zu lassen, als Essenz aller Energien.

\* \* \*

### Gedanken zum Schluss

Wenn ich alles Materielle durchlebt habe,

wenn ich alles Erdenkliche durchdacht habe,

wenn ich alles Materielle zurücklege,

wenn ich alles Durchdachte widerlege,

verbleibt mir am Ende die Hoffnung auf die Gnade,

im Glauben, das noch zu finden,

nach dem ich mich ein Leben lang sehnte,

nämlich viel Wertvolleres, als ich je hätte besitzen können,

viel Erhabeneres, als ich je hätte mir ausdenken können,

die Erlösung allen Besitzes und allen Denkens,

nur zu sein in der Fülle der Schöpfung,

wohlbehütet und geborgen, frei und erleichtert,

von aller Mühsal des Lebens.

\*     \*     \*

# Das transformierte Ich

*Leben ist die Dynamik*
*einer beständigen Erneuerung*
*seiner Ausdrucksformen.*
*Der Nicht-Wandlungs-Willige*
*handelt deshalb durch seine Nicht-Akzeptanz*
*gegen die unumstößlichen Gesetze des Lebens.*

Materie kann nicht von Dauer sein – es ist nur eine Form der Energie, die auf einer bestimmten Frequenz vibriert. Hydrogen (Wasserstoff) können wir als die einfachste Form materiellen Ausdrucks von Energie betrachten, während die zurzeit höchste Schwingungsform vom Menschen verkörpert wird. So ist menschliches Leben der derzeitige Höhepunkt der Evolution oder göttlichen Offenbarung. Ist es das wirklich? Ermessen wir die Verantwortung, die wir tragen dürfen? Und werden wir die in diesem Zusammenhang in uns angelegten Chancen und Möglichkeiten zur Reife bringen? Es ist zu früh, eine Antwort, die in der Zukunft liegt, schon jetzt beantworten zu wollen – etwas in dessen Richtung zu tun, hat aber höchste Dringlichkeit und Priorität.

## Qualitäten, welche diesem letzten Kapitel zugeordnet werden

Wir wollen nun über unsere eigenen Bedürfnisse und uns selbst hinauswachsen, unseren Platz mit unserem ganzen Wesen im unendlichen Fortbestand des Universums einnehmen, volle Verantwortung für das Geschenk des Lebens übernehmen. Dazu wird alles Dunkle und Verborgene an die Oberfläche gebracht werden müssen. Es ist Zeit zur Läuterung, damit uns alle bis anhin ungeahnten Erfahrungen zu dieser gewaltigen Wandlung verhelfen können.

Wenn es nötig ist, wird bei dieser Reinigung etwas mit aller Gewalt von uns losgerissen und genau das auflösen wollen, was wir selbst mit Verbissenheit, manchmal gegen alle Vernunft, nicht loslassen und aufgeben wollen. Da, wo wir dazu neigen, anderen unseren Willen aufzuzwingen, da, wo wir Macht ausüben, Kontrolle behalten wollen, in diesem Bereich weisen wir häufig ein zwanghaftes Verhalten auf. Hier lassen uns die Erfahrungen des kollektiven Unbewussten große Ängste verspüren, die es in diesem Leben zu bewältigen gilt. In diesem Bereich werden wir zur Wandlung gezwungen, da gilt es, „sterben" zu können, um durch die ewige Wandlung als neuer Mensch wieder „auferstehen" zu dürfen, gestählt und geläutert durch das Feuer der Transformation. Altes wird an die Oberfläche gebracht, um es bewusst zu machen und zu eliminieren. Es sind meist schmerzhafte Erfahrungen und Prozesse, die uns stark zusetzen und allein dadurch bewirken können, dass wir uns endlich verändern – Umstände, die uns zur überfälligen Wandlung zwingen (Stirb-und-werde-Erfahrungen oder etwa Scheintod). Es kann „die Hölle los sein", wenn wir in der Finsternis der Unterwelt unserer eigenen Schattenthemen nach der Pforte der Umwandlung suchen. Kennt man keine Tabus und weiß in seinem innersten Wesen Bescheid über die Untiefen menschlicher Erfahrungswerte, die sich über Äonen im kollektiven Unbewussten der Menschheit angesammelt haben, macht das, was man erfühlt und erspürt, oft große Angst, weil es beunruhigend wirkt.

In real gelebter Form verleiht uns diese Entwicklungsphase auch die Fähigkeit, Tabuthemen anzugehen, etwas zu hinterfragen und zu analysieren, zu entlarven. Dadurch kann auch oft das Bedürfnis entstehen, anderen endlich die Maske vom Gesicht zu reißen und deren verborgene Motivationen zu entlarven. Es besteht manchmal ein paradoxer Widerspruch zwischen dem Bedürfnis nach Absicherung (zum Teil sind possessive Reaktionsweisen vorhanden) und dem Drang, alles Überholte niederzureißen, um es anders wieder aufbauen zu können. So findet dann auf Veränderungen, die von außen kommen, eine äußerst hartnäckige Abwehr statt. Man fühlt sich dadurch seiner Selbstständigkeit beraubt und entmachtet. Transformationsphasen erfordern ein großes Kräftepotential und jede Neugeburt durchmisst einen Zeitabschnitt äußerster Verwundbarkeit, den es durchzustehen gilt. Transformation birgt naturgemäß auch eine Zeit der Unruhe in sich.

Wir befinden uns jetzt auch in einer Zeit, in welcher der Bereich für das Interesse an Grenzfragen am Okkulten, an Hintergründigem und Geheimnisvollen vorhanden sein kann – und die Fähigkeit, das Unbewusste zu erforschen. Wir müssen unsere Einstellung zu Tod und Sterben, zu Wandlung, Erneuerung und Transformation offen bekennen. Für Neues müssen wir Altes loslassen, Platz machen. Dadurch können wir große Verlustängste erleiden, oder aber wir gehen eine zu große Risikobereitschaft bei der Wandlung unseres Ich ein, wahren kein Rücksichtnehmen und Einhalten der Grenzen des anderen. Kennen wir selbst keine Grenzen, werden uns von außen (von anderen) Grenzen gesetzt.

In der Sexualität, also in der körperlichen Verschmelzung mit dem Du, empfindet es das Ich als bedrohlich, weil es ungewiss ist, wie groß der geforderte Anteil der Selbstaufgabe dabei sein wird; es geht dabei auch um Loslassen, um Risikobereitschaft, aber auch um Verantwortungsgefühl und Vertrauen.

Zur erfolgreichen Wandlung braucht es unter anderem konsequentes und unerschütterliches Vorgehen, ein scharfsinnig durchschauendes Wesen sowie die Fähigkeit zum beharrlichen Sondieren aller Möglichkeiten in schwierigen und komplexen Situationen. Verlangt werden auch Ehrgeiz, die Fähigkeit eigene Rechte wahrzunehmen und durchzusetzen, Überkommenes aufzulösen und Alternativen zu entwickeln.

In der Hemmung ist man zu Eis erstarrt und es findet kaum noch Bewegung statt. Ohne die Bereitschaft, Herausforderungen anzunehmen, kann auch keine Transformation stattfinden.

Um ein verfügbares übermäßiges Energiepotential positiv maximal zu nutzen, bedarf es einer überpersönlichen Zielsetzung, die frei ist von egoistischen Interessen und unlimitiert einer gerechten Sache zum Wohle der Allgemeinheit dient. Menschen, die etwas Besonderes in ihrem Leben verwirklicht haben, können diese Qualitäten vorweisen. Im Sexualakt können wir den Zustand intensivster psychischer Energie erleben, den wir normalerweise zu erleben fähig sind. Die Verschmelzung der polaren männlichen (Yang) und weiblichen (Yin) Kräfte im Orgasmus kann dabei zum Entstehen eines neuen Menschen führen und so zur Regeneration und Erneuerung der Menschheit beitragen. Dies geschieht in einem Moment der größten eigenen Lebensintensität und gleichzeitig auch der größten Selbstaufgabe, zu welcher menschliche Wesen fähig sind. Tabuisierte und verdrängte Sexualität kann sich in somatisierter Form als Krankheit äußern.

Viel Potenzial an Energie kann in einer verzerrten Form zu nicht gerechtfertigtem Machtanspruch gegenüber anderen und zu Ohnmacht gegenüber sich selbst führen. Daraus ergibt sich dann Machtmissbrauch. Diese Art von Machtausübung kennen wir auch in Form von Belohnung oder Bestrafung von Kindern (bedingte Zuwendung). Und umgekehrt ist es bekannt, dass Kinder schon sehr früh ihren Machttrieb entdecken und gegebenenfalls versuchen werden, Eltern und Bezugspersonen damit zu manipulieren (sei dies auch nur in einer harmlosen Form über das Anale, wenn sie sich weigern, ihre Bedürfnisse unter den erwünschten Bedingungen fristgerecht zu erledigen).

Macht und Ohnmacht ergänzen sich gegenseitig, ziehen sich gegenseitig an und rufen stets den Gegenspieler auf den Plan. So spielt sich ein unendliches Wechselspiel zwischen Machtvollen und Machtlosen (Ohnmächtigen!) ab, welche sich immer wieder neu in verschiedenen Lebenssituationen begegnen werden!

Wie wir heute wissen, kann es unter Umständen bei gewissen Menschen zu einer Prädominanz der linken oder rechten Hirnhemisphäre kommen, wobei es im Konfliktfall statt zu einer harmonischen komplementären Zusammenarbeit beider Hirnhälften zum kommunikativen Chaos kommt. Dann werden sich Rationalität und seelisches Bewusstsein, statt sich gegenseitig zu ergänzen (die Ganzwerdung des Menschen) und dem Menschen konstruktiv zu dienen, voneinander trennen. Sie werden einander ohne die Brücke des Verständnisses gegenüberstehen, was destruktiv-negativ im extremen Falle zur Zerstörung der Gesamtpersönlichkeit führen kann (siehe auch[12]). Meine Beobachtungen von Menschen mit Überbetonung der linken Hirnhemisphäre ließen erkennen, dass rationale Fragen und angelernte körperlich-geistige Fähigkeiten in deren Leben keinen Anlass zu irgendwelchen Schwierigkeiten boten. Es wurden sogar in dieser Beziehung die größten Belastungen sozusagen spielend gemeistert, wohingegen aber die geringste seelische Problematik Unverständnis, Panik, Hilflosigkeit und totale Verwirrung hervorriefen.

Integrität, Leistung und Fairness können uns dazu dienen, qualitative Erneuerung durch die Weiterentwicklung unserer persönlichen Anlagen anzusteuern, um damit zum Wohle der Gesellschaft zu wirken, wie das zum Beispiel bei einem Staatsoberhaupt der Fall wäre. Wichtig ist bei Machtstellungen, dass diese von Großzügigkeit und Verantwortung begleitet werden, dass man sich damit nicht überfordert fühlt und jederzeit dazu bereit ist, dem Fähigeren das Feld zu räumen, will man nicht in Machtmissbrauch verfallen. Manche Menschen tun sich oft schwer mit gleich starken Partnern, weil sie befürchten, irgendwann in ihren Schwachstellen erkannt zu werden. Sie suchen sich dann einen schwächeren Partner, von dem sie meinen, dass er ihre eigene Autorität nicht in Frage stellen wird. Andere werden ihre Macht für solche einsetzen wollen, die unter Machtmissbrauch leiden, und finden dann oft beruflich vielfältige Möglichkeiten, sich zu engagieren (Juristen, Organisationen für Behinderte und Schwache, für vergewaltigte Frauen, Fürsorgeeinrichtungen, Weißer Ring oder Waisenhaus). Auf der Beziehungsebene befindet sich oft einer der Partner in einem Abhängigkeitsverhältnis, aus dem, wenn es überwunden wird, ein großer Schritt für das Selbstbewusstseins erfolgen kann. Ein echter Mehrwert wird durch die Partnerschaft dann erzielt, wenn Mittel, Fähigkeiten und Talente aller Beteiligten für identische Zielsetzungen zusammengelegt werden, so dass schlussendlich mehr als die Summe aller Teile daraus resultiert. Ein exzellentes Beispiel dafür, versinnbildlicht im privaten Partnerbereich, ist die Entstehung eines neuen Menschenwesens.

Um Partnerschaften erfolgreich und positiv zu entwickeln, ist es von Bedeutung:

- zuvor ein eigenes Konzept zu entwickeln
  für das, was diese Partnerschaft sein soll

- wandlungsfähig und entwicklungsfähig innerhalb der Partnerschaft zu sein

- anfänglich gegebene Strukturen jederzeit
  den vorhandenen neuen Situationen anpassen zu können, um gegebene neue Möglichkeiten zu nutzen

- sich jederzeit eine eigene Meinung bilden
  zu können (Meinungsfreiheit)

- eigene Vorstellungen in die Partnerschaft
  einbringen zu können

- auch in der Partnerschaft selbstständig zu
  sein und ein eigenes Leben führen zu können

- die Führung seines Selbst niemand anderem
  zu überlassen

- Verantwortung für sich selbst tragen zu
  können

- Manipulationen von anderen durchschauen
  zu können

Unser Leben bewegt sich insgesamt jederzeit in partnerschaftlichen Bereichen (Familie, Schule, Wohnen, Arbeit, Gesellschaft oder etwa Politik). Die oben genannten Fähigkeiten haben allgemein gültigen Charakter, damit wir unser Leben inmitten anderer Menschen erfolgreich leben können.

In verzerrter Form erleben wir die nach außen drängende, aber in ihrer realen Entfaltung gehinderte Energie als destruktiv. Nach innen gerichtet, kann sie sich dann selbstzerstörerisch-masochistisch auswirken (Versagen aus Trotz). Die Charakterzüge erweisen sich in der Verzerrung als unversöhnlich, nachtragend, verschlossen (Geheimnistuerei), undurchsichtig, reserviert, ausweichend, introvertiert, indirekt. Unordnung kann bei solchen Menschen die Regel sein. Extremere Formen sind dann Sarkasmus, Skrupellosigkeit, Hang zu Störungen und zum Zerstören, Terrorismus und pervertiertes Verhalten (beispielsweise, wenn man im Schmerz erst Lebensintensität erfährt). In der Sexualität treffen wir hier oft auch auf Menschen, welche mit unvergleichbarer Intensität und Leidenschaft lieben und gerade durch diese Sexualität große Macht auf ihre Partner ausüben und diese abhängig machen, um sicherzugehen, dass sie sie nicht verlassen werden. Besitzergreifende Wesenszüge, gepaart mit Eifersucht, wirken auf Partnerschaften destruktiv.

Wiederum trifft auch hier, wie bereits bei allen anderen Energien, der Gehemmte mit seinem Gegenspieler, dem Kompensator, zusammen. Der Gehemmte weist uns auf Autoritätsgläubige, auf Anhänger von Gurus hin, auf Menschen in Ohnmachtstellungen, auf Unterdrückte, die mangels eigener Meinung und eigener Konzepte die Meinung ihrer Unterdrücker und die Ideologien ihrer Machthaber vertreten. Ihr Defizit an Wissen hindert sie daran, eigene Pläne und Vorstellungen zu entwickeln. Stattdessen leisten sie als Subalterne, Untergeordnete, Unselbstständige oft Frondienst für die „Sache der Autorität", der sie blind und unterwürfig Vertrauen schenken. Sie kann man indoktrinieren, fanatisieren, manipulieren; ja oft sogar gegen sie Gewalt anwenden und sie Gewalttätigkeiten erleiden lassen, weil ihnen Erniedrigungen sogar Achtung für ihre machtvollen Peiniger einflößen (beispielsweise Fronarbeit in pseudo-spirituellen Vereinigungen). In der Hemmung sind wir diejenigen, die unter Zwanghaftigkeit leiden oder vielerlei Zwängen ausgesetzt sind, die Gewalt oder Vergewaltigungen jedweder Art erleiden (körperliches und seelisches Eindringen in die Persönlichkeit und Individualität des anderen), die ausgebeutet werden.

Und auch dies soll erwähnt werden: Aus mangelnder Kritikfähigkeit (häufig aus einem Mangel an Selbstverantwortung, sich zu informieren) sind gehemmte Menschen leider auch oft unter denen zu finden, die Therapieschäden erleiden, weil sie es versäumen, ihr Mitspracherecht bei Anwendungen und Therapiemöglichkeiten an ihrem eigenen Körper auszuüben. Der zu Gewalttaten neigende Mensch kann in der vorerst gehemmten Form seine Neigungen in Form von Gewaltvideos ausleben. So wird er zu einem Gewalt Erlebenden und überführt diese Tendenz später in einem weiteren Schritt der Verzerrung in die Kompensationsform und in die Praxis seines Alltags. Dann ist er selbst derjenige, der anderen Gewalt zufügt (zum Beispiel in Form von Kindesmisshandlungen).

In der Kompensationsform spielen wir den Manipulator, wir sind diejenigen, die manipulieren, während wir in der Hemmung manipuliert werden. Immer, wenn wir jemandem etwas gegen seinen Willen aufzwingen wollen, auch wenn wir meinen, ihm dies zu seinem „Guten" aufdrängen zu müssen, handeln wir in Kompensationsform. Trotz aller guten Absichten können wir so der Entfaltung eines anderen Menschen im Wege stehen. Außerdem sind Konfliktsituationen durch diese Verhaltensweisen zwischen den betreffenden Menschen vorprogrammiert. Der eine empfindet es als Undankbarkeit, der andere als unzumutbaren Zwang oder gar Gewaltanwendung, beide Teile fühlen sich ungerecht behandelt. In der Kompensation wollen wir dominieren, wir sind dogmatisch, autoritär und spielen den Machthaber. Wir unterdrücken oft andere oder versuchen dies zumindest. Wir pflegen Absolutheitsanspruch und Schwarz-Weiß-Denken, dabei haben wir eine eigene Meinung nur im Rahmen von Norm und Ideal und eine enorme Erwartungshaltung gegenüber anderen. Der Mangel an Differenzierung führt zu Radikalität und der Tendenz zu Extremen und Fanatismus. Der Kompensator kann leidenschaftlich sein, bis hin zur Selbstaufgabe, und sich für ein Prinzip opfern. Er hat Angst vor Kontrollverlust und kann im Extremfall an Verfolgungswahn leiden, wobei er überall Feindbilder entdeckt und dabei Realitätsflucht begeht. Manchmal will er die Wahrheit auch nach den eigenen Vorstellungen beugen.

Eigene Defizite erzeugen Ohnmachtsgefühle und Erwartungsdruck von außen. Wir wollen das Pferd beim Schwanz aufzäumen und werden fremdbestimmt. Wenn wir das erkennen, sind wir bereit für die Transformation und müssen nur noch eines tun: unsere Defizite auffüllen. Viele Informationen dazu finden wir in diesem Buch, um uns bewusst und im Rahmen kosmischer Gesetzmäßigkeiten als Individuum zu entwickeln und unser Leben neu zu gestalten. Allzu leicht ist dies nicht, weil wir mit uns fremden Wertvorstellungen kollidieren werden, um unseren ganz persönlich-individuellen Weg zu begehen. Das erfordert viel innere Kraft, seelische Kraft. Es ist wichtig, Prioritäten im Einsatz unserer Kräfte zu setzen. Dazu müssen wir uns Wissen aneignen, um die verschiedenen Möglichkeiten zu erkennen und danach frei wählen zu können. Unser Verhalten können wir steuern, hingegen unsere Welt, in der wir leben, nicht. Aber das Bild, das wir von ihr mit Hilfe unserer Sinneswahrnehmungen und Denkprozesse machen, dürfen wir mitgestalten!

Es sind, wenn man so will, magische Dinge, welche hier geschehen können, Dinge außerhalb logischer Erklärungen und rationaler Überlegungen und meist unseren vermeintlichen (materiellen) Sicherheiten entgegengesetzt, besonders wenn diese unserem Entwicklungsprozess im Wege stehen, ohne dass wir uns dessen bewusst sind. Oft sind es plötzlich auf uns einwirkende, tiefgehende Ereignisse, die uns als schicksalhaft erscheinen, seien dies Begegnungen mit einem Menschen oder sogenannte Grenzerfahrungen, uns erschütternde Erlebnisse, die unser Leben fast schlagartig in einem neuen Licht erscheinen lassen und woraufhin wir beschließen, unser Dasein mit neuen Wertinhalten zu belegen. Es sind Geschehnisse, die uns radikale Transformationsprozesse zwingend auferlegen. Das Thema heißt „Stirb und werde", also Loslassen, Sterben, Tod, Verwandlung, Transformation und Erneuerung, Auferstehung. Dabei geht es meist nicht um das eigene Sterben, sondern um etwas in uns, das wir loslassen müssen und das wir bis anhin überbewertet haben: Besitz von Geld, Prestige, Ansehen, äußere Macht, Sexualität, Status in Politik und Wirtschaft und dergleichen materielle Dinge, denen wir zu viel Wert in unserem bisherigen Leben beimaßen. Es geht aber auch um geistig-seelische Belange, die wir vernachlässigt und verdrängt haben und die dann mit aller Gewalt ihre Existenzberechtigung einfordern und nach Auferstehung drängen (die Verwandlung von Unwesentlichem in Wesentliches). Da sind wir aufgefordert, einzulenken, Einsicht und Bewusstwerdung anzustreben, wollen wir, schlimmstenfalls, diese Rechnung nicht doch noch eines Tages mit dem eigenen Leben begleichen müssen.

Real gelebte Energie erweist sich dadurch, die Fähigkeit entwickelt zu haben:

- eine eigene Vorstellung von etwas zu haben
- sich eine eigene Meinung bilden zu können
- sich etwas Eigenes vorstellen zu können
- sich wandeln zu können
- geistigen Besitz kultiviert zu haben
- exakt und gründlich arbeiten zu können
- eine feste Beziehung mit einem Partner eingehen zu können
- seine Sexualität leben zu können
- Machtstreben in Selbstverwirklichung zu verwandeln
- seine Ziele nach geistigen Verpflichtungen auszurichten
- seine Begabung in den Dienst einer Gemeinschaft stellen zu können

Das sogenannte Schicksal wird uns stets dort am stärksten herausfordern, wo wir am schwächsten sind und wogegen wir uns am meisten wehren. Dort werden wir letztlich nicht umhin kommen, hindurchzugehen. Der Gehemmte zieht den Ungehemmten an, der Kinderrollenspieler den Elternrollenspieler, um so das Gleichgewicht wieder herzustellen. Beide brauchen einander stets gegenseitig und sind aufeinander angewiesen. Erst wenn wir die Erwachsenenrolle antreten, sind wir frei und unabhängig, leben nach den eigenen Normen, die unserem inneren Wesen entsprechen. Dann brauchen wir nicht mehr die Gurus und Idole, die uns all das vorzumachen scheinen, nach dem wir selbst nicht zu streben wagten. Nun ergreifen wir selbst die Initiative und tun, was unseren Bedürfnissen und Fähigkeiten entspricht. Wir brauchen aber später auch den Schwächeren nicht mehr, um uns selbst unsere Stärken zu beweisen, da wir in völliger Harmonie mit uns selbst sind. Wir verfügen nun frei über die unendlichen Energien des Kosmos und können frei von Angst liebevoll mit diesen Energien umgehen und sie zum Wohle aller nutzen. Zuvor müssen wir aber die verschiedensten Selbsterfahrungen machen, uns den Aufgaben stellen, nach Lösungen suchen, weil wir nur so wachsen können. Das Leben soll ja keine Strafe sein, sondern die beste und geeignetste Möglichkeit, die ersehnte Vollkommenheit oder das sogenannte Paradies zu erlangen.

## Die Entsprechungen des Körpers zur Thematik

### Organe

After, insbesonderedas Verschlusssystem    (als Entlastungsstation, loslassen)

Genitalorgane    (Sorge, nicht gut genug im Leben zu sein[3]))

Keimdrüsen (Eierstöcke, Hoden)    (als Quelle der Schöpfung, der Kreativität)

Nase    (steht für Selbsterkenntnis[3]))

Nasennebenhöhlen    (Gereiztheit über eine nahestehende Person[3]))

Prostata    (sich selbst aufgeben, Macht/Ohnmacht)

### Muskeln

Afterschließmuskeln

Genitalmuskeln    (Penis- und Scheidenmuskulatur)

Nasenmuskeln

202

## Physiologisches Prinzip und Körperfunktionen

Ausscheidungsfunktionen (Kot und Urin)

Geschlechtsfunktionen, Sexualität und Geburtsprozesse

Riechen

Zuständigkeit für die Regenerationsfähigkeit des Organismus

## Krankheitsprinzipien und pathologische Entsprechungen

Amputationen (speziell Gebärmutter)

Autoaggressionskrankheiten (Allergien)

Missbildungen (auch infolge von Strahlenschäden)

Orgasmusschwierigkeiten

Sexualleiden, Erkrankungen des Sexualsystems (Sexualorgane)

Spasmen

Tödliche Krankheiten

## Der Stirb-und-werde-Thematik dieses Kapitels können eventuell folgende Krankheitsdispositionen, psychosomatische Krankheiten und/oder mögliche Somatisierung zugeordnet werden:

Abtreibungen, Totgeburten

Anuserkrankungen (After)

Autoaggressionskrankheiten (als Selbstopferung)

Degenerative Prozesse

Eileitererkrankungen

Einklemmungen (Bruchhernie)          (Bruch in Beziehungen, Spannung, Belas-
                                     tung, unkorrekter Ausdruck schöpferischer
                                     Kraft)

Entzündungen der Geschlechtsorgane und deren Umfeld

Fortpflanzungsstörungen

Geistige Zerrüttung

Geschlechtskrankheiten (Tripper)

Hämorrhoiden

Hodenerkrankungen, Nebenhodenerkrankungen

Infektionen und Erkrankungen der Geschlechts- und Ausscheidungsorgane (Hämorrhoiden)

Krankheiten infolge von Genveränderungen (Genmanipulation)

Nasenerkrankungen

Neigung zu extremer Eifersucht

Onanie (als Suchtverhalten)

Erkrankung der Ovarien (Eierstöcke)

Prostataleiden

Samenleitererkrankungen

Schwellkörpererkrankungen

Sexuelle Ausschweifungen und Perversionen (Hang zu Sadismus, Masochismus)

Spasmen

Suizidgefährdung

Uteruserkrankungen (Gebärmutter)

Verhärtungen der Gefäße und der Gelenke

Verkrampfungen

Verschlusskrankheiten (Darmverschluss)

Verstopfung

Wenn wir Mühe damit haben, Überholtes in geistig-seelischen Bereichen zurück-
zulassen, kann dies zu einer Notwendigkeit von operativen Eingriffen im Bereich
des Körpers führen. Infolge von unbefriedigter Sexualität sind, insbesondere bei
Frauen, meist die Fortpflanzungsorgane betroffen. Eine Schwangerschaft oder deren Verhinderung kann solche pathologische Entwicklungen verständlicherweise
sowohl positiv wie negativ stark beeinflussen. Negative sexuelle Erfahrungen aus
der Kindheit werden das Sexualleben eines Erwachsenen tief prägen und bedürfen eines mit viel Liebe geführten Bewusstwerdungsprozesses. Die bis anhin verdrängten Schattenthemen wollen aus ihrem Verlies befreit und mit dem neuen,
heutigen Bewusstsein des Erwachsenen verarbeitet und erlöst werden. Es muss
Raum geschaffen werden, um einer neuen, offenen Einstellung gegenüber seinen
eigenen sexuellen Bedürfnissen Platz bieten zu können. Die reale Beziehung zur
eigenen Sexualität muss ermöglicht werden, wollen wir nicht den tragischen Verzerrungsformen weiterhin zum Opfer werden.


**Unterstützende Formen, um die Energie real zu verwerten**


Physisch                    Als Sportarten gelten:
                            Eishockey
                            Marathonlauf
                            Sämtliche Kampfsportarten
                            Rugby

Einfache tägliche Atemübungen, abwechselnd durch den rechten und linken Naseneingang (indische Yoga-Texte sprechen von völlig verschiedenen Wirkungen, je nach Einatmung durch die linke oder rechte Nasenöffnung bei den Übungen), können ein harmonisches Zusammenwirken unserer beiden Gehirnhälften, die Harmonie zwischen Yin und Yang, fördern.

Zu der Technik dieser Atemübungen:[13] Sitzen Sie in bequemer Stellung auf dem Boden oder auf einem Stuhl bei aufrechter Haltung der Wirbelsäule. Schließen Sie die Augen und konzentrieren Sie sich auf den Punkt in der Mitte zwischen den Augenbrauen. Schließen Sie den rechten Nasenflügel mit dem rechten Daumen. Langsam und so lange durch den linken Nasenflügel einatmen, wie es ohne Schwierigkeiten möglich ist. Atem 2 bis 3 Sekunden lang anhalten und wieder sehr langsam durch die gleiche linke Nasenöffnung ausatmen. Die Dauer des Ausatmens soll länger als die des Einatmens sein. Praktizieren Sie diese Übung 5-mal. Dann den linken Nasenflügel mit Ringfinger und kleinem Finger der rechten Hand schließen und durch rechte Nasenöffnung auf die gleiche Weise ein- und ausatmen. Auch dies wieder 5-mal. Nase putzen und die Übung beidseitig je 10- bis 15-mal wiederholen.

Eine weitere Übung besteht darin, durch die rechte Nasenöffnung einzuatmen und durch die linke auszuatmen und vice versa (die beidseitige Übung 12-mal in der ersten Woche ausführen, danach jede Woche um eine Runde steigern, bis 20 Wiederholungen erreicht sind).

Geistig-Seelisch        Tantrische Meditationen

Als hier speziell entsprechende Therapieformen gelten unter anderem je nach Krankheitssymptom und ärztlich empfohlener therapeutischer Indikation:

- Aderlass
- Blutegel
- Darmspülung (Klistier)
- Fangobäder
- Fasten
- Hypnosetherapie
- Sauna
- Sitzbäder (kalte, als kurzes Tauchbad, zum Beispiel bei Hämorrhoiden; und 30° bis 40° warme Sitzbäder 20 Minuten lang zum Beispiel bei Unterleibs- und Blasenentzündungen).

Beim Sitzbad werden nur Gesäß und Hüftbereich eingetaucht, nicht aber Oberkörper und Beine, weil es ein Teilbad ist, das am besten in einer kurzen Rundwanne mit Rückenlehne ausgeführt wird.[14]

Zu erwähnen wäre auf geistig-seelischer Ebene und im psychologischen Sinne in spezifischen Fällen noch die Reinkarnationstherapie[15], welche aber ganz speziell einer positiven Einstellung des Patienten gegenüber der Methode bedarf. Dazu gehört auch die Rebirthing-Methode, welche zusätzlich durch die Bachblüte Star of Bethlehem unterstützt werden kann.

Die Einnahme von Bachblüten-Essenzen. Empfehlenswert sind hier im Speziellen:

### Cherry Plum (Kirschpflaume), Rock Rose (Gelbes Sonnenröschen), Star of Bethlehem (Doldiger Milchstern), Vine (Weinrebe)

**Cherry Plum** ist dann angezeigt, wenn wir sogar Angst davor haben, unsere Ängste loszulassen. Aber auch, wenn sich über viele Jahre immense destruktive Kräfte in unserem Inneren angesammelt haben, denen wir ohnmächtig gegenüber stehen und von denen wir befürchten, dass sie nun explosionsartig außerhalb unserer Kontrolle geraten könnten. Cherry Plum gilt als die Brücke zwischen Tod und Auferstehung und wird verwendet, wenn wir meinen sterben zu müssen, weil wir den Weg zur Neugeburt noch nicht zu erkennen vermögen.

Cherry Plum ist die Essenz der Läuterung, wenn wir Angst davor haben, eigene Schattenthemen anzugehen und zu verarbeiten, damit wir sie auflösen und endlich loslassen können; Themen, die äußerst schmerzhaft sind und mit denen wir am liebsten nichts zu tun haben möchten. Oft sind es auch karmische Belastungen, die wir uns in weiter Vergangenheit aufgeladen oder die wir verschuldet haben und die jetzt abgetragen werden wollen. Wenn wir zu unserem höheren Selbst kaum noch Zugang finden, heißt es, dass wir uns zutiefst in den Niederungen der rein materiellen Welt verstrickt haben, die geistig-seelische Bedürfnisse völlig außer Acht gelassen haben und plötzlich merken, dass uns das Allerwichtigste zum Weiterleben dadurch abhanden gekommen ist. Dieser Moment der Erkenntnis ist zugleich die Gelegenheit, das Steuer herumzureißen und eine Wende in unser Dasein zu bringen: Die Transformationsphase kann beginnen, die Voraussetzungen sind günstig, weil wir selbst, so wie bis anhin, nicht mehr weiterschreiten wollen.

Cherry Plum bringt Licht in die Dunkelheit und Führung aus dem Chaos – gewaltige Energiereserven werden statt zur Destruktivität frei zur Höherentwicklung unserer Persönlichkeit. Wir können unsere eigenen Schatten überwinden, anstatt in ihnen zu Grunde zu gehen. Ein riesiges Kräftepotential wird uns plötzlich zum Verbündeten und kann uns zu einem enormen Entwicklungsschritt verhelfen. Ein Cherry-Plum-bedürftiger Mensch wird sich sicher nicht leicht von vornherein zu erkennen geben, weil seine Ängste, sich anderen wegen seiner Seelenzustände zu offenbaren, zu groß sind und seine Verletzlichkeit im möglichen Transformationszustand lebensbedrohlich wirkt. Speziell Menschen, welche sich nach außen sehr stark unter Kontrolle halten können, bekunden oft große Mühe, ihren wahren Gefühlszuständen freien Lauf zu lassen. Umso mehr können sie in ihrem Inneren unter immensen Ängsten und Zwangsvorstellungen, Wahnideen, drohenden Verfolgungen und Psychosen leiden. Konflikte werden im inneren Tresor sorgsam wie ein kostbares Geheimnis gehütet – niemand soll dazu Zugang bekommen.

Auch **Rock Rose** ist behilflich bei äußerst akuten Angstzuständen, bei Terror- und Panikgefühlen; wenn wir uns in äußerster Bedrohung fühlen, ob seelisch (weil wir kein Vertrauen zu unserem höheren Selbst mehr haben) oder auch körperlich (beispielsweise bei lebensbedrohlichen Krankheiten). Die reellen äußeren Umstände brauchen dazu gar nicht wirklich bedrohlich zu sein, speziell bei einer seelischen Panikstimmung sind es meist unbewusste innere, längst verdrängte Ängste, die immer wieder eine Möglichkeit finden, bei passenden Gelegenheiten zum Ausdruck zu kommen. Wir werden von irgendetwas überwältigt, seelisch vergewaltigt oder physisch überfallartig entmachtet. Wenn uns die Angst in den Gliedern steckt oder das Wort uns in der Kehle stecken bleibt, dann sind wir in äußerster Not und im negativen Rock-Rose-Zustand. Wenn unser Antlitz vor Schrecken erblasst, dann benötigen wir die Wärmestrahlen des gelben Sonnenröschens (Rock Rose), das in uns ungeheure Kräfte zu mobilisieren und zu entfalten vermag und uns über uns selbst hinauswachsen lässt. Oft ist Rock Rose auch dann angezeigt, wenn wir eine schwierige Phase der Arbeit an uns selbst durchmachen.

**Star of Bethlehem** hilft uns dann, wenn wir infolge körperlicher, geistiger oder seelischer Schocks wie betäubt sind. Es kann dabei helfen, diese schockierenden Ereignisse so zu neutralisieren, dass wir wieder imstande sind, unsere Selbsthilfemechanismen zum Funktionieren zu bringen. Viele dieser Schocks wirken im Unbewussten über Jahre oder gar Jahrzehnte hinaus in einer Verdrängungsform, bevor sie eines Tages bei günstiger Gelegenheit mit unverminderter Gewalt in einer verdeckten Weise zum Ausbruch kommen und wir kaum noch erkennen können, was einmal die Grundursache dieser Auslösung war. Diese Energie, die uns nun zuteil wird, ist ja auch die Kraft, die mit dem über Jahre hinaus angesammelten geistig-seelischen Unverdauten mit brachialer Gewalt aufräumt und die „vergifteten Schlacken", welche unser feines Energiesystem verstopfen und den Energiefluss behindern, wie ein ausbrechender Vulkan hinausbefördert. Star of Bethlehem führt zur Vitalisierung der energetischen Verbindungen und hilft, Rückstände aufzulösen. Leben kehrt nach der Reinigung in die erstarrten Bereiche zurück. Mechthild Scheffer empfiehlt Star of Bethlehem in ihrem Buch[1] auch zur zusätzlichen Behandlung therapieresistenter psychosomatischer Erkrankungen.

**Vine** kann überdurchschnittliche Führungseigenschaften verleihen, die jedoch nicht für egoistische eigene Zielsetzungen missbraucht werden dürfen. Unsere Macht dürfen wir nicht dazu nutzen, andere zu entmachten, sondern sie soll dem Wohle aller dienen (herrschen, um zu dienen). Der negative Vine-Zustand zerstört Leben, der positive gebiert es. Wenn wir unter innerem Erfolgszwang und extremer Eitelkeit leiden, ist Vine angezeigt. Mit Vine übergeben wir die letzte Kontrolle und Bestimmungsgewalt den höheren kosmischen Kräften. Dann wird Macht mit Liebe verbunden und führt zu Weisheit, so dass man im Sinne des größeren Ganzen handelt. Erst im Interesse des höheren Planes handelnd, können wir die immensen Kräfte überpersönlicher Energien nutzen, ohne uns selbst zu schaden!

## Energienutzung auf der Berufsebene

Einige Berufe, welche besonders dazu geeignet sind, die in diesem Kapitel besprochene Thematik im positiven Sinne selber real zu leben, statt diese auf andere projizieren zu müssen:

- Chemiker
- Dreher
- Bildhauer
- Heiler
- Heilpraktiker
- Homöopath
- Mediziner
- Pharmazeut
- Politiker
- Psychologe
- Schauspieler
- Therapeut
- Wissenschaftler

Sämtliche Berufe zur Erhaltung der gesellschaftlichen Ordnung.

Berufe, welche sich mit Ungerechtigkeiten innerhalb unserer Gesellschaft auseinandersetzen.

Zur Macht- und Ohnmachtthematik möchte ich als zuzuordnende Entsprechung das Plutonium erwähnen. Es wird einerseits als Spaltmaterial in Kernkraftwerken genutzt, wobei unvorstellbare Mengen an Energie gewonnen werden können, andererseits dient das Plutonium zur Herstellung verheerender Kernwaffen. Ein zwiespältiges Bild der eindeutigen Kraftpotentiale, die durch Machtausübung hervortreten können.

### Gedanken zum Schluss

*Wege und Ziele gibt es viele,*
*nur wer nach dem eigenen trachtet*
*und nicht das Recht des anderen missachtet,*
*wird ohne Wahn aus Gier erreichen,*
*was wir als Gottes Paradies bezeichnen.*

*Sind wir der Wanderer ohne Karte und Kompass,*
*können wir aus unserem Leben einen Irrgarten machen,*
*denn nur das Licht kann die Dunkelheit erhellen*
*und nur der im Geiste Aufgeklärte*
*durch seine Taten das Geschehen beeinflussen.*

Es ist wie bei dem Rahmen, der Leinwand und der Farbpalette für ein Bild, das wir Leben nennen. Den Rahmen setzen uns die kosmischen Gesetze in Form unserer individuellen Grenzen. Die Leinwand sind wir selbst und die Farbpalette unsere vielfältigen Möglichkeiten. Um das Bild in allen Nuancen zu gestalten, müssen wir uns selbst verwirklichen. Unsere Anlagen bei Geburt, unsere Gene, unser Charakter, all dies wird unser Leben beeinflussen, doch sind wir dem keinesfalls machtlos ausgeliefert. Physisch und geistig sind wir dazu aufgefordert, all das, was wir auf die Welt mitgebracht haben, nach Möglichkeit zu verbessern und zu veredeln – erst dann wird unser Leben einen Sinn haben und erst dann werden wir dessen Früchte in allen Variationen genießen können. Versuchen wir aus der Hemmungssituation herauszukommen, machen wir uns Mut, um kreativ Neues auszuprobieren, und wir werden erstaunt darüber sein, zu was wir fähig sind!

Unser Leben, unsere Gesundheit und unser Glücklichsein hängen nicht nur davon ab, was wir an materiellen Gütern besitzen, von dem, was wir geistig und seelisch in uns tragen oder bei Geburt als Anlagen bekommen haben, sondern es hängt im Wesentlichen davon ab, was wir aus all dem machen. Der Vollkommenheit aber können wir uns bestenfalls annähern!

Wir wissen, dass unser Handeln uns selbst gegenüber, aber auch gegenüber anderen, maßgebend Einfluss auf unser eigenes Befinden haben wird. So kann uns eine Krankheit oder ein Unfall darauf hinweisen, dass wir in Zukunft etwas an unserem Verhalten ändern müssen, Korrekturen werden dringend gefordert.

Lesen Sie das ganze Buch, Seite um Seite, mit all seinen Kapiteln und möglichen Energiepotentialen. Lassen Sie nichts ungenützt, das ihrem Leben mehr Licht, mehr Farbe, mehr Konsistenz und mehr Erfüllung zu geben vermag!

Unsere Beziehungen, unser Berufsleben, unsere soziale Stellung in der Gesellschaft, unsere Gesundheit sind wichtige Grundpfeiler in unserem Leben für Freude und Glück. Wenn wir erkennen, dass wir selbst dazu Wesentliches beitragen können, wenn wir dazu bereit sind, darauf Einfluss zu nehmen, werden wir auch *dafür* Mittel und Zeit investieren, dieses Wissen zu nutzen.

Jeder Mensch bekommt die Chance, seinem Leben eine andere Richtung zu geben – er muss es nur wollen!

Alles Leben zielt auf einer geistigen Ebene spiralförmig zur Erlösung von Karma und dem Erreichen der Vollkommenheit.

Am Ende unseres Lebens wird es wichtig sein, viel Liebe, Freude und Glück ausgestrahlt und geschenkt zu haben – geteilte Liebe, Freude und Glück verdoppeln sich bekannterweise. Wir dürfen dann auf ein erfülltes Leben zurückblicken und können in Frieden Abschied nehmen.


\*     \*     \*

# Was dieses Buch Ihnen auch zeigen möchte:

– Dass es möglich ist, zu agieren, wenn Sie es für nötig halten, und nicht, dass Sie immer auf etwas reagieren müssen.

– Dass Sie bestimmen, was für Sie wertvoll ist, und nicht, dass Sie andere für sich entscheiden lassen.

– Dass es oft nützlich ist, anderer Meinung zu sein als die Allgemeinheit und Sie diese Meinung auch vertreten.

– Dass wir unsere eigenen Bedürfnisse an Geborgenheit berücksichtigen müssen, dass wir zu unserer seelischen Eigenart und Individualität stehen sollen und dies auch jedem anderen Menschen zugestehen sollen.

–- Dass auf der großen Bühne des Lebens in jeder Rollenbesetzung die „Begleitmusik" in Form von Lebensfreude zum Erfolg beiträgt.

– Dass Gefühlsausdruck, in den Alltag integriert, andere jederzeit klar erkennen lässt, wer wir wirklich sind und was wir möchten.

– Arbeit soll Freude bereiten statt krank machen und kann nur so uns selbst und der Allgemeinheit längerfristig von Nutzen sein.

– Dass Leben nur in Symbiose mit der Umwelt möglich ist. Dazu gehören die Bereitschaft und der Wille zu einem liebevollen, verantwortungsbewussten Austausch, soll die Partnerschaft Früchte tragen. Jeder Versuch, dieses kosmische Gesetz des Energieaustausches zu seinem eigenen Vorteil brechen zu wollen, ist der Anfang vom Ende aller symbiotischen Existenz.

– Dass wir unser Leben sinn-voll gestalten sollen, wollen wir Lebensqualität und Zufriedenheit in unser Da-Sein einbringen. Unstimmige Ansprüche sind unnötige Belastungen und mindern unsere Lebensqualität.

– Dass wir lernen müssen zu unterscheiden, lernen, das Eigene von allem anderen zu unterscheiden, die eigene Identität und Individualität zu erkennen, und lernen, damit bewusst umzugehen; dass wir Verantwortung tragen, wofür wir selbst zuständig sind, das heißt für uns selbst.

Wir müssen lernen, uns im unbegrenzten Sein des Kosmos unseres eigenen Seins bewusst zu sein, die Einmaligkeit unseres Seins zu leben, in Symbiose und Harmonie mit sämtlichen kosmischen Energien und anderen Seinsformen.

– Dass auch Sicherheitsfaktoren einmal überaltert sein können und neuen Situationen angepasst oder ausgewechselt werden müssen. In einer Zeit des raschen Wandels können wir Sicherheit nur dadurch erlangen, dass wir uns auf unsere Wendigkeit und Flexibilität verlassen können und stets zu raschem Positionenwechsel bereit sind. Sicherheit kann zum Hemmschuh werden, wenn sie uns am Wachstum hindert. Eine sich rasch wandelnde Zeit bietet auch die Chance zur Anwendung vieler neuer Ideen, denn nur in einer ständig sich erneuernden Welt sind neue Ideen auch gefragt.

Übrigens: Wenn wir mit rationalem Denken nicht mehr weiterkommen, lassen wir uns doch etwas Neues einfallen und uns  intuitive Hilfe zugute kommen!

– Dass man etwas oder jemand lieben kann, ohne besitzen zu müssen. Liebe und Glückseligkeit sind immer ein Geschenk und können nicht mit Gewalt herbeigeführt werden.

– Dass unser Empfinden die Grenzen des Verstandes überwinden kann und Liebe keinerlei Gründe bedarf.

– Dass die gewaltigste Energie zu friedlich-erhabenem Zwecke genutzt werden kann. Alle Energien sind in sich neutral, jenseits von Gut und Böse. Zu was wir sie gebrauchen oder missbrauchen, das müssen wir entscheiden und ernten.

$$*\quad*\quad*$$

# Gedanken über das Glück und glücklich(es) Sein

Glück hängt nicht so sehr davon ab, was man besitzt, sondern vielmehr davon, mit was man zufrieden ist.

Der Hang nach Besitz kann süchtig machen und Sucht verführt zum Unglücklichsein. Wichtig ist nicht, ob wir das, was wir uns wünschen, auch bekommen, sondern ob wir das, was wir bereits haben, auch zu schätzen wissen und uns *damit* glücklich fühlen können.

Ewig unglücklich derjenige, der meint, die Grenzen seiner Möglichkeiten überschreiten zu können. Das Streben nach Besitz, Geld und Macht, von unstillbaren Wünschen getrieben, gleicht dem Verdurstenden, der durch die Wüste geht und einen Behälter voller Wasser hinter sich herzieht.

Wer die täglichen Geschenke des Lebens schätzen kann, wie zum Beispiel den Duft von Blumen, das Zwitschern der Vögel, die Wärme der Sonnenstrahlen in der Frühlingssonne, die bunten Farben der Natur im Herbst, die ausstrahlende Kraft eines uns liebenden Menschen, das Lächeln eines uns fremden Gegenübers, der wird stets einen Grund zum glücklichen Sein in sich tragen und selbst auch Bote des Glücks sein können.

Zum glücklich(en) Sein brauchen wir das *Erkennen* dessen, was uns umgibt, das, was mit Geld oft nicht zu haben ist, das, was wir nicht in Besitz nehmen können, sondern was uns geschenkt wird. So die Schönheit der Natur, die Wunder allen Lebens, das uns umgibt, die Liebe und Zuneigung uns nahestehender Menschen, die Umgebung und die Betreuung eines Tieres und dessen ausstrahlende Zufriedenheit, die uns beglückt, und nicht zuletzt das Streben nach selbstaufbauenden Gedanken und das Bemühen, nicht tatenlos auf das Glück zu warten.

Glück können wir nicht festhalten, wir können es aber kultivieren und pflegen.

\*     \*     \*

*Und wenn das Leben nur ein Traum ist?*
*Und wenn dann alles nur noch Schaum ist?*
*Das wahre Leben, wenn man erwacht*
*und den Tod hinter sich gebracht?*

*Erstaunt reibt man sich dann die Augen*
*und kann das Wunder kaum glauben,*
*es ist geschehen in einer Nacht,*
*sehr lange zwar, doch gut ausgedacht!*

*Ob süß der Traum, ob schwarz die Nacht,*
*wach auf mein Kind, die Sonne lacht, der Tag erwacht,*
*wenn du den Traum des Lebens mitgestaltest,*
*den Teil, der dir gebührt, auch selbst verwaltest,*
*dann ist nicht alles Schicksalsmacht.*

(Gedanken des Autors, inspiriert durch: „Ich träumte, ich wäre ein
Schmetterling…", von Zhuangzi, chinesischer Philosoph)

## Schlusswort

*Dass jemand sein Leben gemeistert hat, können wir nicht an seinem materiellen Erfolg oder seiner sozialen Stellung innerhalb unserer Gesellschaft ermessen, sondern an seiner Zufriedenheit, die er ausstrahlt, und an seiner Lebensfreude. Dieser Mensch hat seine Anlagen zum Blühen gebracht und ist dabei, dafür die Früchte zu ernten! Erfolg besteht nicht darin, dass man möglichst viele materielle Güter sein Eigen nennen kann, bevor man alles wieder abgeben muss (Tod), sondern dass man auf ein erfülltes Leben zurückblicken kann, in welchem man bei jeder Chance sein Bestes gegeben hat, zum Wohle seiner selbst und der anderen; dass man mit einem Lächeln der Zufriedenheit Abschied nehmen kann, weil man erfahren durfte, dass Glückseligkeit die allergrößte Gabe des Lebens ist!*

\*     \*     \*

*„Rosen" von Monique Hassler*

*Die Vergangenheit ist ein verwelktes Blatt.*
*Die Zukunft wartet auf ihre Geburt:*
*Der Augenblick ist das Geschenk des Lebens.*
*Er alleine gestaltet das Rad der Zeit.*

*Augenblicke sind das Licht der Offenbarung.*
*Was wir daraus tun,*
*begleitet uns stets auf dem ewigen Weg.*
*Augenblicke sind vergänglich,*
*doch nur sie bieten uns die Chance,*
*in der Unendlichkeit mitzuwirken!*

*S. B. L.*

# Bibliographie

1) Mechthild Scheffer, „Die Bach-Blütentherapie: Theorie und Praxis", 20. Aufl., München: Hugendubel (Irisiana), 1993

2) Hermann Meyer, „Psychosomatik und Astrologie", München: Hugendubel, 1992, S. 248

3) Louise L. Hay, „Heile Deinen Körper, seelisch-geistige Gründe für körperliche Krankheit", Freiburg i. Br.: Verlag Alf Lüchow, 1994, S. 46, 48

4) Jaap Huibers, „Gesund sein mit Metallen", Freiburg i. Br.: Aurum Verlag, 1979, S. 57, 58, 129, 130

5) Claude Steiner, „Wie man Lebenspläne verändert – Das Script-Konzept in der Transaktionsanalyse", München: dtv, 1993, S. 24 ff.

6) James Redfield, „Prophezeiungen von Celestine", München: Heyne, 1994

7) „Pschyrembel – Klinisches Wörterbuch", Berlin/New York: Verlag Walter de Gruyter, 1977, S. 837, 1064

8) Hermann Meyer, „Gesetze des Schicksals", Basel: Sphynx, 1989

9) Dr. med. Kaspar H. Jaggi, „Weleda Nachrichten", Heft 200, CH-Weihnachten, 1996

10) Peter Kelder, „Die Fünf Tibeter", Wessobrunn: Integral Lebensreiseführer, 1994

11) Matthias Burisch, „Das Burnout-Syndrom", Berlin : Springer Verlag, 2006 und Elliot Aronson, Ayala M. Pines u. Ditsa Kafry, „Ausgebrannt. Vom Überdruss zur Selbstentfaltung", Stuttgart: Klett Verlag, 2006

12) Paul Watzlawick, „Die Möglichkeit des Andersseins", Bern/Stuttgart/Toronto: Verlag Hans Huber, 1991

13) Dhirananda, „Yogamrita, die Essenz des Yoga", München: Hugendubel Verlag, 1989, S. 152, 153

14) „Brockhaus Enzyklopädie", Bd. 17, Wiesbaden 1973, F.A. Brockhaus, S. 470

15) Ingrid Vallieres, „Praxis der Reinkarnationstherapie", Steimbke: Hannemann Verlag, 1987

Lightning Source UK Ltd.
Milton Keynes UK
UKHW050323080119
335175UK00005BA/132/P